느린 청춘,
문득 떠남

홍대에서 스페인, 포르투갈, 그리고 모로코까지
한량 음악가 티어라이너의 무중력 방랑기

느린 청춘,
문득 떠남

글·사진 티어라이너

ℕ 더난출판

느린 청춘, 문득 떠남

© 2013. 티어라이너

초판 1쇄 인쇄 2013년 10월 14일
초판 1쇄 발행 2013년 10월 24일

지은이 티어라이너(박성훈) | **펴낸이** 신경렬 | **펴낸곳** (주)더난콘텐츠그룹

상무 강용구 | **기획편집부** 차재호 · 민기범 · 성효영 · 윤현주 · 서유미 | **디자인** 서은영 · 박현정
마케팅 김대두 · 견진수 · 홍영기 · 서영호 | **교육기획** 함승현 · 양인종 · 지승희 · 이선미 · 이소정
디지털콘텐츠 최정원 · 박진혜 | **관리** 김태희 · 김이슬 | **제작** 유수경 | **물류** 김양천 · 박진철
책임편집 윤현주

출판등록 2011년 6월 2일 제25100-2011-158호 | **주소** 121-840 서울시 마포구 서교동 395-137
전화 (02)325-2525 | **팩스** (02)325-9007
이메일 book@thenanbiz.com | **홈페이지** http://www.thenanbiz.com
ISBN 978-89-8405-738-8 13810

우리는 조금씩조금씩 익어가며
또한 조금씩조금씩 썩어간다.

— 세익스피어

모두가 정상에서 만나길 꿈꾼다.

"멋지게 성공해서 나중에 정상에서 만나자."

"산 타냐?"

평지에서도 얼마든지 멋진 광경을 볼 수 있고, 즐겁게 만날 수 있다고.

아등바등 살지 말기.

느리게, 느긋느긋.

떠
·
나
·
면
·
서

음악이 멈추고 여행은 시작된다

여행은 세상 밖으로의 모험이나 도전이 아니라, 완벽한 자기내면으로의 침잠이다.

예전에 한 유명작가의 여행에세이를 읽으며 '이 사람은 왜 여행 이야기는 안 하고 자기 생각만 주저리주저리 읊어대는 거지' 했는데, 직접 떠나보고서야 알았다. 이동하는 거리와 여행지에 머무는 시간이 많은 '거리와 시간'의 여행은 생각할 기회의 보고다. 혼자 떠난 것이라면 더더욱.

여행의 즐거움은 혼자 있을 틈과 생각할 시간이 많다는 것! 버스를 타고 이동하면서, 혼자 밥 먹으며, 숙소의 침대에 누워서, 심지어 여행지에서도 생각한다. 그렇게 여행의 '거리와 시간'은 생각의 양과 비례한다.

　'거리와 시간'이 늘어날수록 생각할 시간은 주워 담을 수 없을 만큼 차서 넘치고, 먹고 보고 냄새 맡는 모든 여행 인자들은 머릿속 생각과 화학반응을 일으켜 글이라는 새로운 결과물을 탄생시킨다. 결국 여행의 기록은 자기 내면의 이야기만 잔뜩 늘어놓게 되는 생각의 배설물인 셈이다. 밖으로 떠난 여행이지만 그와는 반대로 안으로 안으로 숨어들어 자기 자신을 보며 놀라게 되는 것이다. 분자 단위로 낱낱이 분해되어 앞에 놓인 자신의 내면을 보며 새롭게 이해하고, 때로는 '이게 대체 뭐지?' 하고 뜨악해하기도 하면서.

　여행을 하며 생각은 길었고, 웃음과 향기는 짧았다.

Contents

발걸음 하나 스페인, 이토록 가벼운 발걸음으로

Portugal

발걸음 둘 포르투갈, 안단테 칸타빌레

Morocco

발걸음 셋 모로코, 시간이 멈춘 그곳

spain

발걸음 넷 다시 스페인, 그 길에 음악이 있었다

황혼의 인천공항. 온 힘을 다해 하늘로 오르기 전 출발선을 향해 가는 비행기.
이제부터 뮤지션, 아들, 친구로서의 페르소나는 활주로에 던져버리고 떠날 참.
골치 아픈 현실일랑 모두 두고 떠나리라.
하지만 비행기가 데려간 곳이 이상향은 아니었다.
현실은 비행기 구석 어딘가에 숨어 있다가 여행지에 도착하면 함께 내려 다시 어깨에 달랑 매달린다.
어쩌면 여행은 현실로부터의 도피가 아니라 피할 수 없는 현실과 부대끼며
이해하고 화해하는 과정인지도 모른다.

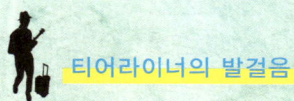

티어라이너의 발걸음

산티아고 데 콤포스텔라
바야돌리드
세고비아 Start 마드리드 OUT
톨레도
포르투
포르투갈
스페인
신트라
리스본 코르도바 발렌시아
라고스 파루 세비야 말라가 네르하 그라나다
히로나
바르셀로나
이비자
팔마데마요르카

테투안
쉐프샤우엔
페스
모로코 사하라 사막
마라케시 모로코 남부

Spain

발걸음 하나, 스페인

이토록 가벼운
발걸음으로

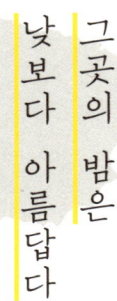

그
곳
의
밤
은

낮
보
다
아
름
답
다

편의를 좇으면 낭만을 잃어요.

 **마드리드의 첫인상**

새로운 여행지에 도착하면 마음이 설렌다. 기대와 긴장이 알맞은 비율로 배합되어 오감을 예민하게 벌린다. 전철에서 내려 마드리드 시내의 거리로 나오자 여행의 설렘에 전율이 느껴지며 행복했다. 이 맛에 여행하는 게지.

물어물어 도착한 오페라역 주변은 한가로웠다. 오전 8시가 조금 넘은 시각이었지만 이제 막 짙은 안개가 걷힌 거리는 한산했고, 시원한 습기가 가득했다. 서울이었다면 도로는 차로 가득 차고 공기는 매연으로

마드리드 시내에서 맞이한 첫 아침은
조용한 생명력으로 가득했다.
과연 이제부터 무슨 일이 일어날지 기대돼 눈이 부셔.
마드리드 중심지
푸에르타 델 솔(Puerta del Sol) 광장 가는 길.

턥턥할 시간이다. 왠지 즐거워져서 지나가는 사람들에게 눈인사를 건네기도 하고, 멈춰서 사진도 찍으면서 천천히 묵을 만한 호스텔 간판을 둘러봤다.

나중에야 안 사실이지만 거리가 한가로웠던 건 여기 사람들이 워낙 야행성이라 기상 시간이 늦기 때문이었고, 안개가 걷힌 듯한 신선함은 더러워진 거리와 골목에 물청소를 했기 때문이었다.

🔆🔆 체크인 첫 경험

먼저 숙소를 구해야 한다. 큰길과 맞닿아 있는 오래된 건물들 여기저기에 호스텔 간판이 걸려 있다. 가장 눈에 띄는 오렌지색 간판을 보고 들어갔다. 생소한 장소에서는 눈에 띄는 것에 기대기 마련. 건물 내에는 엘리베이터 발명가가 처음으로 만들어 실험해보았을 게 분명한 오래된 엘리베이터가 '매달려' 있었다. '끼익, 끼익' 신음소리를 내며 힘겹게 올라가는 엘리베이터에 절로 미안한 마음이 들었다. 줄이 끊어질까 얼른 내려 호스텔의 정문에 섰다. 그런데 정문 역시 고풍스럽다기보다는 오래되어 당장이라도 쩍 하고 갈라져서 흰개미에 갉아 먹힌 나무 속을 드러낼 것만 같았다. 벨을 누르자 문이 열리고 정면에 리셉션이 나타났다.

"굿모닝, 전 오늘이 스페인에서의 첫 날이에요."

"그렇군요. 오는 길은 어땠나요?"

"나쁘지는 않았어요. 고마워요."

덩치가 크고 서른 살 정도로 보이는 그러나 실제로는 아마 열여덟 살일지도 모를. 내 눈엔 유독 서양 여성들은 나이보다 늙어 보인다 직원은 무례하지는 않았지만 그렇게 느껴질 만큼 사무적이었다. 아마도 밤샘 일을 마치고 교대 전의 피곤한 상태이거나, 어제 재수 없는 아시아인 여행객을 상대했는지도 모른다.

"2인실, 6인실, 8인실, 10인실이 있어요."

"좋아요. 저렴할수록 좋습니다."

10인실도 가격이 싸지는 않았다. 이러다간 숙박비로 대부분의 여행 자금을 허비하게 될 수도 있다. 다른 곳도 둘러볼까 했지만, 이미 설명이 한창인데다 차갑고 사무적인 직원이 무서워서 쉽게 취소하고 나갈 수도 없었다. 나가는 길에 오래된 엘리베이터가 해코지를 부릴지도 모른다. 우선 마드리드를 둘러보고 적응하기까지 이틀만 묵자.

"······그리고 11시 이후에는 다른 여행객들을 위해 조용히 해야 돼요. 아침식사는 8시 15분에서 10시 15분까지고 빵과 우유, 잼, 시리얼 등이 제공돼요. 투숙객이 원하면 점심, 저녁은 부엌에서 요리를 해먹을 수 있어요. 락커는 침대 넘버와 동일한데 키가 필요하면 보증금 5유로를 내고 빌려야 하고······."

스페인 여성들이 모두 이렇게 차갑다면 여행 일정을 줄이는 것도 고민해봐야겠다고 생각했다. 하지만 일정을 줄이기에 앞서 우선 무거운

●

이틀간 묵었던 호스텔의 베란다에서 촬영한 거리 모습.
베란다에 앉아 낮과 밤의 이국적인 거리를 넋 놓고 구경하는 것만으로도 감상에 빠지기 쉬워서,
창작의 멜로디들은 머릿속을 휘젓고 마드리드의 하늘을 수놓곤 했다.
우울하고 즐거운 모순적인 감정과 산만한 멜로디들의 강강술래로
계속 보고 있다는 정신병자가 되어버릴 것 같았다.

가방부터 내려놓았다.

"체크인 시간은 오후 1시예요. 그러니까 아직은 키를 줄 수 없어요. 아시겠어요?"

모르겠다. 난 당신 엉덩이보다 좁은 좌석의 비행기를 세 번이나 갈아타고 꼬박 하루를 건너왔다고.

"그럼 우선 주위를 둘러봐야겠군요. 괜찮다면 짐은 좀 맡겨둘 수 있을까요?"

메모할 수첩과 카메라만 꺼내고 배낭은 청소도구를 넣어두는 창고에 처넣고 나섰다. 몸은 한없이 피곤했지만, 따뜻한 공기와 뭉글뭉글한 구름만큼이나 기대에 부풀어서 1시까지 호스텔 주변을 둘러보는 것도 그다지 나쁜 생각은 아닌 것 같았다.

칼만 안 든 강도

사바티니 정원 입구에서 종이다발을 든 여학생 둘이 말을 걸어왔다. 평범한 복장이지만 외모와 헤어스타일이 범상치 않았다. 먼저 말을 걸어온 학생은 코에 피어싱을 했는데 윗입술과 체인으로 연결되어 있었다. 둘 다 공원보다는 클럽이 어울려 보였다. 호객이라 생각하고 "돈 없는데요"라고 말했더니, UN아동기금 같은 후원단체라며 이름, 국적을

23

적고 서명만 해주면 고맙겠단다. 오해해서 미안. 착한 학생들일세. 기쁜 마음으로 작성해주었더니 서명했으니 돈 내놓으란다. 그러면서 서명란 밑에, 서명할 때는 손으로 가리고 있던 후원금에 대한 글을 보여준다. 스페인어와 영어로 적혀 있는데 내용이 다소 조잡하다. '빵! 당했지롱.'

다른 서명들의 오른쪽 끝에 연필로 적힌 후원 금액도 손가락으로 가리킨다. 서명은 모두 나처럼 낚인 사람들의 것일 테고, 후원금의 필체는 한 사람의 것이었으며 액수도 결코 적지 않다. 그러고 보니 모금함을 가지고 있지도 않다. 너무 빤하게 알 수 있는 거짓말. 본능적으로 주머니 속 카메라가 안전한지부터 체크했다. 목줄로 두른 이름표를 슬쩍 흘겨봤다. UN 마크와 뜻 모를 알파벳 약자, 그리고 크고 검게 새겨진 이름. SANDRA.

돈 없다고 하지 않았느냐, 미안하다며 손사래를 친 후 지나치자, 두 여학생은 마침 정원을 들어서는 다른 외국인 커플에게 달려들어 나에게 했던 말을 똑같이 건넨다. 처음에 고개를 가로젓던 커플은 이내 순순히 서명란에 글을 적는다. 나와 같은 절차. 그리고 '빵!' 이후의 반응이 궁금했지만, 피어싱을 한 학생이 내 시선을 느끼고 쳐다보는 바람에 발길을 재촉할 수밖에 없었다.

'안 속았으니 됐어'라고 위안했지만 좋은 일을 빙자해 돈을 뜯어내는 건 피어싱이 코와 입을 이었든, 무기를 들지 않았든 간에 나쁜 게 아닐까. 칼만 안 들었지, 날강도.

왕궁과 정원을 지나 스페인 광장으로 가는 길, 공원을 가로질러 가는데 벤치에 앉아 있던 후줄근한 남자가 중국어와 일본어 낱말들을 난잡하게 던지며 날 불렀다.

"니하오. 곤니치와. 아리까또. 헤이!"

또냐? 이번엔 뭐니, UN노인복지기금에서 나왔니?

살짝 웃고 지나치자 그는 자기 옆에 두었던, 술병이 들어 있는 게 분명한 비닐봉지를 벤치 아래에 잘 감춰두고는 몸을 일으키더니 서둘러 내 쪽으로 다가온다.

어눌한 몸짓에 비해 날카로워 보이는 눈길이 아무래도 마음에 걸려 걸음을 멈추고 쳐다보자, 양손을 벌리고 어깨를 들썩이며 지나쳐 간다. 그제야 안심하고 다시 걸었다.

구부정하고 불편한 걸음걸이로 앞서 가는 뒷모습은 초라했다. 키가 작고 허름한 행색에 날씨에 어울리지 않는 더러운 윈드점퍼를 입고 있었다. 나중에 생각해보니 외모가 남미혼혈이었던 것 같다.

앞서 가던 그가 자전거가 세워진 코너에 들어가 잠시 주춤거리더니 내 쪽을 바라본다. '눈 한번 사납게 생겼네.' 다시 한 번 오싹한 기분이 들 즈음, 그가 천천히 재킷 왼쪽주머니의 지퍼를 열었다. 왼쪽 지퍼였다. 영화의 느린 화면처럼 천천히 지퍼를 열던, 시간이 늘어진 듯한 그

장면이 지금도 생생하다.

본능적으로 뭔가 잘못되어 간다고 느낀 순간 그와 다시 눈이 마주쳤다. 행동은 쭈뼛쭈뼛했지만 눈은 정확히 다음 행동을 암시하고 있었다. 지퍼에서 완전히 손을 빼지 않고 물건을 반쯤 걸친 채였는데, 유심히 보았더니 움켜쥐고 있는 건 뭉툭한 칼자루였다. 그리고 이번에는 아까의 웃음은 걷어낸 건조한 얼굴로 오른손을 천천히 들어 자기에게 오라고 손짓한다.

'칼자루가 아니라 핸드폰이거나 초콜릿바 같은 걸 거야'라는 일말의 희망은 그의 손짓에 이내 사그라져버렸다. 마드리드에는 칼 든 강도 아니면 칼 들지 않은 강도뿐인 거니?

나보다 키가 작은 상대에게는 겁을 먹지 않는 편이지만 칼을 들고 있다면 경우가 다르다. 비겁하다곤 생각하지만 그렇다고 강도에게 '칼 버리고 정정당당하게 붙자'고 할 수도 없고, 지나가는 행인에게 심판을 봐달라거나, 서희의 외교담판같이 '대화로 풀자'고 설득할 수도 없다. 차분하게 해결책을 고민한다면 좋겠지만 생존 본능이 떨어지는 건지 머릿속은 새하얗기만 했다.

손을 뻗으면 위협을 가할 수 있을 정도로 가까워졌을 무렵, 문득 아무렇지도 않게 뒤로 돌아 지도를 보며 천천히 반대로 걸었다. 마치 초보 관광객이 골목을 잘못 들어섰던 듯. 언제든 뛸 요량으로 귀를 쫑긋 세우고, 지도를 보는 척 땅바닥을 보며 뒤에서 비치는 그림자를 세심히 살폈다. 쫓기듯 도망치는 티를 내지 않으려 의식적으로 발걸음은 천천히 했다. 호기로운 모습과 달리 등에 식은땀이 흐르고, 오감은 전부 뒤를 향해 있었다.

다행히 그는 쫓아와서 등에 칼을 꽂지는 않았다. 저 앞에 나이 든 아주머니가 걸어와서일까, 어쩌면 나의 경계를 눈치 챘는지도 모르겠다. 서너 계단 아래 있는 낮은 옆길로 들어서며 곁눈질로 그가 있던 쪽을 언뜻 쳐다보았지만, 칼을 들었던 노숙자는 시야에서 사라지고 없었다. 거구에 험상 궂은 노상강도를, 그것도 한 17명쯤, 멋지게 제압해서 물리쳤다고 떠벌리고 싶지만 물론 그런 일은 없었다. 그 자리에 무릎을 꿇고 모두 내놓지 않은 것만도 대견하다.

여행 첫날 불친절한 호스텔에 칼을 든 강도까지 만났으니, 스페인에 대한 첫인상은 좋지 않은 게 어쩌면 당연한지도 모른다. 귀국 비행기 때문에 마지막 일정으로 마드리드에 다시 들르지 않았다면, 아마 마드리드를 영원히 위험하고 불친절하고 재미없는 도시로 여겼을 것이다.

비록 여행 첫날 강도를 만나긴 했지만 이후 위험한 일은 없었다. 거리를 마음대로 활보하고 밤늦게 골목골목을 다니는 걸 즐겼지만 문제없었다. 본능적이고 유치한 생각이지만, 여행지 사람들이 대체로 키가 작다는 것에 안심했고, 값싼 복장에 지도와 메모장만 들고 다니는 동양인에겐 얻을 게 없어 보였을 것이며, 혹 상대방이 무기를 가지고 위협해도 도망치는 순간의 스피드만큼은 얄밉도록 빠르고 자신 있어서 짐 없이 맨몸으로 다닌다면 문제없을 거라 생각하고 대담하게 다녔다. 서늘할 정도로 외진 골목에서 행인을 만나도 눈인사를 먼저 건네면 대체로 받아주거나, 가끔은 도리어 상대방이 경계하는 눈초리를 보내곤 했다.

🎵 마드리드에서 만난 친구들과 함께한 첫째 날 저녁

첫날 밤 저녁은 토마스Tomas, 에이얄Eyal과 함께 거리로 나갔다. 친해질 것 같지 않았던 이 두 친구와는 로비에서 이야기를 나누다가 저녁을 함께 먹기로 한 참이다. 우리는 여행에 대해 서로 알고 있는 정보를 나누고, 마요르 광장에서 함께 어깨동무하고 사진을 찍기도 하며 스페인에 대한 감상을 이야기했다. 한참을 돌아다니다가 에이얄이 봐둔 마요르 광장 귀퉁이 바르bar에 식사를 하기 위해 들어갔다.

토마스는 24살의 칠레 청년으로 우리 중 유일하게 스페인어권이라 현지인과의 의사소통을 책임졌다. 그는 변호사 최종시험을 치른 후 무작정 짐을 싸서 스페인으로 여행을 온 참이었고, 어제 가족을 통해 합격통지를 받았다고 했다. 젊은 나이에 변호사 시험에 합격하고 유럽 배낭여행이라니. 외모도 준수한 걸 보니 엄친아가 따로 없네.

에이얄은 이스라엘에서 온 유대인이다. 해외여행이 드물던 얼마 전까지만 해도 국방의무 때문에 20대 초중반 한국 남자를 해외에서 만나기란 좀체 힘들었는데, 이스라엘도 마찬가지였다. 이스라엘의 젊은 여행객들은 대부분 어린 10대거나 20대 후반들이다. 에이얄도 군대를 전역한 28살이었다. 소싯적 헤드스핀에 능한 비보이 춤꾼이기라도 했던 것처럼 가운데 정수리 머리가 벗겨졌다. 형광불빛에 유난히 도드라져 보였는데, 작은 야물커yarmulke, 유대인 모자 하나면 완벽하게 위장할 수 있을 것 같다.

군대에서 엔지니어 업무를 배워 지금도 그 일을 하고 있는 그는 자전거 여행 마니아라 여자친구와 함께 자전거로 스페인을 횡단한다고 했다. 잘 구운 생선같이 그을린 피부와 근육질의 팔뚝은 철인삼종 경기를 막 마치고 온 선수 같았다. 철인보다 더 철인 같은 복장과 외모여서 내게는 차라리 철인 선수를 연기하는 배우처럼 보였다. 그가 최근의 경기에 출전해 1등을 하지 못했다고 말한다면 아무도 믿지 않을 것이다. '토마스나 에이얄이나 참 멋진 청춘들이구나'라고 생각하자 30대 중반인 내 신세가 왠지 처량하게 느껴졌다. 가만 있자, 사전에서 규정하는 청년이 몇 살까지던가.

우리가 들어간 바르는 다른 곳에 비해 한산했다. 안 그래도 나이에 쓸쓸해하던 차에 메뉴판의 비싼 가격표에 기가 죽어버렸다. 저렴한 오징어튀김 타파스tapas와 탄산음료를 주문했는데, 우리나라 돈으로 2만 원가량을 지불했다. 가벼운 주머니에 이런 식으로 식비를 썼다가는 한 달을 채 넘기지 못하고 굶어 죽은 시체로 발견될 게 뻔하다. '아시아에

마드리드의 밤은 낮보다 밝다.
사람들은 밤이 되어서야 슬금슬금 거리로 나와
늦은 저녁식사를 하고 여유를 즐긴다.

서 온 나이 많은 여행객, 쥐뿔 돈도 없이 왔다가 굶어 죽은 채 발견.'

웅덩이 피하려다 똥 밟는다던가. 설상가상으로 오징어튀김 타파스의 맛도 끔찍했다. 오징어 요리라면 무엇이든 좋아하지만, 바삭하지 않은 눅눅한 튀김가루를 입힌 오징어튀김은 기름이 줄줄 흘러 느글거렸다. 한국에서였다면 공짜로 줘도 먹지 않을 요리다. '아이고, 이런 요리는 내 굶어 죽는 한이 있더라도 도저히 못 먹겠다'라고 생각만 하며 말끔히 비우고 접시를 구석구석 핥았다.

미술관에서의 감동, 또 감동

마드리드에서는 세 곳의 유명 미술관을 둘러보았다. 세계 3대 미술관이라는 프라도prado 미술관과 스페인 현대예술가들의 작품 위주로 전시된 레이나 소피아Reina Sofia 국립미술관, 그리고 개인적으로 가장 사랑하는 티센-보르네미사Thyssen-Bornemisza 미술관. 내가 스페인에 다시 가고 싶은 이유는 세 가지인데, 여행 중 빠뜨렸던 바스크 지방과 소도시들을 꼼꼼히 둘러보고 싶다는 것과, 일정이 맞지 않아 보지 못했던 엘 클라시코레알 마드리드와 바르셀로나FC 간의 축구경기를 경기장에서 관람하기, 마지막으로 티센 미술관 다시 가기가 그것이다.

아, 이들의 미술관이란 얼마나 과하고 이기적으로 매력적이던지! 앞

31

에 서면 절로 숨이 막히는 명작 옆에 또 다른 명작이 기다린다. 나는 오늘 이 작품 하나 본 것에도 충분히 만족하는데, 그에 비견되는 명작 수백 개가 '무심하게' 걸려 있다. 당최 시간을, 감정을 어떻게 작품마다 배분하고 투자해야 하는지 가늠할 수 없었다. 한 작품에 감동할 시간은 줄고 한 작품을 보면서는 다음 작품을, 한 층을 보면서는 다음 층을 걱정해야 했다. 나는 아이돌 그룹을 보는 아이처럼 흥분해하는 동시에 시험

마드리드의 3대 미술관 중 하나인 레이나 소피아 미술관.
3대 미술관 중 가장 모던한 화가들의 작품들을 소장하고 있다.
호안 미로나 피카소 같은 현대 화가의 명작들이 눈이 튀어나올 만큼 잔뜩 전시되어 있다, 맙소사!

을 보는 아이처럼 시간에 쫓겨 불안해했다.

이건 예술의 무례한 거들먹거림이고 연약한 감성 앞에 고개를 쳐든 거인의 무심한 발길질이다. 나는 감정의 남용 안에 질식할 것 같았고 미술관에 얼마간은 서운하기까지 했다. 그림은 투자하는 열정만큼만 자기를 노출했다. 관심과 사랑만큼만 옷을 벗었다. 가는 도시마다 유령처럼 미술관을 떠돌던 나는 감정의 소용돌이 안에서 억지로 담담해야 했으며, 어떤 놀라운 작품에도 완전히 반해버리지 않도록 오랜 시간 눈길을 주지 않아야 했다.

티센, 프라도, 레이나-소피아 미술관 입장티켓.
(위부터 시계 방향)
티켓 한 장 가지고 판단하는 데는 무리가 있지만 역시 티센 미술관 티켓이 예쁘다.

33

마드리드로 가는 비행기 안, 내 옆을 스쳐 엉금엉금 기내 복도를 지나가던 곰이 휙 다시 돌아와 비어 있던 옆자리에 털썩 앉는다. 바람에 흙냄새랄까, 지푸라기 냄새 같은 게 밀려왔다.

"마드리드는 뭣 하러 가슈?"

두 좌석을 차지한 의자가 '끼이익' 힘겨운 소리를 내며 곰 엉덩이를 견딘다.

"예, 그냥 배낭여행 차 뭐…… 헤헤."

말을 길게 하면 떨림이 들킬까 봐 짧게 잘라 대답했다. 겁먹은 티를 내지 않고 편안하게, 라고 생각만 했을 뿐 경직된 팔을 덜덜 떨면서 정중히 말했다. 엄청나게 커서 한번 휘두르면 머리가 부서질 게 분명한 곰 발바닥에서 애써 눈을 돌리면서.

"난 캐나다 그리즐리에서 왔수다. 거긴 겨울이면 '우웨웨~' 춥거든. 한번은 겨울잠 시기를 놓쳐서 어찌나 추위로 고생했던지 원."

베르너 헤어조크 감독의 영화 〈그리즐리 맨〉을 재미있게 봤던 나로서는 등줄기에 식은땀이 얼어 고드름이 되어버릴 정도로 무서운 바로 그 곰. 곰을 격리조치하지 않고 대수롭지 않게 여기는 스튜어디스에게 받았던 사과주스로 목을 축이고 마음을 진정시킨다.

"자……자……잠은 보통 언제 주…… 주무시길래. 제 말씀은 그러니까 겨울잠……."

침착하게 떨지 않으면서 물었다. 의자가 진동할 정도로 가슴이 쿵쾅거리고 혀끝이 저려온다. '그런 건 댁이 알아서 뭐하게'라며 지금이라도 송곳니를 내 머리에 꽂을까 봐 머리카락이 곤두섰다. 대화가 없으면 곰이 다른 생각을 할지 몰라 나오는 대로 지껄였는데 괜히 물어봤나.

"어이쿠."

비행기는 터뷸런스^{난기류를 지나며 비행기가 심하게 떨리는 현상}가 심했고, 곧이어 안전벨트 착용 지시등이 켜졌다. 기장의 이상기류에 대한 태국어와 스페인어 기내방송.

"난 사실 겁이 많수. 이런 진동은 언제 겪어도 무섭다니까. 겨울잠? 그까짓 거, 요즘 활동적인 우리들 또래는 여행을 다니면서 겨울을 피해. 시간은 금이거든. 나는 겨울잠 시기도 피할 겸 마드리드 무슨 국립동물원에 예쁜 처자가 있다고 해서 새끼 임신시키러 가는 중이외다. 후후."

안전벨트를 있는 대로 길게 늘려 배에 꽉 맞게 채우며 곰이 말했다. 과연 쓸모가 있을까 싶은 안전벨트는 바늘처럼 날카롭고 거친 털에 가려 보이지 않았다.

끄덕끄덕. 네네. 최대한 예의 바른 경청 자세. 내가 떠는 건지 아니면 여전히 비행기가 터뷸런스 상태인 건지 분간할 수 없었다.

"수입도 괜찮으우. 몇 번 잠자리를 즐긴 후에 ^{이해하기 힘든 이상한 손동작을 반복하며 느끼한 미소를 짓는다} 결과가 좋으면 그 돈으로 매니저랑 ^{모르긴 몰라도 사육사}

스페인 지중해를 즐기는 거지. 후후. 저기 멍청한 몬트리올 아이스하키 팀 모자를 쓴 친구가 내 매니저."

곰은 안전벨트 착용 지시등이 꺼지고 기내가 안정된 후에야 앞좌석을 잡고 자리에서 일어섰다. 앞좌석이 뒤로 잔뜩 기울어지며 두려움에 찬 앞사람의 자는 척하는 모습이 언뜻 보였다. 곰은 야참을 먹을 참인데, 사람들이 무서워해서 화장실에서 연어 세 마리를 먹고 오겠다고 했다.

먹잇감이 내가 아니라는데 안도하며, 다녀오시라고 정중히 일어나 배웅해드렸다. 그러지 않으려고 하는데도 허리를 숙여 인사를 하게 된다. 주눅 들지 않은 강건한 자세를 유지한 내 자신이 자랑스럽다.

마드리드 행 내내 앞좌석에 엄청난 거구의 스페인 남자가 앉았는데, 어쩌나 몸집이 크던지 처진 옆구리와 털이 잔뜩 난 팔이 의자 밖으로 튀어나와 있었다. 복도 측 좌석이었던지라 지나가는 사람들마다 신경을 쓰며 게걸음으로 지나쳤다. 외국인 특유의 암내도 굉장해서 기네스북에 등록하지 않았다면 대신 신청해주고 싶을 정도였다. 물론 실제로는 곰 대하듯 조용히 뒤에 앉아 그를 곰에 풍자한 글이나 썼다. 난 평화주의자니까.

밤의 마드리드 행은 여러모로 피곤하다.

푸에르타 델 솔(Puerta del Sol)을 번역하면 '태양의 문'이지만,
어디에도 태양이 들락거릴만한 문은 없더라.
억지로 찾자면 태양은 옥상의 광고간판 뒤에서 막 제 모습을 내보이려는 참.
예전에는 태양이 새겨진 성문이 있었다고 한다.

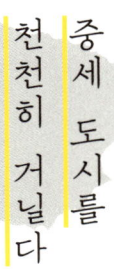

중세 도시를
천천히 거닐다

예술은 정치와 무관해야 한다는 의견 자체가 정치적 태도다.
— 조지 오웰

 엘 그레코의 도시

12시 20분, 톨레도 행 급행기차에 올랐다. 파노라마처럼 휙휙 스쳐 지나가는 창밖을 찍고 있었다. 그런데 문득 창에 비친 내 모습이 낯설었다. 셀프카메라 촬영을 싫어하지만 어떤 모습일까 궁금해서 찍어봤는데 역시 끔찍했다. 못 먹을 거라도 입에 우겨 넣은 듯 꿀꿀한 표정에 눈가는 핼쑥하고 턱수염은 덥수룩하다. 머리카락은 제 손으로 깎은 것처럼 엉망으로 뻗어 있다.

이렇게 생긴 누군가가 길을 묻거나 옆자리에 앉으려 한다면 섬뜩한

차창으로 보는 풍경은 8할이 하늘과 구름.
산도 없는 끝없는 평야가 하늘과 맞닿아 있다.
톨레도 가는 길.

기분이 들 것 같다. 다행히 내 좌석은 출입문 옆의 1인석이다. 공항 통과를 염려해 면도기나 손톱깎이를 챙기지 않았는데 우선 면도기부터 장만해야겠다. 그리고 하나 더, 앞으로 여행 중엔 셀카를 찍지 않으리라. 이 다짐은 끝까지 잘 지켰다. 나를 쫓던 비구름은 지쳐 돌아갔다. 구름이 점점 옅어지더니 톨레도는 해가 쨍쨍하다.

　마드리드에서 가까운 인접 도시인 톨레도와 아빌라Avila, 세고비아Segovia는 거리 때문에 당일치기 여행지로 인기가 많다. 아빌라는 김밥처럼 성벽에 둘러싸인 작은 소도시로 중세 성곽도시를 잘 보여준다. 아빌라가 작은 규모의 아기자기한 정취를 느끼게 한다면, 톨레도는 아빌라의 확장판으로 보다 큰 둘레의 성벽에 삼면이, 나머지 한 면이 강으로 둘러싸인 도시다. 수비가 용이해 중세 전략적 요충지였음을 알 수 있다. 오랜 수도였던 터라 역사 유적이나 자료들이 많고 중세 도시로서의 모습을 만끽할 수 있다. 세고비아는 로마 시대부터 주요 도시로 기능했을 정도로 오래된 도시로, 톨레도나 아빌라와는 또 다른 개성을 가지고 있다. 백설공주 성으로 불리는 알카사르Alcazar와 로마수도교, 새끼돼지 요리로 유명하다.

톨레도를 둘러 지나가는 타호Tajo 강을 건너 도시로 들어서는 알칸타라Alcantara 다리 끝에는 큰 문이 있다. 방어 역할을 하던 탑이었던지라 전시에는 이 문만 잘 막아도 1차 방어선으로 충분했을 터다. 다리 밑을 흐르는 타호 강은 상류여서 넓으면서도 물살이 세다. 이대로 끝없이 흘러 국경을 지나 포르투갈로 들어가고, 포르투갈의 수도인 리스본을 지나 대서양으로 나가 바다와 하나가 된다. 여행 일정대로라면 2주 정도 후에는 리스본을 관광할 예정인지라 지금 흐르는 이 물이 빨리 도착할지 내가 먼저 도착할지 궁금해졌다. 괜히 침을 뱉어 상징적으로 흘려보냈다. 리스본에서 만나자.

구시가는 성벽 안 언덕에 자리 잡고 있다. 언덕의 가장 높은 곳에는 요새인 알카사르가 위치한다. 스페인에는 성이라는 의미의 아랍어에서

타호 강 위에 세워진 알칸타라 다리에서 바라본 톨레도.
강으로 둘러싸인 언덕에 자리 잡은 천혜의 고도로 오랫동안 스페인의 수도였다.
나에게는 화가 엘 그레코의 도시로 친숙하다.
멀리 언덕 정상의 알카사르는 웅장하고, 도시를 둘러싼 성곽이 인상적이다.
다리는 세워지고 부서지고 떠내려가길 반복했지만
여전히 로마 시대에 사용되었던 다리의 석재가 쓰이고 있다고.

유래한 알카사르가 많은데, 톨레도의 알카사르는 그중 가장 유명하다.

수도가 마드리드로 변경된 이후 톨레도는 변방으로 급격히 쇠퇴했지만, 톨레도의 대성당은 가톨릭 대교구로서 여전히 종교적으로 큰 의미가 있는 곳이다. 대성당은 멀리서도 눈에 띄었지만 가는 골목은 방문객에게 미로 같아서 찾기 쉽지 않았다. 엘 그레코^{El Greco}가 친절히 그려 표시한 명작 〈톨레도의 풍경과 지도〉가 있었다면 쉽게 찾을 수 있었을까.

톨레도에서 바라본 타호 강 건너편.

🎯 모르면서 친절한 사람을 조심하라

    톨레도에서의 1박은 포기해야 했다. 한가운데 소코도베르^{Zocodover} 광장을 기준으로 주위를 뒤져보았지만, 대부분 값비싼 1인실이나 2인실이어서 톨레도를 떠나기로 했다. 매력적인 도시였지만, 안 재워준다는데 어째. 다음 도시인 세고비아에 숙소를 잡지 뭐. 세고비아로 가는 차편을 알아보느라 멀리 떨어져 있는 기차역, 버스역을 걸어 다녔다. 그런데 세고비아 행은 찾기 힘들었다.

    헤매는 중에 버스정류장 앞에서 만난 한 아저씨에게 세고비아 행 교통편에 대해 물어보았다. 아저씨는 친절하게 5분 정도나 같이 걸어주며

길을 일러주었다. 하지만 그가 알려준 길을 아무리 걸어가도 그럴듯한 버스역은 없었다.

투덜거리며 다시 구시가를 향해 돌아오다가 길가에 정차한 택시 운전사에게 교통편을 물어보자, 이번엔 아까와 다른 방향의 길을 가르쳐 준다. 도보로 20분 정도 걸리지만 택시를 타지 않고 걸어갈 만하다고 했다. 땅에 닿도록 머리를 조아리고 택시 운전사가 가르쳐준 곳으로 힘겹게 걸어갔다. 하지만 역시 교통편은 없었다. 배낭을 멘 채로 해를 머리에 맞으며 이 둘의 호의에 저주를 퍼붓긴 했지만, 그렇게 헤매면서 톨레도 외곽의 성벽을 따라 많은 유적지와 공원, 볼거리들을 구경했으니 마냥 허비한 건 아니었다.

여행하면서 자주 겪지만 매번 낚이기 쉬운 게 '친절하지만 잘 모르는 현지인'이다. 아무리 신뢰 가는 답을 얻더라도 지나는 길에 한두 번 더 물어 확실히 해두는 게 현명하다. 그러지 않으면 선량하거나 똑똑해 보이는 친절한 양치기 때문에 사서 고생하게 될지도 모르니까.

타베라 병원

그렇게 세고비아 행 버스를 찾아 헤매던 중 성 밖에 떨어져 관광 루트에서 제외했던 타베라 병원을 지나게 되어 겸사겸사 들어갔다. 낡고 커다란 정문을 열고 들어서자 어둡고 시원한 공기가 폐 속으로 전해왔다. 잡담 중이던 아줌마 둘은 백년 만에 처음 맞는 손님이라도 되는 양 나를 반겼다. 비싼 입장료^{4.5유로}를 받고 볼 것도 없는 예배당에 나를 들이밀었다. 어디서 자다 나오신 게 분명한 청바지 차림의 관리인이 열쇠꾸러미로 예배당 문을 열어주었다. 오늘 관람객은 나 혼자뿐인 게 분명했다.

건물 중앙에 웅장한 예배당이 있었다. 건축양식에는 별 관심이 없는 터라 데면데면 서성대다가 예배당 한가운데 있는 타베라 추기경의 석관이 특이해 사진을 찍으려는 찰나, 열쇠꾸러미를 빙빙 돌리며 귀찮은 표정이 역력하던 관리인이 갑자기 큰일이라도 생긴 것처럼 소리를 지르며 촬영을 제지했다. 이 먼 곳까지 걸어와서 거금 내고 사진 하나 찍지 못한다니 못내 억울하다. 돌로 만든 관일 뿐이잖아! 신자가 아니라 기도도 못하겠고, 이러지도 저러지도 못하고 쭈뼛거리는데 관리인이 성당 구석의 조그만 문을 가리킨다.

"지하실로 내려가는 문. 내려가, 한가운데 서서 말해봐. 소리가 벽에 부딪쳐, 정확하게 너에게 돌아와. 재미있는 경험. 내려가."

투박한 영어와 손짓발짓은 공포영화에서 촛불 든 집사를 연상케 했다. '그리고 거기 석관 중에 하나 골라서 들어가 있어. 잠시 후 내가 내려가서 깨끗하게 목을 따줄 테니'라고 손으로 목을 그어 보여도 이상할 것 같지 않았다. 멈칫멈칫 미소만 지었다. 묘한 공포. 안 내려가봐도 될

거 같은데 말입니다.

지하로 향하는 조그만 문 앞에 서서 내려가야 하나 말아야 하나 잠시 고민했다. 이대로 여행도 제대로 못해보고 톨레도의 예배당 지하에서 죽어야 하는 건가. 하지만 입장료가 아까웠고, 무엇보다 호기심을 억제할 수 없어 용기를 내어 문을 열고 층계를 내려갔다. 이래봬도 무려 칼을 든 마드리드 강도와 맞서 당당히 살아남았다고! 도망간 거 아니고. 문은 닫지 않고 열어두었다. 혹시 문 닫는 소리가 들리면 열쇠를 채우기 전에 재빨리 뛰어나올 셈이었다.

복도는 호빗족을 위한 것이거나 난쟁이가 설계한 게 분명했다. 한 명이 양쪽 난간을 붙잡고 내려가야 할 정도로 좁고 가팔랐으며 조명은 어두웠다. 이대로 지옥행인지 모른다는 상상을 떨칠 수 없었다. 지하까지 공기가 통하는지 몰라 문을 열어두고 내려오길 잘했다 싶었다.

못미더운 계단에 비해 지하는 놀라울 정도로 넓고 높았다. 이글루 같은 돔형의 천장은 벽돌로 정확하고 반듯하게 메워져 있었고, 바닥 한가운데 하수구 같은 표식이 있었다. 사방으로 비석과 관들이 놓여 있어 걱정했던 대로 즐길 만한 곳은 아님을 알 수 있었다. 가운데 하수구 표식 위에 서서 소리를 냈더니 과연 묘한 울림으로 돌아온다. 신기하긴 했지만 이게 내 목소리인지 귀신 목소리인지 구분이 안 되었고, 지금이라도 관리인이 칼을 가져와 목을 따고 관 속에 넣을까 봐 계속해서 계단에 신경이 쓰였다.

관리인이 없는 김에 사진을 몇 장 찍고 계단을 통해 나오자 관리인은 여전히 긴 의자에 앉아 코를 파며 시큰둥하게 쳐다본다. 살아 있음에 감사하며 얼른 도망 나오려는데, 정문의 아줌마가 붙잡으며 매시 정각에 가이드를 해주니 5분만 기다리란다. 영어로 건물의 곳곳과 소장품을 소개하는 훌륭한 가이드였다. 그러고 보면 결코 입장료가 비싼 게 아니었다.

병원은 방이 많았고, 가이드는 매번 통과할 때마다 문을 열고 잠그며 이야기를 들려주었다. 영국에서 유학을 했다는 여자 가이드는 유창한 영어로 오래된 카펫이니 밟지 말라거나, 여긴 바닥돌이 오래되었고 중요하니 카펫을 밟아달라거나 하며 계속 잔소리를 해대긴 했지만, 서적이나 미술작품, 방의 용도 등에 대해 상세하게 설명해주었다. 오래된 나무 가구들과 태피스트리에서 풍겨오는 냄새는 구수했다. 이름도 용도도 다양한 방을 구경하는 것도 좋았고, 고지식하고 주름이 자글자글한 문이 내는 끼이익 소리와 넘나듦도 좋았다. 커다란 룸 안에 울려 퍼지다가 한순간에 흡수되어 사라지는 가이드의 조근조근한 목소리도 정겨웠고, 힘겹게 무게를 지탱하는 나뭇바닥의 삐걱거림도 좋았다. 벽에 걸린 콧대 높은 귀족의 초상화들은 흥미로웠으며, 중세 시대의 지식이 담긴 가죽양장의 책들이 담긴 서재는 해리포터 학교 같았다. 타베라 병원도 톨레도의 자랑인 엘 그레코의 작품들을 많이 소장하고 있었다. 타베라 병원을 지나쳤다면 얼마나 후회했을까.

타베라 병원의 지하실.
한가운데에 서면 소리가 교묘히 반사되어 웅장하고 묘한 메아리를 들려준다.
어쩌면 여덟 방향으로 놓여 있던 관 속의 유령들이 화답해준 소리였는지도 모른다.
당장이라도 석관이 열리고 해골이 걸어 나올 것 같아
손가락, 발가락이 꼼질꼼질거렸지만 꽤 오래 버텼다, 기특하게도.

혼자 가이드를 받는 호사를 즐기며 중간에 질문이나 농담을 해댔다.

"이 양장본 책의 가죽이 혹시 사람의 것은 아니겠죠? 그런 영화를 본 적이 있어서요."

"엘 그레코의 작품을 가까이서 많이 볼 수 있다니 행복해요. 하지만 이렇게 허술하게 걸어두면 먼지가 쌓이거나 금이 가거나 벌레가 먹지 않나요?"

"영국에서 유학하는 동안 스페인의 태양이나 음식이 그립지는 않았나요?"

마치 문화재 관리부에서 나온 까다로운 감시관이라도 되는 양 연신 질문을 퍼부어댔다. 혼자 가이드 받는 즐거움은 이런 거구나. 나중에는 가이드와 웃고 떠들며 사적인 이야기를 하거나 이런저런 관광정보를 물어보기도 했다. 가이드에게 다시 세고비아 행 교통편에 대해 물어봤다. 그녀는 마드리드로 돌아가서 경유해 세고비아 행으로 갈아탈 게 아니라면 톨레도에서 바로 가는 건 없고 아빌라에서 세고비아 행이 있을 뿐이라고 답해줬다. 아빌라는 톨레도와 비슷한 도시지만, 톨레도보다 작고 볼거리도 적어 그다지 추천하지 않는다는 말도 덧붙였다.

결국 톨레도에서 세고비아 행은 없는 건가. 친절하게 길을 가르쳐줘 똥개 훈련시켰던 분들에게 고마운 마음이 들었고, 얼른 배낭을 벗어던지고 쉬고 싶은 마음이라 마드리드로 돌아가기로 했다.

스페인 여행을 준비하면서 '기타를 챙겨 길거리 공연을 해야지'라고 생각했었다. 연주할 곡과 영어 멘트, 심지어 경찰이 금지한다거나 술주정뱅이가 해코지하는 등의 특별한 상황에서의 대처 방식까지도 고민했었다. 얼마간 생기는 수익으로는 밥값에 호텔 희망에 부풀었다. 티어라이너 앨범이나 드라마, 영화 OST를 챙겨가서 운이 좋으면 공연이 끝나고 판매할 수도 있을 거라 생각했다. 길거리 공연에 반한 여성에게 초대받아 밥을 얻어먹거나 잠자리를 얻을지도 모른다. 이런 상상을 하다 보면 기타를 가져오지 않아 여행을 완전히 망쳐버린 것처럼 후회가 들기도 했다.

해외여행을 다닐 때면 10년 넘게 애용하는 '레씨'라는 기타를 자주 들고 다녔다. 여행 중에 그 녀석으로 작곡한 곡을 앨범에 싣거나 드라마에 삽입한 경우도 꽤 된다. 하지만 이번 여행에서는 탑승 부가금이 들고, 여행 중 들고 다닐 무게가 버거워 가져오길 포기했는데, 과연 잘한 일일까. 가져왔다면 두 달 동안 백여 곡은 작곡했겠지. 그중 몇 곡은 꽤 쓸 만했을지도 모른다. 예전에는 무거운 전자기타와 20킬로그램이 넘는 배낭을 메고서도 싱글벙글 여자들을 흘기며 다녔지만, 이제는 어떤 절세미인이 말을 걸어온다 해도 귀찮을 판이다. 사실 짐도 별로 없는 배낭을 메고 이렇게 헉헉대니 나이가 들긴 들었나 보다.

솔직히 털어놓자면, 사실 나라는 놈은 기타를 챙겨왔어도 챙겨온 대로 후회했을 게 분명하다. 매번 비행에 부가될 추가요금에 투덜댈 테고, 피곤한 몸을 질질 끌면서 묵을 곳을 찾을 때는 던져버리고 싶을 테고, 관광을 나오면서는 많은 사람이 함께 묵는 방에 둔 기타의 분실 여부를 걱정했을 테고, 여행지나 호스텔에 이미 기타가 비치되어 있다면 가져온 걸 역시 후회했을 터다.

한심한 놈이다.

없어진 의자 하나가 나의 자리였던 건 아닐까.
여행은 나의 빈자리를 찾는 과정.

[03 세고비아]

느긋하게, 서두르지 않고 천천히

인생의 색이 갈수록 흐려져.
익어서 빈티지하고 멋스럽게 바래는 게 아니라
물 탄 듯 술 탄 듯 흐지부지 흐려져.

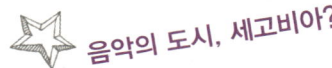

음악의 도시, 세고비아?

클래식기타를 만드는 국내 악기회사 세고비아. 그 이름 때문에 '세고비아'란 이름은 뮤지션들에게 친숙하다. 그래서였을까. 세고비아는 음악이 넘치는 감성 도시일 거라는 막연한 기대를 했다. 거리에는 남녀노소 할 것 없이 기타를 연주하고, 한 집 건너 통기타가 진열된 악기점이 있는 풍경을 연상했다. 클래식기타의 몸통에 한쪽 젖가슴을 기댄 채 머리카락을 늘어뜨리고 연주하는 세뇨리타를 만나면 사랑에 빠져버릴지도 모르겠다고 상상했다.

마드리드는 좌회전, 세고비•아는 우회전.
자, 마드리드는 이제 됐고요, 나를 세고비•아로 데리고 가주세요.
그런데 빨간 역삼각형은 '세고비•아에는 피라미드가 없음'이라는 표지인가요?

하지만 아쉽게도 이곳에서는 아무것도 만날 수 없었다. 악기점도, 기타를 연주하는 세뇨리타도. 대신 유럽에서 여행 온 노부부들과 새끼돼지 요리점은 셀 수 없이 많았다. 참고로 기타의 아버지인 세고비아는 도시명이 아닌 사람 이름이며, 그도 세고비아 출신이 아닌 스페인 남부 안달루시아 출신이라고 한다.

세고비아 행은 호스텔에서 아침식사 중 만난 한국 여행객과 동행했다. 단정하고 짧은 머리에 선한 인상인 그는 나와 나이가 같았고, 대기업 보험사에 근무하다 휴가를 내고 온 참이라고 했다. 아무런 계획도 없이 작은 배낭 하나 달랑 메고 동네 '마실' 온 것과 같은 나와 달리, 그는 여행 전에 치밀한 계획을 세우고 갖가지 여행정보를 수집해왔다. 덕분에 세고비아 여행은 가벼운 마음으로 떠날 수 있었다.

그는 버스를 타면 왼쪽 창가 자리에 앉아야 한다고 일러주었다. 이유를 물었더니 그래야 도중에 커다란 십자가를 볼 수 있다고 했다. 지나오면서 과연 '쓰러진 자들의 계곡'이라는 산골짜기에 서 있는 커다란 십자가를 볼 수 있었다. 하마터면 모르고 지나칠 뻔한 볼거리였다. 아는 만큼 보인다고, 현명한 친구일세.

'쓰러진 자들의 계곡'은 마드리드에서 세고비아로 가는 길에 넓게 펼쳐진 과다라마 산맥에 위치한다. 스페인내전 당시 전사한 망자를 위한 기념물로 바위산에 굴을 파서 거대한 성당을 축조했으며, 성당 안쪽에는 프랑코 장군의 무덤이 안치된 묘실 천장이 십자가와 닿아 있다. 건설도 독실한 신자였던 프랑코 장군이 직접 참여하고 감독했다고 한다. 망자에 대한 위로라기보다 자신을 위한 묘지였을 게다. 125미터짜리 십자가 밑에 프랑코 장군이 묻혀 있다니 과연 그답다.

지금은 물이 흐르지 않는 로마수도교

버스정류장은 관광 코스를 짜기에 안성맞춤인 신시가에 위치했다. 날씨는 따뜻하면서도 땀이 배지 않을 만큼 적당한 바람이 불었다. 맛있는 홍차에 텁텁하지 않을 만큼 우유를 탄 날씨. 배낭을 락커에 보관하고 홀가분하게 여행하고 싶었지만 이용료를 보고는 고개를 절레절레 흔들며 그냥 나왔다. 비싸지는 않았지만 그 돈이면 싸구려 파스타와 소스로 세 끼 정도를 해결할 수 있었다. 날도 좋은데 그냥 메고 다니지 뭐.

대로를 조금만 걸어가면 거대한 문처럼 로마수도교가 나온다. 크기와 길이는 압도적이다. 세고비아는 로마 시대에 이미 붐비던 도시로 수도교는 산골의 물길을 도시까지 이어준 중요한 물길이었다. 돌을 잇는 쇠붙이나 접착제도 없이 화강암만을 쌓아올려 만들었다는 게 신기하면서도 한편으로는 이해가 되질 않았다. 돌을 아무리 잘 이어 붙였다고 해도 흐르는 물이 새지 않을 수 있을까? 유럽을 뒤흔들었던 리스본 대지진이 있었을 때도 무너지지 않았을까? 오랜 시간 동안 수많은 전쟁은 어떻게

버텼을까? 어쩌면 근래에 재정비를 했는지도 모른다. 오지랖과 호기심으로 살아온 빌어먹을 음모론자의 못난 질문이 머리를 가득 메운다.

수도교가 끝나는 지점은 알카사르 성이었다고 한다. 수도교는 구시가의 동쪽을 관통해 들어와 도시 한가운데에 위치한 대성당과 마요르 광장을 가로질러 서쪽 끝의 성에까지 이르렀던 모양이다. 궁금해서 수도교를 따라가보았지만 성벽을 조금 지난 지점에서 맥없이 끊어졌다. 수도교의 물은 말랐고, 주민들은 이제 수도교의 물 대신 냄새 나는 수돗물을 마신다. 로마수도교의 원래 기능은 멈췄고 관광의 목적으로만 기능한다. 그 모습은 더 이상 싸우지 못하는 늙은 검투사처럼 애처로워 보였다.

세고비아에서는 시간이 느리게 흐른다

조금만 멀리 떨어져서 보면 도시는 놀라울 정도로 작고 집약적이다. 교통과 방어 요지에 도시가 발전하고, 둘레에 성벽을 쌓아 보호하는 중세 도시 성곽의 전형이다. 타고르가 말한 '성벽의 문명'을 직접 목격하고 공부한다.

신화학자 조셉 캠벨에 따르면, 건물의 높이로 위상을 따질 때 성당은 18세기까지 어느 도시에서든 가장 높이 솟아올라 있었다. 왕권이 교황의 권위보다 강해지면서 왕궁이나 국회 등 정치 관련 건물들이 성당보다 높이 건축되었고, 산업이 발달한 자본주의의 시대가 되자 경제 관련 건물들이 마천루로 경쟁하는 시대가 되었다.

대부분의 관광 포인트는 성벽으로 둘러싸인 구시가 안에 몰려 있다. 구시가의 한가운데에 대성당과 마요르^{Mayor, 주} 광장이 위치한다. 함께 온 친구와 같이, 때로는 따로 떨어져 골목골목을 기웃거렸다. 골목은 깨

마요르 광장과 대성당.
스페인의 도시 대부분은 군사적, 종교적, 교통요지에 세워진 구시가를 중심으로 발전했고,
도시가 발전하며 점차 신시가로 주변을 확장해나간다.
구시가의 중앙에는 대부분 대성당과 마요르 광장이 위치한다.
유럽의 역사와 문화가 중앙의 성당과 광장을 중심으로 이루어졌다.
중세에는 이 광장에서 축제가 벌어지고, 여론이 형성되고, 교수형이 집행되었다.
때로는 세 가지가 동시에 이뤄지기도 했는데, 축제의 클라이맥스로
경각심을 일깨우기 위해 사형이 집행되었다.

끗했고 개똥이나 낙엽도 없었다. 오래된 건물들은 마모된 모서리와 빈

티지한 톤으로 연륜을 내뿜고, 단층인 초등학교의 뒤뜰에는 아이들이

뛰어논다. 느리고 심심한 골목은 벽 위에 드러누운 고양이처럼 한가롭

다. 촬영 없는 날의 중세영화 세트장 같다.

이곳은 마드리드보다 시간이 느리게 흐른다. 주민들은 느긋하고, 개나 고양이도 놀라 도망치지 않으며, 관광객도 서두르지 않는다. 어쩌면 이 느긋함을 즐기고 싶어 시간이 멈췄으면 하고 바라는 사람들이 많아서인 건 아닐까.

🎵 백설공주는 살지 않는 알카사르

세고비아의 알카사르는 외관 때문에 세계적으로 유명하다. 성은 우리가 어릴 적 만화영화에서 보고 꿈꿔왔던 모습을 그대로 닮았다. 월트 디즈니가 이 성의 모습을 따라 그렸다니 그럴 만하다. 성에 살던 공주와 프랑스 왕자와의 이루어질 수 없는 사랑 이야기나 전설이 수십 가지는 있을 것 같다.

알카사르는 성의 동쪽만 도시와 연결되어 있고, 다른 삼면은 강과 절벽에 둘러싸여 보호받고 있다. 유일한 통로인 동쪽도 성 둘레에 해자를 깊게 파서 정문까지는 좁은 다리를 통해서만 다닐 수 있다. 외양만 아름다운 게 아니라 방어에도 신경을 쓴 요새다.

돌로 만들어진 다리를 지나면서 다리 아래 해자를 내려다보니 아찔하다. 영화에서 본 것처럼 저 아래에 사람이나 동물이 튀어나온 창에 꿰어 죽어 있거나 빗물이 고여 연꽃이 피었을 모습이 상상되었다.

성 내부는 어두웠다. 옛 성이나 성당들의 내부가 대부분 어두운 편이라 응당 그러려니 했지만, 창문도 많지 않으면서 그나마 드물게 난 창문도 스테인드 글라스로 종교 장식을 해두어 낮에도 불을 켜야 할 정도로 어두웠다. 반면 방어가 수월한 절벽 쪽은 채광이 잘되는 큰 창문이 나 있어서 성 정면과 후면 간 방의 밝기 차이가 컸다. 아마 채광이 잘되는 절벽 쪽 방을 신분 높은 사람들이 사용했겠지. 전체적으로 성 내부는 겉보기보다 넓고 방도 많았으며, 한켠에는 넓고 잘 가꿔진 정원도 있었다.

천장이 금색으로 꾸며진 큰 방에서 나는 왕자가 된 상상을 했다가, 병기고에서는 철갑을 두른 기사가 되어보기도 하고, 성벽에서는 활을 겨눈 궁수가 되고, 정원에서는 공주를 사모하는 신하가 되어보기도 했다. 큰 침대가 있는 방에서는 왕이 되어 하녀들과 자는 상상을 해봤지만, 덥수룩하게 턱수염이 난 나이 든 왕으로는 아무래도 성에 차질 않는다. 모든 상상은 살이 붙고 이야기가 되어 발걸음을 느려지게 한다. 작곡을 하고 싶었지만 그런 정도의 여유를 부릴 시간은 없었다. 야한 상상할 틈은 있으면서.

동화나 영화에서 성이 없는 중세 유럽은 상상하기 힘들다. 하지만 사실 10세기까지만 해도 유럽에는 성이 거의 없었다가 12세기 이후부터 유행처럼 지어져 일반화되었다. 성은 방어에는 좋았지만 주거용으로는 그다지 적합하지 않았다. 높은 지형에 지어진데다 내부에 별다른 난방

백설공주 성으로 유명한 세고비아 알카사르.
디즈니랜드에 온 건 아닐까 착각이 들 만큼 아름답고 동화적이다.
하지만 막상 내부에 들어가면 중요한 군사 요새였음을 알 수 있다.
세상에서 가장 아름다운 성으로 손꼽혀서 실제로 월트디즈니가
만화의 소재로 그렸다는데, 키스하면 깨어나 결혼해주려나 백방으로 찾아다녔지만
어디에도 공주는 없었다, 아쉽게도.

장비가 없는데도 불구하고 방어와 화재에 대비해 돌을 쌓아 지어진 터
라 성 안의 사람들은 지독한 추위에 시달렸다. 성에서 지내는 이들은 추
위와 관련된 질병으로 단명했는데, 특히 폐결핵은 뗄 수 없는 병이었다.

성은 귀족 일가와 하인에 더해 거느린 기사들과 병사들, 지나는 길손

들이 한데 섞여 북적였다. 식사를 할 때면 많은 사람들이 긴 의자에 앉아 칼을 사용하거나 맨손으로 먹었고, 남은 찌꺼기는 개 먹이로 주거나 깔고 자는 짚단 아래 넣어 보온용으로 사용했다. 쥐가 득실거리고 질병이 창궐할 수밖에 없는 환경이었을 것이다. 동화 같은 성의 외관으로는 상상하기 힘든 이야기다.

🎵 새끼돼지 바비큐를 접시로 툭툭 자르는 달인

동행한 친구와 함께 나눠 내기로 하고 새끼돼지 통구이 요리인 코치니요 아사도Cochinillo Asado를 먹으러 갔다. 비싸다고 세고비아의 특산요리를 놓칠 수는 없지.

현지 주민이 추천해준 맛집은 마요르 광장에서 멀지 않은 곳에 있었다. 입구 쪽에 바르가 있어서 술이나 타파스를 시켜 먹을 수 있고, 그곳을 지나면 코치니요 아사도를 먹을 수 있는 넓은 레스토랑이 있었다. 바르 벽면에는 접시만큼 커다란 메달을 목에 건 뚱뚱한 주방장이 스페인 왕과 포즈를 취하고 있는 빛바랜 사진이 걸려 있었다. 액자 한가운데 커다랗게 빛나는 메달은 주방장의 자존심을 드러냈다. 스페인 왕의 방문은 우리나라 공중파 방송에서 맛집으로 소개되는 것보다 자랑인 모양이다. 주민의 추천에 더해 스페인 왕과 주방장의 사진이 맛보지도 못한 요리에 대한 기대감과 만족감을 북돋아주었다. 목에 걸었다기보다는 뚱뚱한 배 위에 메달을 얹은 주방장의 웃는 사진을 흘끔거리며 줄을 섰다. 허리를 굽혀도 메달은 배에 잘 달라붙어 있을 게 분명하다.

결론부터 말하자면 고기 맛은 물론 기대에 미치지 못했다. 육질은 부드럽고 양념은 향긋했으며 껍질은 과자처럼 바삭하고 고소했지만, 가격에 비해 양은 턱없이 적었고 고기의 반은 지방이었다.

노릇하게 구워진 새끼돼지 통구이가 주방에서 밖으로 나오자, 사진 속 주방장이 멋지게 등장했다. 종교화에 자주 등장하는 날개 달린 통통한 아기천사 푸토^{putto}를 닮았다는 게 내가 본 첫인상이었다. 자세히 보니 사진 속 모습 그대로 흰 옷차림에 번쩍이는 메달을 메고 있었지만 살은 조금 빠진 듯했다. 흐릿한 사진에 비해 실물은 바비큐처럼 혈색도 좋았다. 사람들의 시선을 의식하며 사진을 찍도록 잠시 자세를 취해준 후 고기가 부드럽다는 걸 증명하려는 듯 투박한 접시로 새끼돼지 통구이를 툭툭 잘랐다. 태어난 지 40일밖에 안 된 새끼돼지는 통구이가 되어 여섯 토막이 났고, 자르는 데 사용했던 접시에 담겨 테이블로 옮겨졌다.

사람들이 몰려와 사진을 찍어댔고 나도 동영상을 촬영했다. 당시에는 몰랐지만 나중에 영상을 보니 한 편의 코미디였다. 주방장은 자기 몸으로 카메라를 막지 않으려고 노력하며 놀라울 만큼 카메라와 시선을 의식하고 있었다. 고깃덩이가 공평하게 나누어지지 않아 접시에 담았다가 다시 내려놓았다가를 반복하며 덩어리를 나누느라 낑낑거리는 모

노릇노릇 잘 익은 새끼돼지 요리 코치니요 아사도.
40일 된 새끼돼지의 내장을 걷어낸 바비큐 요리로 육질은 부드럽지만 지방이 많다.
형태가 분명한 어린 새끼돼지를 보고 나니 불쌍한 마음이 들었지만,
비싼 가격과 가난한 여행객의 처지를 생각하면 세상에 먹을 수 없는 건 없다.

습이 장인의 풍모와 메달에 어울리지 않게 우스꽝스럽고 인간적이었다. 선해 보이는 인상이라기보다는 욕심꾸러기의 나눠주기로 보였지만, 나는 동영상 속의 어눌한 주방장을 좋아하게 되어버렸다.

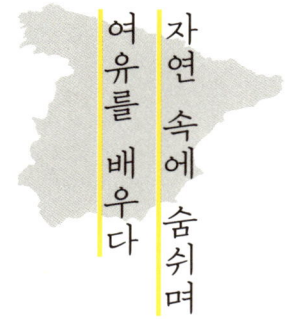

자연 속에 숨쉬며
여유를 배우다

침묵은 시간이 지나가면서 내는 소리다.
지루함은 시간의 상처에서 흘러나오는 피다.
― 다큐멘터리 〈은둔자의 삶〉

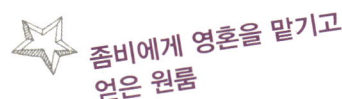

좀비에게 영혼을 맡기고
얻은 원룸

버스에서 내리면 우선 도시 분위기를 파악한다. 바야돌리드쯤이야 하면서 꽤나 자주 온 것처럼 당당하게 어깨를 펴고 큰 보폭으로 자신 있게 걸었다. 하지만 눈빛은 1초에 수십 번 좌우로 빠르게 요동치며 초조해하고, 수시로 지도에 코를 박은 채 길 한가운데서 미아처럼 멈춰 서곤 했다.

호스텔을 찾는 길에 사진도 찍고 관광도 하며 느릿느릿 길을 걷다가 마요르 광장과 멀지 않은 곳에서 마침내 적당한 숙소를 발견했다. 건물

왼편에 피수에르가(Pisuerga) 강을 낀 바야돌리드는 콜럼버스가 사망했던 도시로 유명하다.
버스는 바야돌리드 시내에 접어들자 속도를 줄였고,
잦아든 엔진소리에 그제야 승객들은 하나둘 뒤적뒤적 잠에서 깨어 현실로 돌아온다.

을 보는 순간 '스크루지 영감이나 라스콜리니코프 도스토예프스키가 쓴 〈죄와 벌〉의 주인공 가 머무르고 있지 않다면 여기가 바로 내가 머물 곳!'이라는 느낌이 드는 곳이었다.

300년은 된 듯싶은 거대한 건물의 입구는 당장이라도 부서질 것 같았다. 문 옆에 붙은 초인종은 낡아빠졌지만 여기가 과거가 아닌 21세기임을 일깨워주는 유일한 징표였다 분명히 작동하지 않을 거라 생각했는데 예상외로 벨이 울렸고, 상대방의 잡음 너머로 흐리게 목소리가 들렸다. "올라 안녕 !"

조심스럽게 문을 열자 공포영화에서 들었던 익숙한 '끼이이익' 소리가 났다. '여기에 한번 들어오면 쉽게 나가지 못할 거야. 열고 들어올 수는 있지만 다시 나가지는 못할걸'이라는 고약한 목소리다. 초인종만 누르지 않았더라면 길거리에서 밤을 새는 일이 있더라도 그냥 나오고 싶었다.

내부는 컴컴했다. '끼이이익, 들어왔어 너. 딱 죽고 싶다는 게지'라고 기분 나쁜 소리를 내며 문이 닫혔다. 절망적이었다. 문이 닫히기 전 가능한 한 재빨리 장애물과 층계 위치를 인지했지만, 막상 문이 닫혀 세상이 감감해지자 머릿속도 함께 감감해져버렸다. 혹시나 해서 미친놈처럼 손을 휘저어봤지만 역시 이런 곳에 움직임을 인지하는 자동점멸등이 설치되어 있을 리 없었다. 공포영화에서 제일 처음 죽는 조연배우라도 된 기분이었다.

겨우겨우 층계를 찾아 거머리마냥 벽에 붙어 한 계단씩 올랐다. 계단을 오를 때마다 썩은 나무에서 나는 삐걱삐걱 소리가 암흑 속을 가득 메우고 머릿속을 손톱으로 긁어댔다. 만약 이런 때 무엇인가 위나 아래에서 내 쪽으로 삐걱거리며 다가온다면 그 괴물을 사진으로 찍은 후 한 걸음에 층계를 뛰어 내려가 문을 열고 나갈 마음의 준비를 했다. 필요하다면 배낭을 괴물에게 던져 얼마간 시간을 벌 수도 있을 게다.

2층으로 올라가는 동안 층계의 나무가 부서져 밑으로 빠지거나 갑자기 괴물이 덮쳐오는 일은 없었다. 오히려 나한테서 나는 조용하고 분명한 삐걱 소리가 괴물이 듣기에도 무서웠을 테지. 배낭을 멘 등으로 땀이 번졌고, 손은 여전히 조명을 켤 스위치를 찾아 거미처럼 벽을 헤맸다. 모르긴 몰라도 동공은 고양이마냥 커지고, 자세는 벽에 붙은 파리처럼 우스꽝스러웠을 것이다.

호스텔 문에는 창문이 달려 있어 안에서 희미한 조명이 새어나오고 있었다. 옆에 초인종 같은 벨을 누르자 벨소리 대신 복도에 불이 누렇게 들어왔다. 조명 버튼이었다. 나가면서야 안 사실이지만, 건물의 입구 옆에도 조명을 켜는 커다란 버튼이 잘 갖춰져 있었다. 괴물 걱정을 하며 벽 먼지를 죄다 닦는 청소부 역할을 하면서 2층으로 올라올 필요가 없었던 것이다.

호스텔은 키가 작은 사십 대 주인 아줌마 혼자였고, 투숙객은 아무도 없어 보였다. 아줌마는 고흐의 그림에서나 보았던 19세기 싱글룸을 보여준 다음 복도와 거실을 지나 한참을 걸어가야 하는 화장실과 샤워부

스를 알려주었다. 19세기 집임을 강조하려는지 조명은 화장실의 삼파
장 전구를 제외하곤 전체가 힘겹게 제 몸을 태우는 누런 백열전구뿐이
었다. 요리가 가능한 부엌은 없었다.

싱글룸에 18유로라는 말을 듣고 속으로 쾌재를 불렀지만, 본능적으
로 "조금만 깎아주세요"라고 지질하게 계산적인 말을 건넸다. 이런 없어
보이는 찌질함은 여행 내내 지겹도록 입에 붙어서, 돈 이야기만 나오면

내가 머물렀던 호스텔 Los Arces가 있던 건물.
건물 외관도 주위에서 가장 오래되어 보였지만 실내는 그보다 몇 배는 더 늙었다.
건물 왼편에 보이는 높이 4미터는 족히 될 듯한 썩은 중세 나무문을 힘겹게 열고 들어가면
영화세트 안으로 들어간 듯 오래되고 삐걱거리는 층계와 마주친다.

종소리에 개가 침을 흘리듯 무의식적으로 튀어나오곤 했다. 내 의사로는 도저히 어쩔 수가 없다.

아줌마의 대답은 당연히 'no!'였다.

고흐의 싱글룸은 삐걱거림의 끝판 왕이었다. 책상, 의자, 침대, 세면대, 흐릿한 알전구까지 방 안에 놓인 모든 것들이 나의 일거수일투족을 누군가에게 삐걱삐걱 끼익끼익 일일이 보고하고 있는 듯했다. 그들의 입을 막으려면 내가 죽은 듯이 가만히 있는 수밖에 없었다. 혹시나 나뭇바닥이 부서져 발 하나가 푹 빠져도 중심을 잃지 않도록 양발에 힘을 주고 걸으면서, 동시에 소리는 최대한 나지 않도록 축지법을 써야 했다. 허경영에게 배워둘걸.

짐을 정리하고 빨래를 하기에 앞서 침대에 걸치고 앉아 친구에게 문자를 보냈다. 내가 죽어도 누군가는 내가 어디서 죽었는지 알아야 한다.

'바야돌리드 Los Arces 호스텔. 정처 없이 헤매다가 몇백 년 된 집에 왔어. 휴~ 주인이 새벽에 날 죽이고 노트북을 팔아먹지는 않겠지?'

아닌 게 아니라 내가 잠든 사이 주인이 내 목을 따지 않는다면, 검은 후드모자를 얼굴까지 뒤집어쓴 서양 저승사자가 거대한 낫을 들고 들어와서 나를 데려가도 전혀 이상해하거나 억울해하지 않고 순순히 죽음을 받아들일 수 있을 것 같았다. 거실에 비치된 방명록에 한글로 짧은 멘트를 적었다.

밤에 집주인이 있으나마나인 열쇠를 따고 들어와

나를 침대에 묶고 배낭을 훔쳐가진 않을지 걱정되는 소심한 밤.

운이 좋아 건물이 무너지지 않는다고 해도,

집주인이 아니라면 분명 유령이 먼저 올 게다.

둘 중에 누가 먼저 와도 전혀 이상할 것 없는 공포의 호스텔.

— 10월 9일 아직은 살아 있는 라이너 군

막상 짐을 풀고 침대에 눕자 괴물이 사는 건물도 생각만큼 나쁘지는 않았다. 무엇보다 오랜만의 싱글룸에 행복했다. 빨래를 널고 샤워를 한 후 거울을 봤더니 좀비가 서 있어서 흠칫했다. 몸무게를 재보고 싶었다. 어쩌면 이 건물에서 괴물은 나인지도 모른다.

 ## 한가로운 아침의 도시

주인 아줌마가 호스텔 문을 여는 소리에 잠에서 깼다. 6시 17분. 얼마 전만 해도 이름도 몰랐고 알고 싶지도 않았던 바야돌리드까지 와서 왜 이 고생인 걸까. 강아지 가슴이나 쓰다듬으며 편안한 내 작은 방에서 늦게까지 뒹굴거리고 싶은 마음이 굴뚝 같단 말이다.

내가 묵은 싱글룸은 경비실로 사용하면 안성맞춤이다. 건물을 오르

내리는 모든 사람들의 동향이나 대화까지 엿들을 수 있어 CCTV가 필요 없다. 내가 묵은 방만 그런 게 아니라면 이 건물에 비밀이라곤 없는 게 분명하다. 이웃끼리 아침인사로 "새벽녘에 자네 모친께서 기침을 일곱 번이나 하시던데 병원에 모셔가는 게 좋겠어"라든가 "어젯밤에 들으니 남편 분이랑 금방 끝내버리던데, 요즘 두 분 잠자리에 문제라도 있수?" 따위의 안부를 묻는지도 모른다.

새벽 골목을 걷고 관광을 좀 한 후 장을 볼 요량으로 조용히 숙소를 나섰다. 살며시 층계를 내려갔더니 층계도 나를 따라 조용히 삐걱거린다. 어딘가 3층이나 4층 주민이 "어제 혼자 호스텔에 묵던 아시아인 청년이 장 보러 일찍부터 나서나 보네", "응, 그럴 만도 하지. 어젯밤에 아무것도 안 먹고 일찍 자더라고, 글쎄" 따위의 대화를 나눌 것만 같다.

밖은 쌀쌀했다. 얇은 후드재킷을 걸치고 지퍼를 목까지 올렸다. 길가에 세워진 전광판이 시간과 온도를 번갈아 보여주었는데, 7시 28분에 11도였다. 계절이 가을임은 숫자로 으스대지 않아도 몸이 실감한다. 하늘에도 건물에도 표지판에도 가을이 덕지덕지 묻었다. 포르투갈 왼쪽을 빙 둘러 도착하게 될 스페인 남부는 아직 여름이겠지.

어제 숙소를 찾던 중에 대형마트를 보고 지도에 체크해두었던 터라 저렴한 먹거리를 사러 들어갔더니 한창 분주하던 직원들이 뜨악한 표정으로 쳐다본다. 아시아인은 왜 그렇게 서두르는 거니, 라는 표정들. "개점은 9시 이후입니다."

성당과 골목을 들락거리며 사진을 찍고 강가를 배회했다. 창문 너머로 구수하게 빵 굽는 냄새가 났고, 간혹 텔레비전 소리가 들리기도 했지만 대체로 조용하다. 이곳도 마드리드처럼 아침이 늦다. 개를 산책시키던 할머니가 먼저 웃어 보이며 눈인사를 건넨다. 강바람은 차가웠지만 강 표면에 반사되는 햇빛의 춤에 취해 한참을 걸었다. 열 시가 되어서야 대형마트로 돌아가 싸구려 먹거리를 사 들고 숙소로 돌아왔다.

한가로운 아침의 도시는 휴가로 텅 빈 남의 집을 방문하는 것 같다. 남의 시선 따위는 신경 쓰지 않고 마음껏 거닐고 둘러볼 수 있다. 그 순간만큼은 도시의 골목과 정취에 주인이 없어서 아침 공기와 내가 원하는 만큼 나누어 가질 수 있었다.

새들의 파라다이스

바야돌리드는 역사 유적을 잘 보존한 톨레도나 세고비아 같은 중세 도시보다는 현대적 실용성을 우선시한 유럽 도시다. 잘 정비된 도로와 공원은 이전의 도시들과 달라 흥미롭다. 저렴하게 싱글룸에 머무르며 공포체험도 하고, 빨래도 하고, 푹 쉰 후 다음 도시로 이동한다.

첫날 숙소를 찾으면서 지났던 캄포 그란데 공원을 다시 찾았다. 공원은 새들이 점령했다. 특정 시간이 되면 새장을 열었다가 다시 몰아넣

상점이 모여 백화점이 되고,
화랑이 모여 미술관이 되며,
공연은 모여 페스티벌이 되는데,
나의 끝없는 몽상들은 아무것도 되질 않더라.
하지만 본인이나 타인에게 해가 되지 않는다면,
결과물이 나오지 않는 그 자체만으로도 의미가 있는지도.

오리든 비둘기든 공작이든 공원길과 정원과 잔디와 호수 위를 마음대로 활보한다.
사람들은 모이를 주거나 공원길을 거닐었고, 청소부는 새똥을 치워준다.
이곳에서는 새가 주인이다.

겠거니 했는데, 그냥 하루 종일 공원 전체를 자유롭게 거니는 모양이
다. 벤치는 공작이 점령하고 앉았고, 호수에는 오리와 거위들이 유유히
무리지어 다녔으며, 산책로에는 비둘기들과 이름 모를 새들이 섞여 노
닌다.

이곳에서 새와 사람은 동격이다. 공작이나 오리는 동물원이나 축사
에서만 볼 수 있었던 나라에서 온 이방인은 주민들과 평화롭게 공원을
걸으며 상생하는 모습이 신기하기만 하다. 양복을 차려입은 할아버지가

공작들에게 모이를 한 움큼씩 던지면 우아하게 몰려다니며 모이를 먹는다. 하나같이 즐거운 표정의 어린아이들을 태운 보트는 흰 모자를 쓴 초로의 선장이 노를 저으며 한가롭게 떠간다. 오리가 옆을 따라다녀서 노를 젓는 데 방해가 되기도 하지만 선장은 서두르는 법이 없다.

호수는 공원 안의 오아시스였고, 오리들의 식당이었으며, 아이들의 바다였다. 햇살이 호숫가 표면을 흩어졌다 모였다 뛰어다니며 삶을 가르쳤다. 아이들은 자연의 아름다움을 배우고 이방인은 여유를 배운다.

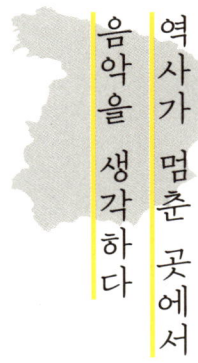

역사가 멈춘 곳에서
음악을 생각하다

> 흔히들 인생을 물에 비유하죠.
> 아무리 붙잡으려 해도 손가락 사이로 빠져나가니까요.
> 그래서 두 주먹을 불끈 쥐는 겁니다.
> 빠져나가는 걸 조금은 늦출 수 있으니까요.
> ― 다큐멘터리 〈황혼 금메달〉

 ## 계절의 농락

계절은 사람을 농락한다. 완연한 가을인 것처럼 비가 내리고 으슬으슬했다가 다음 날이면 언제 그랬냐는 듯 따사로운 햇살로 꽁꽁 여몄던 사람들의 옷을 훌훌 벗게 만든다. 같은 날도 누군가에게는 '벌써'가 다른 이에게는 '아직도'가 된다. 누군가에게는 '이른'이 다른 이에게는 '늦은'이 되기도 한다. 사람은 모두 그들 각자만의 계절에 대한 기대와 미련을 가지고 살아간다.

휴일의 성지

이 도시에는 역사가 멈춰 있다. 줄지어 선 낡은 건물들의 기와와 벽은 금이 가고 곰팡이가 슬었다. 끔찍하게 낡아서 아무도 살 것 같지 않지만, 창가에는 화분이 놓여 있고 문 앞은 깔끔하다. 구시가 중앙 대성당에 가까워질수록 더욱 역사적이고 종교적인 건물들로 채워진다. 예스럽고 고풍스러운 도시인 일본 교토의 정갈하고 서민적인 풍경과는 다른 느낌이다. 산티아고 데 콤포스텔라의 이끼가 끼고 서늘한 건물들은 경건하지만 차갑고 위압적이라 정이 느껴지지 않는다. 골목을 돌면 종교재판이나 마녀사냥이 집행되고 있을 것만 같다.

나는 여행지의 오랜 역사를 존경하고 사랑하지만, 산티아고 데 콤포스텔라에서는 그러기가 힘들었다. '왜 산티아고를 사랑할 수 없는 거지?'라고 아무리 반문해도 싫은 건 어쩔 수 없었다. 아마 종교에 대한 나만의 색안경 때문이리라.

내게 가톨릭 유물들은 대개 그로테스크해서 무섭고 기괴하게 다가온다. 벽화나 그림은 고난과 피로 점철되어 있고, 예수, 마리아, 성인들을 조각한 동상이나 부조는 고통과 괴로움으로 찡그린 표정이거나 무표정하다. 대부분의 성당 내부는 어둡고, 한여름에도 오싹한 기운이 들 정도로 서늘하다. 웅장한 성당은 내게 남성적이고 파시즘적이다. 그 규모와 권위는 차갑고 위압적이며 주눅이 들게 한다. 나의 뒤틀린 생각과 달리 신도들은 편안하고 성스러움을 느낄 테니 나의 인상은 극복해야 할 편견일지도 모른다.

콩나물 음악가

복잡한 악보를 보면, 이런 콩나물들이 어떻게 아름다운 선율로 연주될 수 있는지 아직도 신기하기만 하다. 악보는 내게 엑스레이에 투영된 희멀건 뼈와 다를 게 없다. 아무리 아름다운 여성이라도 앙상한 갈비뼈 엑스레이는 볼품없듯이 나는 악보에서 곡의 아름다움을 읽어내지 못한다.

악보를 못 읽는 대신 절대음감을 가졌다면 근사하겠지만 그렇지도 못하다. 배우지 못한 나는 누군가 악보를 보면서, 더 정확히는 악보'만' 보면서 곡의 분위기나 멜로디를 인지하고 평가하고 연주하는 사람들에게 암호해독가나 마술사에게서 느끼는 일종의 경외심을 가지고 있다. 악보도 그릴 줄 모르면서 곡을 쓰니까 '나는 머리가 아닌 마음으로 창작하는 진정한 뮤지션이야'라고 자위하거나 우쭐거릴 수는 없다. 음악은 감성에 호소하는 마음끼리의 대화인데 이깟 기록이 무슨 소용이냐고 폄하할 수도 없다. 어떻게든 아름답게 포장해보려고 해도 악보를 읽고 쓰지 못하는 싱어송라이터는 극복 가능한 선천적 장애를 가진 어린

아이일 뿐이다.

이리저리 연주하다 좋은 화음이 나오면 거기에 멜로디를 붙이는 편이라 가끔은 내가 연주하는 코드를 정확히 모를 때도 있다. 직접 작곡했으면서도 내가 연주하는 화음이 Edim7add11인지 C#sus4인지 알 턱이 없으니 코드를 적는 대신 나만 알아볼 수 있도록 별 표시를 하거나^{E*} 연주하는 손가락 하나하나를 숫자로 표시해 운지를 기록한다. 나만의 기록법이라 다른 사람은 내 악보^{라기보다는 암호}를 봐도 연주할 수 없다. 코드를 모르고 악보도 그리지 못하니 멤버들에게 연주를 부탁하려면 미리 컴퓨터 가상악기로 원하는 연주를 녹음한 가이드음악을 들려주거나,

"나는 생각한다. 고로 피곤하다." 산티아고를 걸으며 데카르트의 명제가 머릿속을 맴돌았다.

기타를 치며 노래해서 분위기를 들려준 후 합주를 통해 원하는 연주를 주문해야 한다.

작곡가가 연주자에게 보여주는 악보는 설계사가 목수에게 건축도면을 보여주는 것과 같다. 설계도면을 그리지 못하는 설계사가 목수에게 설명만으로는 건축물을 짓게 할 수 없듯, 나 또한 상대에게 곡의 느낌을 설명하지 못할 때면 답답했다. 협업이 성에 차지 않아도 시간과 돈이 들어가기에 타협할 수밖에 없는 경우가 많았다. 제 곡에 대한 욕심을 꺾기란 쉽지 않지만, '타협'이라는 좋은 구실로 일부는 '포기'한 채 내놓아야 하는 곡도 제법 있었다.

이렇게 기본 없고 가르침이 없기에 나의 곡은 저급하고 가볍다. 듣는 대로 연주할 줄이나 알았지, 악보를 볼 줄도 그릴 줄도 모르기에 초

기의 곡 작업은 막노동이었다. 루프loop로 반복해서 돌리면 되는 컴퓨터 드럼을 직접 하나씩 찍어가며 며칠이나 걸려 완성하고, 그렇게 밤새 작업했던 곡을 사소한 실수로 통째로 날린 적도 허다했다. 시행착오를 겪다 보니 나만의 노하우가 생기긴 했지만, 나의 작업방식은 여전히 변칙적이고 불편하다. 오랜 수정 끝에 이제는 아예 내 스타일로 굳어져버려 앞으로도 보통의 작곡가들이 하듯 작곡을 하고 녹음을 하는 건 불가능할 것이다.

버스를 타고 이동 중이나 길을 가다가 멋진 멜로디가 떠올라도 곡을 기록할 수 없었다. 산티아고 데 콤포스텔라로 이동 중에도 그럴듯한 멜로디가 떠올랐지만, 버스 안은 칠흑같이 어둡고 사람들은 머리를 늘어뜨리고 자거나 눈을 시꺼멓게 뜨고 쳐다봐서 녹음하지 못했다. 죽이는 멜로디가 떠올랐다고 주장해봐야 지금 와서 증명할 수도 없고, 이런 식으로 주변 상황이 여의치 못해 망각되어 사라진 곡이 꽤 된다. 머릿속에서 공기 밖으로 날아간 건 나중에 아무리 더듬어봐도 다시 떠오르지 않았다.

누군가 나중에라도 스페인 어딘가를 떠돌고 있을 멜로디들을 주워 담아 좋은 음악으로 만들어주었으면 좋겠다. 지식만으로 곡을 쓸 수 있고, 이성만으로도 얼마든지 좋은 뮤지션이 될 수 있다는 건 아무래도 슬프다.

비행운이 하늘에 쉼표시를 하고 악보 오선지를 그렸다.
내가 악보를 그릴 줄 알았다면 작곡을 해서 하늘에 그렸을 텐데.

♪ 인간화된 음계에 대한 성격진단

낮은 음은 내성적이고 진중하며 길게 가는 반면, 높은 음은 직설적이고 신경질적인 대신 금방 잦아든다. 낮은 음이 더 길게 사는 건 어딘가 불공평하다고 생각했던 적이 있지만, 낮은 음도 그들 나름의 아픔이 있다. 이제는 콘트라베이스가 이기적이라고 생각하지는 않는다. 언젠가 수다 중에 낮은 음은 A형이고 높은 음은 B형에 가깝다고 혈액형에 억지로 대입해 말했다가 B형이었던 동료에게 혈액형 차별론자라는 비난을 받은 적이 있다.

음에는 궁합이 있다. 서로 '사맛디 아니 하면' 불협음을 내게 된다. 화음에 맞지 않는 음은 아무리 소리가 큰 음의 무리 속에 있더라도 도드라진다. 일곱 개뿐인 음 중에서 불협음을 제외하고 나면 멜로디를 진행하는 건 사실 그리 어렵지 않다.

불협음을 피하고 음의 전과 후에 궁합이 더 좋은 음을 배치하다 보면 음의 진행이나 화음의 진행에도 공식들이 생기게 된다. 사람들에게 편하게 들리는 진행에 '머니 코드', '황금 코드'라는 명칭이 붙는 이유도 이 때문이다. 애초에 화성악 같은 건 배우지 않아 코드의 진행이나 법칙에 관한 이론은 아는 바가 없지만, 항상 악기를 연주하고 노래하다 보니 어울리지 않는 음의 궁합이 있다는 걸 꾸역꾸역 느리고 무식하게 손으로 귀로 몸으로 알게 되고 '익숙해지게' 되었다. 그건 나의 변태 같은 비유에 따르자면, 같이 자보지 않고서도 알 수 있는 속궁합 같은 것이다.

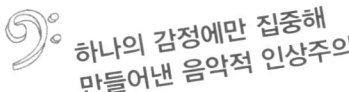
하나의 감정에만 집중해 만들어낸 음악적 인상주의

나는 화성악을 배운 적도 없고 콩나물을 그릴 줄도 모른다. 작곡을 한다고 해봐야 가슴과 머릿속 어딘가의 스파크랄까, 화학작용 같은 것들로 즉흥적인 멜로디들을 면발 뽑아내듯 뽑아낼 뿐, 딱히 영화에서처럼 멋지게 연필을 입에 물고 연주하다가 슥슥 악보를 그리고 고뇌하며 가사를 쓰는 타입이 못 된다.

나는 대부분의 곡을 10분 이내에 작곡하고 구성해 녹음기에 당시 감성의 편린들을 대충 뭉쳐 녹음해둔다. 작곡하는 데 10분 넘게 전념했던 적은 없을뿐더러 성격상 불가능하기도 하고, 기억력이 멜로디를 오랫동안 잡아두지도 못한다. 조금 시간을 두고 멜로디를 만들면 앞의 멜로디는 까먹기 일쑤였고, 곡은 애초의 방향과 다른 곡으로 계속해서 바뀌어갔다. 그러다가 시들해져버린 곡은 셀 수도 없다. 그때의 감정에 충실해 재빨리 녹음을 해야 나중에 쓰든 안 쓰든 그 멜로디는 감정이 살아 있게 된다. 후에 앨범 작업을 하면서 멜로디를 약간씩 수정하는 경우는 있지만 거의 그대로 실리는 편이다. 그만큼 곡들은 단순하고 하나의 감정만을 끝까지 고집하곤 한다.

진중하게 앉아 연주를 오랜 시간 연습하거나 작곡을 오래 하는 편이 아니라, 놀랍게도 30분 이상 연주하고 있다면 아마도 다섯 곡 정도의 신곡을 작곡했거나 좋아하는 외국 곡을 커버해 부르는 중일 것이다. 내 음악을 싫어하지 않으면서도 시니컬한 반응을 툭툭 내뱉기 일쑤였던 친구 녀석은 만화 〈북두칠성〉의 싸움은 못하면서 성질 고약한 악당처럼 생겼지만, 사실 법 없이도 살 만큼 순한 친구다. 밴드에서 드럼을 치다 좌절해 공무원 시험을 보기도 했다 그런 나를 '천재의 탈을 쓴 양아치', '시험공부 안 하고 놀면서 성적 좋은 놈'이라고 투덜댔고, 음악 녹음을 도와주던 세션 연주자는 언젠가 그런 작곡을 전문 용어로 '날로 먹기'라고 명했다.

하지만 곡을 빨리 쓴다고 고생을 덜 하는 건 아니다. 작곡하는 스타일이 다를 뿐 나름의 고충은 있다. 곡의 단순함도 큰 걸림돌이지만, 순간의 인상이 작업에 잘 반영되지 못하는 경우도 잦다. 시간과 공을 들여 작곡을 한다고 명곡이 나오는 건 아닐 테고, 그렇다고 곡을 빨리 쓴다고 천재일 리도 없다. 산고의 고통이 크든 작든 똑같이 소중한 아이듯이, 곡의 가치를 시간이나 비용, 노력만으로 가늠할 수 없음은 물론이다. 그러니까 변명의 요는 이렇다.

"티어라이너의 음악은 긍께 미술로 비유하자면 일종의 인상주의여. 어떤 기가 막힌 한순간의 인상을 캐치해다가 멜로디로 디립다 옮긴다 이기제. 고건 말하자므는 고흐나 모네보다는 터너의 후기작과 같은 느낌인 것이여 씨방. 가끔 드라마나 영화를 위해 쓰는 곡은 풍경화도 많지만 말이여. 요런 식으로다가 대굴빡을 굴려보므는 막시밀리앙 해커는 클림트요, 레디오 헤드는 데미안 허스트인 것이제. 알아듣겠는가?"

본 만큼
들은 만큼
느낀 만큼
만져본 만큼
아파본 만큼
간절한 만큼
외로운 만큼
딱 그만큼만 노래할 수 있더라.

Spain

Portugal

Portugal

발걸음 둘, 포르투갈

안 단 테
칸 타 빌 레

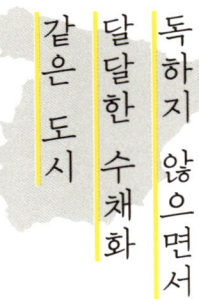

독하지 않으면서 달달한 수채화 같은 도시

부자들은 가난뱅이들의 시간을 헐값에 사서 쓰고,
가난한 자들은 보람 없는 일에 모든 시간을 허비한다.

Obrigado, Porto!

버스는 비고^{Vigo}를 지나 포르투갈 영토에 들어섰다. 스페인과 다르지 않다. 공기도 그대로고, 나무도 그대로다. 브라가 57킬로미터, 포르투 10킬로미터, 라는 표지판만이 포르투갈임을 인지하게 한다. 기관총을 든 경비대가 여권을 검사한다거나 폭죽을 터뜨리며 환영해준다거나 하는 정도는 아니더라도 국경의 존재감이 없어 적잖이 실망했다.

차를 타고 아무런 제지 없이 국경을 넘나드는 건, 삼면이 바다고 한 면은 38선으로 막힌 우리에게는 낯선 경험이다. 우리네는 시 경계선이

나 도 경계선을 벗어나기만 해도 거창한 환영인사 표지판이며 사자상을 접하게 되는데. 한국의 특수한 환경에서 국가주의 교육에 절어 내 땅, 네 땅 가르는 것에 익숙한 편협한 인간에게 포르투갈로의 입국은 많은 생각을 하게 했다.

버스는 정류장 건물이 아닌 길가에 승객들을 토해냈다. 대개 정류장에서 관광지도를 얻곤 했던 터라 지도를 얻기 위해서는 관광정보센터를 찾아야 했다. 나는 론리플래닛도 없고 그 흔한 관광책자 하나 가지고 오지 않았다. 우선 배낭을 멘 여행객들이 향하는 길을 뒤따라 걸었다.

포르투는 스페인의 발전되고 세련된 도시들에 비하면 유적이나 옛 풍경들이 잘 보존되어 구수한 중세 항구도시의 느낌이 강하다. 돌바닥은 낡았으면서 적당히 모난 긴장감을 유지하고 있으며, 비린 바닷바람과 세월을 견뎌낸 오래된 건물들은 서로 의지해야 무너지지 않는다는 듯 따닥따닥 붙어 있다. 갈매기들은 평화롭게 하늘을 유영하고, 질문에 답해주는 주민들이나 숙소 직원의 표정은 선하다. 3일을 포르투에서 있을 예정이었지만 이틀 정도 더 머무를지도 모르겠다. 첫인상이 정겨워 스페인보다 훨씬 친근하다.

포르투는 세계적으로 유명한 포트와인 생산지다. 도루Douro 강의 다리를 건너면 강변에 와인회사 간판을 지붕에 단 공장들이 죽 늘어서 있다. 여행객들은 이곳에서 유명하거나 취향에 맞거나 투어비가 저렴한 공장을 자유롭게 선택해 와인 투어를 할 수 있다. 나도 덩달아 투어비가

투어에 참여했던 테일러스 와이너리의 로비.
천장과 데스크, 테이블, 의자 모두 와인을 담아 숙성시키는 술통 모양을 닮았다.

무료인데다 알찬 테일러스^{Taylor's} 와인공장을 찾았다.

투어를 시작하기 앞서 로비에서는 직접 생산한 포트와인을 몇 잔 따라주어 시음했다. 와인에 설탕과 포도주스를 탄 것처럼 달고 포도향이 진했다. 잔향이 코끝에서 오랫동안 남았다. 생각보다 밍밍하달까, 깊은 맛은 아니지만 진솔하고, 다양한 맛과 향이 섞여 복잡한 대신 단순하고 직설적이다. 화장기 없이 꾸미거나 치장하지 않았으면서 흰 티에 청바지만으로도 자신감 넘치는 여성 같다. 독하지 않으면서 달달한 맛이라 여성들이 부담 없이 즐길 수 있을 듯하다.

투어를 진행한 가이드는 깔끔한 정장에 스카프를 두른 백발의 할머니로 영어 발음이 유려했고 말이 빨랐다. 와인의 역사에 대한 이야기는 재미있어 중간부터는 MP3플레이어로 육성을 녹음했다. 후에도 가이드를 통해 건물이나 관광지를 둘러볼 땐 알아듣지 못해 놓칠까 봐 녹음해 두었다. 여행에 대해 글을 쓰다 그때 녹음한 설명을 들으며 찍었던 사진을 다시 보는 것도 흥미롭다.

포르투가 와인 생산지로 명성을 얻게 된 계기와 포트와인 특유의 맛을 갖게 된 원인은 전쟁이었다. 유럽 역사에서 큰 사건은 대부분 종교와 전쟁에 기인한다.

백년전쟁으로 프랑스 본토의 땅을 잃어 보르도 와인을 얻기 힘들게 된 영국은 프랑스처럼 따뜻하고 대서양에 면해 있으면서 수송이 편한 포르투에서 엄청난 양의 와인을 수입하게 되었고, 이후 포트와인은 명

포트와인이 만들어지는 과정. 와이너리 로비 벽에 걸려 있었다.

성을 얻게 되었다. 도루 강을 이용해 상류 쪽 육지의 질 좋은 포도를 수확해 하류와 바다가 만나는 따뜻한 포르투에서 와인을 제조한 후 바닷길로 영국과 프랑스에 수출하는 최적의 루트는 당시 가격 대비 최적의 조건을 제공했다. 하지만 바람을 이용한 느린 배편 운송에 보존 기술도 좋지 않았던 터라 와인은 심하게 숙성되거나 맛이 변질되는 경우가 많았고, 많은 시행착오를 거쳐 와인의 숙성을 늦추기 위해 제조 단계에서 브랜디를 넣음으로써 지금의 포트와인이 되었다고 한다. 술은 마시지 않아도 와인 투어는 여러모로 흥미로웠다.

햇살 냄새가 나던 어깨

나는 걸었다. 걷는 것 자체가 여행의 목적인 양 걷고 또 걸었다.

포르투 서북으로 신시가를 관통해 서쪽 끝에 있는 대서양까지 가기로 마음먹고 두둑이 배를 채우고 일찍 나선 참이었다. 스페인에서 발원한 도루 강이 긴 여행을 마지막으로 바다와 만나는 경계, 톨레도에서 만났던 강물이 마침내 바다로 나가 소금의 짠 기가 어리는 곳, 이베리아 반도의 서쪽 끝 대서양을 꼭 보고 담아오겠다고 아침과 함께 마음을 단단히 먹었다.

가는 것까지는 좋았지만, 도보로는 아무래도 무리였다. 관광지도를 보니 해안까지 나오지 않고 중간에서 잘려버려 그 거리를 가늠할 수 없었다. 거기서부터 잘못 계산된 무지가 내 용기를 북돋아주었다. 게다가 도시 이름이 항구Porto일 정도로 유명한 항구도시인데, 바다가 멀어봤자 얼마나 멀겠냐고 얕잡아본 탓도 있었다. 나중에 한국에 돌아와 구글 지도로 검색해본 뒤에야 얼마나 먼 거리였는지 알았다. 무모한 선택이었단 건 인정하지만 걷고 또 걸으면서 보고 느낀 건 의외로 많았다. 어쩌면 당시엔 후회했지만 다시 포르투에 가더라도 나는 또다시 꾹꾹 흙을 밟고 걸으면서 해안에 가지 않을까.

구시가에서 북서쪽에 위치한 무징요 앨버커키 광장Praça Mousinho de Albuquerque을 기준으로 서쪽으로 난 폭넓은 길을 따라 무작정 끝까지 걸으면 바다가 나오고 해안을 지키던 옛 요새가 있다. 거기서부터는 해안을 끼고 남쪽으로 내려오다가 도루 강을 거슬러 동쪽으로 들어가면 다시 시내로 복귀하는 무식한 여정.

가는 길은 나쁘지 않았다. 도로는 잘 정비되어 있었고, 구시가는 구시가대로, 신시가는 신시가대로 개성이 뚜렷했다. 중세, 근대를 거치며 건물과 구획이 그대로 남아 있는 구시가는 유네스코 문화유산에 지정될 가치가 충분했다. 얇게 다닥다닥 붙은 형형색색의 건물들은 낡고 허름하지만 정겨웠다. 역사지구로 지정되면 함부로 새 건물을 짓거나 재건축할 수 없는데다 이미 있는 건물도 개보수 규정이 까다로워 시내 한복판에 있음에도 빈 집들이 자주 눈에 띄었다. 건물 틈틈이 돈을 벌기 위해서가 아니라 중근대 풍경을 재현해놓은 듯한 가게들이 있다. 이런 곳은 세월이 고객이다.

하지만 신시가에 들어서면 이야기가 완전히 달라진다. 같은 도시인가 싶을 정도로 새롭고 세련된 건물에 도시 구획은 직선으로 뻗어 있다. 모던하고 독특한 새 건물들이 즐비하고 열대나무가 자라는 정원이 딸린 별장도 흔하다. 길이 구불하고 좁아 출퇴근 시간이 아니어도 항상 정체되고 매연이 심하며, 그 옆을 사람과 전차가 꾸역꾸역 다니던 구시가의 도심과 달리 도로는 넓고 차들은 막힘이 없다. 기분 탓이겠지만 심지어 나무도 어리고 공기도 신선했다. 깔끔하고 세련되고 공기가 어떻든 간에 나는 아무래도 옛 도시를 사랑하는 쪽이지만 같은 시에서 신구, 안

포르투의 독특한 구시가 건물들.
경사진 지형에 건물들은 서로 의지하는 듯 다닥다닥 붙었고,
창문이 크고 많으며 형형색색 아줄레주(타일)로 개성이 뚜렷하다.

거인이 건물의 양쪽 끝을 꽉 눌러 압축해놓은 듯 홀쭉하고 다채로운 건물들.

팎의 다름을 보는 것도 즐겁다.

　중간에 들른 한 현대미술관에서는 새 건물과 흰 벽에 걸맞게 현대 작
가들의 최근작들을 전시하고 있었다. 구시가에 있던 소아레스 도스 레
이스 국립미술관과는 건물부터 전시작품들까지 구시가와 신시가의 차
이만큼이나 궤를 같이하는 것도 흥미로웠다.

유럽의 많은 도시들은 경제가 발전했든 아니든, 역사가 길든 짧든 건물들이 잘 보존되어 있다. 구시가에서 건물주는 법이 정하는 정도에 따라 내부를 일부 보수할 수는 있지만, 건물 자체를 함부로 훼손하거나 재건할 수는 없다. 반대로 신시가에는 화려한 건물들이 마음껏 들어서 있다. 역사를 지키려는 노력이라면 좋고, 관광수입을 위한 방편이라도 좋다.

걷다 보니 공기가 짜다. 드디어 바닷가에 가까워지는 모양이다. 길은 올곧이 서쪽으로 난 게 아니라 비스듬히 북쪽으로 기울어 종착지는 포르투에서 서북쪽으로 꽤나 멀리 벗어나 있었다. 무식한 행보 끝에 갈매기 울음소리와 비린 바다 냄새가 날 때의 그 안도감이란!

바다가 가까워오자 나는 공연을 앞두고 파이팅을 외친 뒤 무대 뒤편에서 기다리던 그때처럼 기분이 들떴다. 가슴이 콩닥거리기까지 했다. 이제 밴드 대기실을 나서 공연을 하러 올라가면 사람들이 손을 흔들며 환호를 보내고, 내 노래에 귀를 기울이고 자신만의 감성의 혁대는 느슨하게 풀어놓을 것이다. 그때와 다른 건 형형색색의 조명 대신 따사로운 햇살이, 공연의 열기 대신 짭짜름한 해산물 냄새가 풍겨온다는 점이다. 바다는 끊임없이 조잘거렸는데 가까이 갈수록 이야기들에는 분명한 메시지가 있었다.

해변 요새에 들어가 방명록을 적고, 대포가 있는 요새 옥상에서 소금바람을 맞으며 피곤한 다리를 쉬었다. 요새 양편으로 펼쳐진 모래사장에는 수십 명의 할아버지들이 잡담을 나누거나 책을 읽거나 트럼프를 하면서 선탠을 하고 있었다. 구릿빛 피부에 흰 머리카락. 이런 날씨와 공기와 경치와 분위기가 있는 나라에서 산다는 건 누가 뭐래도 축복이다.

햇살은 사려 깊게 타지 않을 만큼만 따뜻하고, 서풍으로 불어오는 바다 냄새는 시원하면서도 구수하다. 여행을 다니다 보면 때론 그곳의 사진뿐만 아니라 향기를 담아오고 싶다는 욕망이 들곤 한다. 그곳이 바다든, 산이든, 숲속이든, 성당이든, 어느 시골의 식당이든, 여자의 향긋한 내음이든. 과학기술의 발달로 시각적 이미지와 소리는 담아올 수 있지만 후각적 이미지는 여전히 불가능하다는 건 공평하지 못하다. 누군가 냄새를 담을 수 있는 기계를 발명한다면 좋을 텐데.

휴지에 싸서 주머니에 넣어두었던 비스킷으로 간단히 요기를 하고 대서양 해변을 따라 남쪽으로 걸었다. 대서양과 만나는 도루 강의 하류는 넓고 느리고 조용했다. 강변을 따라 동쪽으로 걸으며 사진을 찍고, 종종 벤치에 앉아 메모장에 생각을 적었다. 갈매기는 서쪽으로 날았고, 나는 해를 등지고 동쪽으로 걸었다. 난쟁이 같던 내 그림자는 갈수록 나를 앞지르더니 엘 그레코의 그림처럼 길어졌다. 곧 석양이 질 터였다. 낡고 바랜 복장의 포르투 어부들은 이방인이 지나가도 별다른 눈길을 주지 않았다.

나는 걷는 여행이 좋고, 내가 걸어가는 방향이 옳다고 확신했지만 이

리베이라(ribeira) 지구.
포르투는 파스텔로 밑그림을 그린 수채화 같은 도시다.

유는 잘 알지 못했다. 아침 내내 태양을 내리 쬐인 어깨에서 따뜻한 햇
살 냄새가 났다. 숙소에 도착해 저녁을 먹고 밤의 골목을 산책할 즈음
어깨의 열은 식었지만, 그때까지도 향기는 좀 더 남아 있었다.

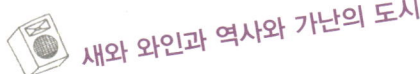 새와 와인과 역사와 가난의 도시

　예약된 모로코 행 비행기 때문에 시간이 여유롭지 못했지만 포르투에 푹 빠져 하루를 더 묵었다. 나흘째에도 나는 정처 없이 골목을 거닐었다. 걷다가 생각에 빠지기도 하고, 벽에 붙은 포스터나 그래피티를 감상하기도 하고, 지나가는 사람에게 미소를 짓기도 하고, 예쁜 건물의 주위를 어슬렁거리기도 하고, 갈림길에서 고민을 하거나 지도를 살펴보기도 했다. 새와 고양이들이 쓰레기천지의 외딴 골목을 헤매기도 하고, 어느 고즈넉한 별장을 혹시 미술관인가 싶어 들어가려다가 문지기에게 쫓겨나기도 했다. 나는 포르투의 골목이 너무 좋다. 골목길에는 전혀 예상치 못한 곳에 빈곤이 턱하니 넋을 놓고 앉아 여기가 유럽의 후진국임을 실감케 한다.

　골목길을 음미하며 관광지도에 표시된 많은 곳을 걸었고, 보답으로 낮 시간을 지불했다. 아직 둘러보지 못한 골목이 조금 있어 남은 시간이 없나 주머니를 뒤졌지만 둘러볼 시간은 동전 몇 푼뿐이었다. 해는 뉘엿뉘엿 퇴근을 서두르며 내 눈치를 본다. 배는 꼬르륵거릴 힘은 남았으면서도 걷는 데 드는 에너지를 댈 힘은 없다며 갈수록 야박하게 구는 통에 몸에서 헛피가 돌아 피곤했다. 결국 어둠과 앞서거니 뒤서거니 선두를 다투며 숙소로 돌아왔다.

구시가 실루엣 위로 해가 지고, 비행운이 지나고, 갈매기 세 마리가 날고, 그믐달이 걸리고,
하늘은 짙어지고, 공기는 선선한 습기를 머금고, 여자들은 볼에 붉은 기가 돈다.
숙소에 걸린 시계는 다방 레지가 경박스럽게 껌 씹는 소리를 냈다.

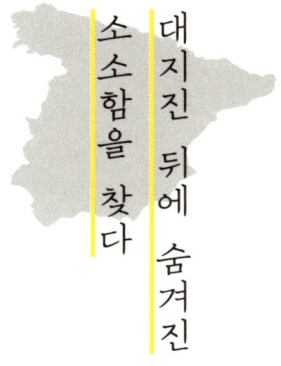

대지진 뒤에 숨겨진
소소함을 찾다

"사람과 사람이 만난다는 건 말이지.
갈수록, 갈수록 귀찮은 일이야."
— 일본 드라마 〈호타루의 빛〉

⭐ 감성의 살얼음 깨기

다음 도시로 이동하는 날이면 일찍 체크아웃하고 나선다. 인적이 드문 아침의 풍경을 만끽할 수 있고, 숙소에서 제법 먼 버스정류장까지 차비를 들이지 않고 걸어가기 위해서며, 가는 길에 정든 도시의 골목을 여유롭게 산책하거나 아직 들르지 못했던 관광지나 박물관, 공원 등을 들를 수 있기 때문이다. 게다가 이렇게 오전 시간을 보내고 버스에 오르면 버스 안에서 값싼 빵조각이나 비스킷으로 적당히 점심을 때울 수 있고, 알맞은 타이밍에 목적지에 떨어져 다음 숙소에 체크인할 수 있다.

누군가 버리고 간 여행가방에 여행객들이 기증한 책들이 다음 주인을 기다린다.
가방 위로 지식의 줄기가 자라 제 멋대로 뻗어나가고 있다.

버스 출발 시간은 10시 정도가 적당하다. 2~5시간 거리인 다음 여행지에 도착하면 어제의 숙객들은 체크아웃을 하고 나가고, 이제 막 청소를 끝낸 텅 빈 숙소에 원하는 룸으로 여유 있게 체크인 할 수 있다. 짐을 풀고 잠시 쉬면서 여행 일정을 짠 후에 오후 여행에 나설 수도 있다.

이어폰을 꽂고 음악을 들으면서 차창 밖으로 지나가는 경치를 보다가 순간 감정이 북받쳐올랐다. 언제부터인가 감성의 우물은 말라버렸다고 치부했는데, 사실은 얇은 살얼음이 얼어 있었던 모양이다. 어떤 계기를 통해 아마도 여행 그 자체가 계기가 되었을지도 살얼음에 금이 가서 틈이 생기기 시작했고, 음악이 작은 돌멩이가 되어 감성의 우물에 옅은 파동을 일으켜준 것 같다.

파동이 퍼지는 데는 작은 돌멩이 하나면 충분하다. 여행은 이렇듯 오래 전 사라져버렸다고 생각했던 혹은 깨지기 쉬운 여린 감성을 되찾는 계기가 되기도 한다. 감성은 삶이 팍팍하고 힘들 때는 잘 보이지 않지만, 사실은 자아를 비추는 감성의 우물처럼 항상 마음속에 존재해 있었다. 내가 그걸 보지 못했을 뿐 항상 그 자리에 있었던 누군가처럼.

수다쟁이 시인들의 호스텔

포르투에서 묵었던 시인들의 호스텔Poets Hostel이 저렴하고 마음에 들었던 터라 리스본에서도 같은 이름의 호스텔에 체크인 했다. 프랜차이즈 호스텔에 적용되는 할인도 받을 수 있었고, 구시가 한가운데 있어 이동하기도 편했으며, 번화가가 내려다보이는 전망도 마음에 쏙 들었다. 키친이 딸린 휴게실 창밖으로는 멀리 바다가 보였고, 리스본의 유명한 28번 전차가 다니는 것도 볼 수 있었다. 사람들이 북적거리는 카페들이 늘어선 야경 역시 아름다웠다.

무엇보다 마음에 들었던 건 직접 당겨서 문을 열고 닫는 한 뼘도 안 되는 작은 엘리베이터였다. 이상한 나라로 들어가는 문을 열 듯 기묘한 느낌이 드는 엘리베이터였다. 외출하고 돌아올 때마다 빨간 엘리베이터는 힘겨운 소리를 내며 나를 날라주었다. 문에는 투명유리가 있어 층층을 볼 수 있었고 바닥은 닳아서 삐걱거렸다. 엘리베이터 안은 완전히 새로운 세계였다.

저렴하고 청결하며 조식이 제공되는 숙소를 얻는 만큼이나 함께 생활하는 동거인도 중요한데, 불행히도 이번에는 운이 없었다. 내가 묵었던 6인실에 미국 여학생 셋이 들어왔는데, 수다의 주파수가 지구의 것이 아니었다. 틴에이지 스쿨무비에서 흔하게 들을 수 있는 특유의 영어 발음과 억양, 말투. 그녀들과 웃으며 인사를 나누고 잠깐 이야기도 나눴는데 끝없는 수다를 당해낼 재간이 없었다. 결국 같은 방에 있는 게 곤욕이라 나중에는 이들이 들어오면 이어폰을 꽂든가 휴게실에서 책을 읽거나 산책을 나가는 식으로 지낼 수밖에 없었다.

여기 있으면 때때로 시간이 멈춘 듯한 기분이 든다.
저 멀리 바다 냄새가 따뜻한 해풍을 타고 밀려오고,
아래를 내려다보면 전차는 느리게 선을 따라 사람을 먹고 뱉고,
카페 테라스의 천막 위에 내려앉은 태양은 하루 종일 저렇게 앉아 있을 것 같고,
지나다니는 사람들은 골목을 한 바퀴 돌아 다시 이 길을 첫바퀴 도는 것만 같다.

리스본 대지진

1755년 11월 1일 오전 9시 30분. 조용하던 리스본에 엄청난 대지진이 일었다. 리히터규모 9의 강진은 멀리 아일랜드에서도 관측될 정도였다. 일요일이라 평화롭던 리스본은 한순간에 지옥으로 변했고, 여진과 대화재까지 더해져 6일 만에 도시는 폐허가 되어버렸다. 재난이 닥치면 언제나 그랬듯 지진을 유대인과 이교도의 탓으로 돌려 색출하고, 잡히는 대로 죽이거나 종교재판을 통해 화형시켰다. 한편으로는 반대로 많은 이들이 기독교에 회의를 품는 계기가 되기도 했는데, 이는 종교적 사회적으로 이미 시작되었던 근대 시대를 앞당기는 중요한 사건이었다고 한다.

중세 역사서를 보면서 리스본이라고 하면 지옥까지 갈라진 균열이나 무너지거나 금이 간 건물이 먼저 떠올라 잔뜩 기대했는데, 지진의 흔적은 쉽게 보기 힘들었다. 250년이 지났으니 당연한 일인지도 모른다. 오래된 건물은 많았지만 대부분 대지진 이후 개증축되거나 새로 지어졌다. 도심 한가운데를 관통하는 리스본의 척추인 리베르다데 거리처럼 구역과 도로도 대지진 이후 새로 정비되었다.

리스본은 바다에 면해 있으면서도 언덕이 많아서 고지대와 저지대로 나뉜다. 이런 지대 특성으로 이미 로마 시대부터 언덕 위에 수비가 수월한 상 조르즈 성Castelo de São Jorge이 지어지기도 했고, 고지대와 저지대의 주민들을 나르는 산타 후스타 엘리베이터^{Elavador de Santa Justa}와
언덕을 비스듬히 오르내리는 전차 같은 특별한 관광거리들이 생겨났다.

리스본 사람들에게 파리의 에펠탑만큼 상징적인 45미터 높이의 산
타 후스타 엘리베이터는 도심 한가운데를 오르내리며 저지대와 고지대
를 연결하는 교통수단이다. 아무래도 에펠탑과 닮아 구스타브 에펠이
설계했을 거라 확신했는데, 알고 보니 에펠의 제자가 설계한 것이었다.

포르투에서도 탔던 전차는 리스본의 가파른 언덕길에선 없어서는 안 될 중요한 교통수단이다.
도심은 전차 선로와 전선이 모세혈관처럼 구석구석 흐른다. 전차는 주요 관광지를 관통하면서
저렴하고 고풍스러움을 느낄 수 있어 여행객들에게 보물과 같은 교통수단이다.
리스본에 있는 내내 애용했다.

29인승인 엘리베이터 안은 목재로 꾸며졌고, 승무원이 직접 문을 열고 닫고, 탑승료를 받고, 티켓을 내어주었다. 놀이기구를 예상했다면 적잖이 실망할 현실적이고 기능 위주인 엘리베이터지만, 고지대에 도착하면 리스본 시내를 한눈에 내려다볼 수 있었는데, 대지진으로 지붕이 부서진 성당도 볼 수 있었다.

🎵 산 자 사이의 죽은 자들

전차를 타고 시내 곳곳을 구경하다 종점에서 내렸다. 종점 가까운 곳에 큰 정문이 있고 입장도 무료라 생각 없이 들어가보니 공동묘지였다 매표소가 있어 유료거나 출입을 금하는 곳이 아니라면 나는 여행 중 어디든 마구 들어갔다. 우리나라에서 흔히 볼 수 있는 둥근 무덤은 없었고, 잔디가 깔린 평평한 평지에 비석이 세워져 있지도 않았다. 대신 구역별로 작은 집 모양의 묘지들이 빼곡히 들어차 있었다.

집들 중에는 안을 볼 수 있는 창이나 구멍이 있어 들여다보면 안에는 두 개에서 많게는 열 개가 넘는 관들이 층층이 들어 있었다. 가운데는 고인의 영정이 든 액자와 꽃, 물품들이 놓여 있기도 했다. 거미줄이 생기고 먼지가 쌓여 한동안 사람 손이 타지 않은 곳도 있었지만, 어떤 곳은 시들지 않은 생화가 놓이고 관은 잘 닦여 먼지 하나 없이 깔끔한 곳도 있어 누군가 여전히 드나들고 있음을 알 수 있었다.

묘지들은 모양이나 세부 디자인이 제각각이었고, 크기도 달랐으며, 적힌 글을 보면 연대도 서로 달랐다. 같은 디자인은 하나도 없이 전부 예술 작품이었다. 어떤 집은 크고 높았으며 성당처럼 벽에 문양과 장식이 있거나 동상이 세워져 있는가 하면, 한 평 남짓하게 투박하고 작은 집도 있었고, 집들 틈틈이 비석이 서 있는 묘지도 있었다. 나중에 한 여행객과 묘지에 대한 대화를 나누다가 들은 이야기로는 여기 묻힌 이들은 대부분 리스본에서 살다가 죽은 자들이며, 귀족, 부유층이거나 중산층이라고 했다. 집의 크기와 디자인은 죽은 자의 부를 대변한다고. 터값이 만만치 않을 뿐 아니라 관리 비용도 있어 일정 기간이 지나면 자리를 빼줘야 하는 곳도 있다.

독특한 모양을 가진 집들에 관들이 들어 있는 모습은 내게 문화적 충격이었다. 땅에 묻히는 대신 집 안에 층층이 놓인 관에는 정말 망자들이 잠들어 있을까. 가족이라고 해도 작고 밀폐된 묘지에서 나는 부패한 냄새를 맡고 싶지는 않을 텐데. 악취가 나진 않았으니 특별한 처리를 했는지도 모르겠다.

공동묘지는 구역이 반듯하고 길은 넓었으며, 길가 가로수는 촘촘하게 심어져 있었다. 쓰레기는커녕 낙엽 하나 없이 깨끗했다. 묘지라는 선입견만 걷어내면 죽은 자들의 공간이라기보다는 공원이나 산책로에 가까웠다. 죽은 자와 산 자의 거리는 그리 멀지 않았다. 한낮이었지만 인

적은 드물고 공동묘지는 죽은 듯 조용했다. 가로수가 많았음에도 이곳에서는 새도 울지 않았다. 층층이 놓인 관에 누워 있을 죽은 자들을 의식하지 않을 수 없어 오싹한 기운이 돌았다.

리스본에는 대지진도 있었지만, 14세기에는 유럽을 휩쓸었던 흑사병이 창궐하기도 했던 터라 묘지를 보면서 연대도 유심히 확인해보았다. 하지만 흑사병이 돌았던 1340년대나 대지진이 일어났던 1750년대의 묘지나 묘비는 좀체 찾을 수 없었다. 묘지에서 역사적 사건을 찾으려 했던 단순하고 어리석은 시도는 실패한 셈이다.

묘지의 집 내부를 들여다본 모습. 양편에 층층이 관으로 빼곡하다.
갑자기 폭풍우가 쏟아지더라도 비를 피하기 위해 이 안에 들어갈 일은 절대 없으리라.

그래피티 예술가들의 파라다이스

포르투갈에서는 어디서나 벽에 그려진 그래피티를 볼 수 있다. 시골이든 도시든 대로변이든 외딴 구석 골목이든 곳곳에서 정성 들여 그린 작품들을 만날 수 있는데, 그중에는 가히 예술 작품이라 할 만한 기발함과 노력, 정성이 가득한 그래피티와 맞닥뜨리곤 한다.

포르투갈에서 수많은 명작 그래피티들을 접할 수 있었고 많은 작품들을 사진에 담았다.
그중 멋진 흑인 아저씨가 행인으로 찍혀 마음에 들었던 컷. — 리스본의 어느 내리막 골목.

그래피티가 불법이라 태거^{tagger, 그래피티를 그리는 화가} 들은 밤늦게 몰래 그린 다음 사라진다. 아침 일찍 거리를 나서면 간혹 새로운 그래피티가 상점에도 그려 있는데, 그곳 직원들은 그 상황이 달갑지 않은 듯 툴툴거리며 가게 셔터나 유리창에 그려진 그래피티를 지운다. 누군가는 그리고 누군가는 지우고, 숨바꼭질 같지만 웃을 수만은 없는 광경이다.

사랑에 빠진 도시에서의 마지막 밤은 정도의 차이는 있지만 언제나 감상적으로 끝맺는다. 조금이라도 더 보고 담아두려고 볼거리에 집착하면서 골목길을 배회하지만 아쉽기는 매한가지. 친해질 만하면 도시를 떠나는 건 성급한 원나잇스탠드 같다. 애인과 헤어지기 아쉬워 머뭇거리며 뒤돌아보는 소심한 남자처럼, 나는 리스본을 마음에서 쉬 떠나보내지 못하고 두리번거렸다.

소소한 아름다움

가을의 리스본은 소소하다.

마드리드의 분주함도,

바르셀로나의 화려함도,

코르도바의 동양미도 아니다.

포르투의 정겨움이나,

라고스의 한가로움과도 다르다.

이 도시에는 소박한 사사로움이 있다.

황혼과 여러모로 닮았지만 그처럼 열정적이지도 않다.

포르투의 정겨움과는 다른 사적인 어루만짐.

이 소소함이 진득하게 마음에 남는다.

빈티지하고 농밀한 삶의 한가운데.

세계문화유산 마을 전체가

혼자인 사람은 금방 출발할 수 있지만,
다른 사람과 함께 여행하는 사람은 다른 사람이 준비가 될 때까지 기다려야 한다.
— 헨리 데이비드 소로

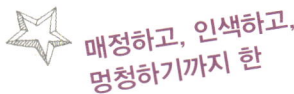

매정하고, 인색하고,
멍청하기까지 한

신트라는 리스본에서 가까운 거리라 당일치기로 다녀오기 좋아 머리카락이 채 마르기도 전에 서둘러 나섰다. 숙소에서 친해진 한국 학생도 동행했다.

기차를 타고 도착한 신트라는 아름다웠다. 우거진 숲과 계곡 사이에 아름다운 역사 유적들이 곳곳에 숨어 있었다. 유적과 유적 사이에는 숲이나 계곡을 지나는 산책로를 걷는 코스라 지루하지 않았으며, 가파른 곳은 버스와 관광열차를 이용할 수 있었다. 마을 전체가 세계문화유산

신트라 왕궁의 벽은 푸른 타일 아줄레주 장식이 아름다웠다.
방마다 천장과 벽의 그림과 장식이 다르고 화려하다.

이라는 말이 무색하지 않았다. 당일치기로 보기에는 여러모로 아쉬운 곳이었다. 출발하기 전에는 축구스타 호나우두의 집이 있다고 해서 가보고 싶었던 곳인데, 정작 여행하면서는 볼거리에 심취해 축구선수의 집 따위는 새까맣게 잊어버렸다.

신트라를 둘러보고는 같이 갔던 학생과 버스를 타고 유럽의 끝인 호카곶Cabo da Roca에 도착해 간단히 늦은 점심을 나눠 먹었다. 주문한 햄 샌드위치와 치즈 샌드위치는 끔찍했다. 햄 샌드위치는 반을 가른 빵에 아무것도 없이 짜디짠 햄만, 치즈 샌드위치에는 빵에 짠 치즈만 들어 있었다. 딱히 샌드위치랄 것도 없는 삭막한 빵 덩어리였다. 빵도 '너 같은 녀석에게 씹힐까 보냐'라는 듯 질기고 딱딱했다. 생각 같아선 '너나 먹어라' 하면서 주방장에게 던져버리고 싶었지만, 물론 조용히 맛있게 먹었다. 접시에 떨어진 가루는 손가락으로 찍어 입에 털어 넣었다. 따로 음료를 주문하지는 않았지만 햄에 든 나트륨이 군침을 돌게 했고, 몸에 힘을 주고 나태한 정신을 돌려세웠다.

다섯 시가 지나자 늙은 해가 서쪽으로 주저앉으려 했다. 다음 차편으로 해변 휴양지인 카스카이스까지 볼 심산이라 서둘렀다. 동행했던 학생이 화장실에 간 사이 정류장 주위를 두리번거리며 사진을 찍고 메모를 정리하는데 20분 후에나 와야 할 버스가 미리 도착했다. 정차를 오래하나 보다 싶어 자리를 잡아두려고 탑승해서 기다리고 있는데, 화장실에 간 학생은 좀체 나오질 않았다. 시동이 걸리고 차문이 닫히자 마음이 다급해졌다. 내릴지 고민하다 운전기사 분에게 조금만 기다려달라고 사정했다. 영어를 알아듣지 못하는 그에게 손짓몸짓으로 겨우 이해시켰지만 여전히 학생은 건물에서 나오지 않았다.

겨우 1~2분을 기다리던 운전수는 백미러로 나를 보면서 욕을 하는 건지 기다릴 수 없다고 하는 건지 투덜거리면서 차를 돌려 정류장을 빠져나갔다. 나는 내려달라고 하지 못했고, 바보같이 화장실이 있는 건물만 애처롭게 쳐다보았다. 운전수에게 욕을 먹더라도 버스에서 내렸어야 했다. 왠지 배신자가 된 기분이었고, 학생이 걱정되면서 한편으로는 원망스럽기도 했다. 버스가 완전히 호카곶을 벗어날 때까지도 건물에서는 아무도 나오지 않았다.

호카곶을 막 벗어나 좁은 2차선 도로에 접어들자, 같은 넘버의 버스가 반대편에서 다가와 호카곶으로 들어갔다. 다음 버스가 바로 왔으니 시간차는 있지만 곧 만날 수 있겠다 싶어 안도했다. 그때 학생에게 전화가 왔다. 당황하는 학생에게 방금 다음 버스가 지나갔으니 그걸 타고 오라고 안심시키고, 먼저 출발해 미안하게 되었다고 사과했다. 그런데 내가 탄 버스는 카스카이스 행이 아닌 신트라로 돌아가는 버스였다!

버스는 신트라에서 출발해 호카곶을 들러 카스카이스로 갔다가 다시 돌아오는 왕복 편이었는데, 내가 탄 버스는 불행히도 카스카이스에서 온 신트라 행 버스였던 것이다. 서로 반대 목적지인 버스가 출발 시간만 15분 정도 차이가 날 뿐, 같은 번호에 같은 정거장에 서서 잘못 타버린 것이다. 신트라에서 온 버스가 맞은편에서 다가와 스쳐 지나갔을 때 이 버스가 신트라 행이었다는 걸 충분히 눈치 챌 수 있었음에도 나는 버스가 한참을 역행할 때까지 상상도 못했다. 지금 생각해도 멍청함에 얼굴이 화끈거린다.

유럽 서쪽의 끝 호카곶. 이곳 사람들에게 이 바다 너머는 오랫동안 미지의 세계였다.
비석에는 시인 카몽이스의 글이 새겨져 있다. '여기에서 육지가 끝나고 바다가 시작된다.'

쩝쩝함을 등에 잔뜩 짊어진 채 숙소로 돌아오는 발길은 무겁고 더뎠다. 입은 텁텁했고 머릿속은 자책과 미안함이 뒤섞여 복잡했다. 걸어 다니는 동양 좀비가 안쓰러운지 '칫칫' 혀를 차며 기차가 소란스럽게 지나갔다. 피곤의 냄새를 맡고 밤은 스멀스멀 기어왔다.

 동행은 불편하다

1. 어차피 혼자 가는 인생

동행에 관한 명확한 가치 기준이 있는 사람이 아니라면 대체로 여행에는 동행의 '주기'가 있다. 혼자 다니는 게 편할 때와 누군가와 함께 다니고 싶을 때의 주기. 나의 경우는 기본적으로는 혼자 다니는 걸 선호하면서도 때로는 동행의 흥미로움에, 혹은 동행의 불편함을 망각해서 갈 지 z 자 주기를 타곤 했다. 이번 2개월간의 여행 중 현지에서 만난 사람과 함께 여행한 건 네 번이었다.

여행의 묘미가 '사람'인지라 관계를 맺다 보면 동행의 기회도 생기기 마련. 거기에 함께 움직이면 저렴하다는 금전적 요인이 작용하기도 하고, 안전을 위해 동행을 하기도 하며, 여행정보나 이해조건 등의 필요에 의해서기도 하고, 단순히 이성적 매력이 작용하기도 한다. 그러나 막상 함께 다니다 보면 불편함이 이만저만이 아니다.

내게 동행은 '때때로' 힘이 되지만 많은 경우 '꽤나' 불편하다. 혼자 여행을 떠날 만큼 헐거움을 즐기는 사람에겐 더욱 그렇다. 사람들은 모두 자기만의 여행 스타일이 있는데, 동행하는 이와 코드가 맞지 않으면 어느 정도씩 양보해야 할 거리가 생긴다. 그렇게 함께 다니다 보면 불편함과 예기치 않은 긴장에 후회하게 되고 나 홀로 여행을 다짐하곤 한다. 하지만 이렇게 마음을 다잡고 한참을 혼자 다니다가도 어느새 또다시 동행이나 농담이라도 주고받을 상대가 그리워지니, 사람이란 이처럼 간사하다.

《월든》과 《시민 불복종》을 쓴 작가 헨리 데이비드 소로의 명언을 되뇌어본다.

"혼자인 사람은 금방 출발할 수 있지만, 다른 사람과 함께 여행하는 사람은 다른 사람이 준비될 때까지 기다려야 한다."

2. 나에게로 와서 꽃이 되었다

여행을 하는 중엔 때로 사람이 고팠다. 돈을 아끼려고 끼니를 거르곤 해서 배가 고팠지만, 외로울 때면 배가 고픈 것쯤은 별것도 아니었다. 여행지에서 나는 투명인간이 된 것 같았다. 극장에 온 관객이 되어 여행지를 스크린으로 보는 이질감. 버스를 타고 가다 창문을 톡톡 두드려 현실감을 느껴보려 해도 피부색이 다른 승객이나 창밖의 풍경은 여전히 저 멀리의 것이었다. 어디에도 살 부빌 틈은 없었다. 제3자나 이방인이 아닌 현실에 개입하는 당사자로서 사람의 눈길과 호응과 교감이 고팠다. 하루키의 말대로 "고독을 좋아하는 사람이란 없는 법"이니까.

중얼거리는 말과 흥얼거리는 멜로디는 공기 속으로 한없이 빨려 들어가 숨는다. 뱉어낸 후로는 아무리 둘러봐도 다시 찾을 수 없다. 부딪치는 대상이 없는 상태는 의미가 없어 보였다. 비춰봐도 보이지 않는 거울 앞에 선 것과 같았다. 상대가 없으면 내가 없는 것이다. 허무함과는 다른 감정. 자아의 사라짐, 부재에 대한 무서움에 어쩔 줄 몰랐다. 누군가 한 명이라도 내 말에 끄덕여준다면, 내 노래에 발을 까딱거려준다면 그것으로 존재는 입증될 것이고 중력은 나에게도 적용되어 땅 위에 온전히 발을 딛고 설 수 있을 터였다. 존재의 이유^{Raison D'etre}는 혼자 사는 세상에서는 영원히 찾을 수 없을 게 분명하다.

셰익스피어는 줄리엣의 입을 빌려 "다른 이름으로 불려도 장미는 여전히 향기롭다"고 했지만, 향을 음미해줄 대상이 없고 벌레 하나 찾아오지 않는 꽃은 꽃이 아니다. 그런 점에서 내게는 셰익스피어보다는 김춘수의 시 〈꽃〉이 더 와 닿는다.

내가 그의 이름을 불러주기 전에는

그는 다만

하나의 몸짓에 지나지 않았다.

내가 그의 이름을 불러주었을 때

그는 나에게로 와서

꽃이 되었다.

사람은 등대 같다.
인간은 자기를 알아달라고, 이해해달라고, 사랑해달라고 표현하기에만 급급해서
소통에는 필연적으로 얼마간의 희생이 따른다.
한두 걸음만 다가와주었으면 좋겠다. 나머지 거리는 내가 다가갈 테니.

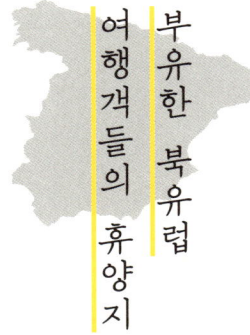

부
유
한 북
유
럽

여
행
객
들
의 휴
양
지

우리 각자의 영혼은 그저 하나의 작은 조각에 불과해서
다른 사람들의 영혼과 합쳐져 하나가 되지 않으면 아무런 의미가 없어요.
— 존 스타인벡

⭐ 라고스 행 버스 안 17℃

날씨는 여전히 내 편이었다. 이어폰으로 흐르는 음악은 평소보다 즐겁게 연주한다. 포르투와 리스본의 여행은 만족이었고, 다음 여행지 라고스에 대한 기대감도 컸다. 마침 내가 좋아하는 곡이 흐르자 여행을 시작한 이후 처음으로 행복하기까지 했다. 덥지 않은 날씨에도 에어컨을 강하게 틀어 차 안은 싸늘했지만, 롱슬리브를 한 벌 덧입어 춥지 않았고 습기가 없어 쾌적했다.

나는 '건조한 촉촉함'을 사랑하고, '서늘한 따뜻함'을 사랑한다. 나의

여행은 일상으로부터의 탈출이다. 일상적이지 않을 때 의식이 발현한다는
하이데거의 철학에 따르면 여행은 사고를 발화한다.
'생각은 우리가 낯선 사건과 우연히 마주쳤을 때, 비자발적으로 발생하는 것' — 강신주

음악도 남들에게 이렇게 서로 다른 감정의 모순적 결합으로 들렸으면
좋겠다. 청자들의 감성에 따라 같은 음악도 다르게 들린다고, 나는 믿는
다. 어떤 이가 부드럽고 따뜻하다고 느낀 곡이 다른 이에게는 냉소와 허
무함을 불러일으킬지도 모른다.

　그 놀라운 차이의 간극은 사랑스럽다. 답이 하나뿐이거나 똑같은 감
정을 불러일으키는 음악은 동화 속의 단편적인 캐릭터를 연상케 한다.

선자는 끝까지 선하고, 악자는 끝까지 악한 세상이란 없다. 선악을 나누기 이전에 그 경계 자체도 시대에 따라 바뀌고 지역과 가치에 따라 달라진다. 삶의 정답이 없고 다양성이 존재할진대 음악이라고 일률적으로 전달될 이유는 없다.

음악에서 다양한 감정 덩어리를 전달하는 데 장애가 되는 건 '가사'다. 작곡이라고 딱히 잘하는 편이 못 되지만 작사에는 아무래도 더 소질이 없는 터라, 작사에 가장 많은 시간을 들이면서도 의도하는 감정을 잘 살려내지 못한다. 멜로디나 사운드에 비해 가사는 직접적이고 직설적이다. 관계에서의 대화도 마찬가지지만 가사는 내게 날카롭고 다루기 힘든 도구 같다. 같은 곡인데도 가사에 따라 화려한 드레스를 입은 아름다운 여성이 되기도 했고, 헐벗은 채 한 방향만 바라보는 마네킹 같은 것이 되어버리기도 했다.

단편적이고 날이 선 작사를 피하려고 내가 즐겨 쓰는 방법 중 하나는 직접적인 하나의 감정이나 하나의 이야기에 몰입하지 않는 것이다. 한 감정을 나타내는 단어를 사용할 때도 의미는 중의적이고 방향을 모호하게 설정한다. 뜻 모를 이야기를 하는 게 아니라 이렇게도 저렇게도 해석되는 홀로그램 같은 중의를 선호한다. 만약 표현하고 싶고 지향하는 바가 분명하다면 그런 메시지는 가사를 통해서가 아닌 멜로디나 사운드, 보컬톤 등 곡에서 전달되고 공감되도록 한다.

작곡가들은 음악에 분명한 콘셉트와 메시지를 담으려 노력한다. 하지만 음악에 한계를 두는 건 찬송가나 프로파간다, 광고음악에나 필요하다. 멜로디를 저해하면서까지 메시지에 집착하는 건 내게 용납되지 않는다. 드라마나 영화 등 메시지가 분명한 영상에 감정을 돋우는 음악을 만드는 건 그래서 내겐 변태적 일탈이고, 가슴 뛰는 범죄다. 드라마나 영화음악을 만들면서 느끼는 매력과 절망이 바로 거기에 있다.

내가 원하는 음악의 가사는 남성이나 여성이 아닌 양성이고, 국적을 갖지 않은 무국적이며 거취도 분명치 않다. 가사는 성격도 불분명하다. 그는 나에게는 웃어주었다가도 내 옆사람에게는 화를 내며, 심지어 나에게도 때에 따라 다른 감정을 나타내곤 한다. 그의 이야기를 버스에 기대 들었을 때는 행복했는데, 똑같은 이야기를 밤에 들었을 때는 슬프고 우울할 수도 있을 것이다.

그렇게 곡의 다양한 해석과 감정에 몰두하다 보면 놓치는 것도 생기게 마련이다. 하지만 감성에 호소하는 음악, 미술, 문학은 돈벌이와는 달라서 한계효용이나 손익분기점 따위를 계산할 필요가 없다. 나는 내 음악에 대한 전혀 다른 감상들을 즐기고 존중하며, 그런 평가와 감상들을 보면서 음악을 하는 보람과 힘을 얻는다.

차내에 설치된 디지털시계에 함께 표시되는 온도계는 간혹 16도로 떨어지기도 했지만 대체로 17도를 유지했다. 리스본에서 출발한 버스는 타호 강을 건너 라고아^{Lagoa}, 포르티마오^{Portimão}를 지나 오후 2시 무렵 한적한 라고스에 도착했다.

변하지 말았으면 하는 것들

라고스는 조용하고 아름다운 항구도시다. 삼면이 성벽에 둘러싸여 있었고, 나머지 한 면은 바다와 접해 있었다. 구시가는 작지만 없는 것 없이 성벽 안에 차곡차곡 소복하게 들어차 있었다.

내가 머무는 동안 라고스는 도시 전체가 공사 중이었다. 성당, 광장, 대로 할 것 없이 가는 곳마다 새 단장 중이거나 보수공사에 한창이었다. 성벽도 곳곳이 보수 중이거나 외벽에 조명을 설치해 야간에 아름답게 비출 채비를 하고 있었다. 휴양 관광도시로 탈바꿈하려는 모습이 역력해 보였다. 폭풍에도 안전할 만큼 만에서 깊숙이 위치한 정박 시설에는 고급 요트들이 부티 나는 날렵한 동체에 찌를 듯 날카로운 돛대를 세우고 가지런히 정렬해 있었다. 번쩍이는 은갑옷을 입고, 긴 창을 세우고 턱을 치켜든 왕실 전속 기마병들 같다. 대형마트가 들어서 있었고, 만을 따라 난 길가에는 레스토랑들이 잘 정비되어 늘어서 있었다.

따뜻한 남쪽바다를 낀 라고스는 부유한 북유럽 여행객들의 소문난 관광지라고 한다. 부유한 이들을 위한 휴양지의 느낌이라 포르투에서의 서민 향취와는 사뭇 달랐다. 한때는 정겹고 한가로운 어촌이었을 라고스의 모습이 못내 아쉽다. 예전에 이곳은 지금보다 훨씬 인간적인 분위기를 풍겼을 것이다. 길가의 레스토랑은 거친 바닷일을 마치고 귀항한 어부들이 비린내와 땀 냄새 나는 몸을 부딪치며 술을 거하게 마시고 하

평화로운 어촌이었던 라고스는 이제 유럽의 부호여행객들과 그들이 타는 고급요트로 넘쳐난다.
어부들은 더 이상 고기를 잡지 않고, 마을에는 요식업과 호텔업이 번성한다.
돈이 흡수된 라고스는 비수기를 맞아 공사가 한창이다. 그렇게 변하는 모습들이 못내 아쉽다.
골목 구석구석 남아 있는 과거와 짜고 비린 바다 내음은 라고스의 향취를 희미하게나마 느끼게 해준다.
아직 너무 늦지 않아 다행이다.

루의 피로를 푸는 선술집의 자리였을 것이다.

비록 레스토랑들과 쇼핑센터들이 밀집된 대로가 휴양지의 분위기를 풍겼지만, 골목으로 조금만 들어가면 아기자기한 단층의 집들이 붙어 있는 정갈하고 호젓한 풍경에 과거의 모습을 상상할 수 있었다.

메뉴판에는 음식 값의 숫자가 콧대 높은 귀부인처럼 턱을 쳐들고 있었다. 당최 나오는 '사회적 지위와 체면'이 다른 숫자들이라 농 한번 건네기도 버겁다. 주문을 받으러 온 웨이터는 내 얼굴에 쓰인 당황스러움을 읽는 것 따위엔 도사인 게 분명했다. 품에 안은 접시로 공손함을 가장하고 아무리 두꺼운 지폐뭉치라도 꿰뚫을 예리한 눈길로 주문을 기다렸다. "좀 있다가 주문할게요." 가난한 고객의 소심함과 주머니 사정을 간파하고 다른 테이블로 간 웨이터는 그 후 다시 오지 않았다.

라고스에서도 음악을 생각하다

나는 어두움과 비를 사랑한다. 작품의 성격은 예술가들이 언제 작업하느냐에 따라 달라질 수 있다. 예를 들어 아침 일찍 그림을 그리는 사람의 작품은 밝고 화사한 경우가 많지만, 밤늦게 그림을 그리면 어둡거나 우울해 보일 가능성이 높을 것이다.

우울은 감정의 사치에 따른 부작용이다. 주위에 우울한 곡을 쓰는 인

디밴드 동료들은 대체로 야행성인 데 비해, 희망을 주거나 신나는 곡을 잘 쓰는 싱어송라이터 이한철 형은 새벽 일찍 일어나 곡을 쓴다고 한다. 시간 맞춰 다녀야 할 직장이 없는 한량인 나는 뮤지션이라는 허울을 몸에 두르고 멍하니 시간을 보내다가 아침 해가 뜨고 나서야 '아쉽지만 이제 슬슬 자볼까!' 하는 타입이다. 그러다 보니 작곡을 하는 시간도 대체로 새벽녘. 창작하는 멜로디들은 당연히도 마이너코드의 우울한 곡들이다. 물론 인간이 우울하기도 하지만.

라고스의 밤은 싸늘한 공기와 칼칼한 삶을 정박시키려 하지 않는다.

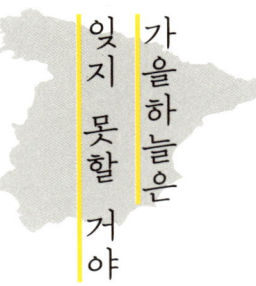

가을하늘은
잊지 못할 거야

지금 쓰고 있는 이 글이 감정의 배설물이 될 건 분명하다.
— 여행 메모 중에서

 ## 안녕, 가을하늘

망각의 동물에게 가을하늘이 이렇게 좋은 줄은

가을이 되어봐야 새삼 깨닫게 되어 있어.

가을하늘과 엘리엇 스미스, 가을하늘과 자전거여행,

가을하늘과 낮잠, 가을하늘과 요플레.

어디에 붙여봐도 궁합은 자석처럼 착착 들어맞지.

정성을 담은 앨범을 사랑스러운 가을에 발표할 수 있다면

얼마나 좋을까 상상해보지만,

가을에 대한 애정은,

어쩌면 여름의 열사병 때문에 봄의 애틋함을 망각해버려서일지도 몰라.

차곡차곡 넣어뒀던 장롱에서

올드패션이 되어버린 티셔츠들을 꺼내어 정리하고,

여름 내내 습기로 고생했던 기타들도 닦아주고,

창문은 조금 더 열어 가을공기를 맘껏 불러들이고,

사회의 온갖 구차함은 털어낼 수 있을 것만 같은 가을하늘과 따뜻한 니트.

어촌이라는 단어가 어울리는 파루는 구시가의 규모가 라고스보다도 작다. 구시가가 작다 보니 대부분의 숙소와 시설들은 성 밖의 신시가에 위치하고, 신시가까지 합치면 규모는 라고스보다 큰 도시였다. 배를 품은 항만은 라고스에서 봤던 고급 요트 대신 작은 보트 수백 대가 질서 정연하게 정박해 있었다.

작은 구시가에 비해 웅장한 성문 앞에 위치한 관광정보센터에서 지

어촌의 조그만 구시가지는
과하게 보호받는다 싶을 정도로 큰 성문 안에 있었다.

도와 조언을 얻고 나왔다. 숙소는 신시가 외곽에 위치한 유스호스텔로 잡았다. 구시가에서는 먼 거리였지만 라고스에서만큼 저렴하고 편안한 호스텔이었고, 양쪽으로 넓은 공원과 YMCA 건물도 있었다.

옥상에서 만난 네덜란드 할아버지

유스호스텔 옥상에서 만난 네덜란드 할아버지는 반바지에 슬리퍼를 신고, 위에는 맨몸에 양복재킷만 걸친 채였다. 까맣게 탄 가슴 피부로 보아 평소에도 웃통을 내놓고 다니는 게 분명했다.

할아버지는 아주 친근하게 야한 농담으로 말을 걸어왔고 대화도 잘 통했다. 어금니가 없었고, 입에서는 담배 냄새와 술 냄새가 진동했으며, 덩치는 작았고, 피부는 깨진 유리처럼 주름이 자글자글하고 까맸지만, 대화를 하면 할수록 여행을 즐길 줄 알고 지혜가 깊고 아량이 넓은 지식인임을 알 수 있었다. 노년에 부부가 함께 여행을 다니는 대개의 북유럽 여행객들과 달리 혼자 다닌다고 했다. 궁금했지만 할머니에 대해서는 물어보지 않았다.

내 말에 집중할 때 그는 계속 고개를 오른쪽으로 돌려 귀를 내 쪽으로 가까이 했다. 왼쪽 귀가 어두운 탓일 게다. 단추를 풀어 젖힌 진회색 재킷 안으로 뱃사나이의 것처럼 거칠게 타고 늘어진 뱃살이 드러났다.

쪼리를 신은 발톱 몇 개는 어디에 부딪쳤는지 까맣게 피멍이 들어 있었다. 혹 좁다란 길에서 마주쳤더라면 술주정을 피해 자리를 내어줄 노숙자 타입의 할아버지였지만, 나는 금세 할아버지가 좋아졌다.

그는 주로 시끄럽지 않은 마을을 찾아 떠돌아다니다 마음에 들면 얼마든지 머무르며 즐긴다고 했다. 햇빛만 드는 곳이면 옥상이든 길거리든 공원이든 자리를 펴고 앉아 선탠을 하고, 캔맥주를 홀짝이며 책을 읽는가 하면, 이방인과의 대화도 마다하지 않는다. 내가 꿈꾸는 한량의 삶과 크게 다르지 않았다. 어쩌면 내 미래의 모습이지 않을까.

할아버지는 대화 중에 말아 피우는 담배를 만들었는데, 그에게 담배 한 대를 피우는 건 굉장히 길고 경건한 의식 같아 보였다. 먼저 얇고 네모난 담배말이용 종이를 허벅지에 올리고, 말보로 상표가 그려진 쭈글쭈글한 봉지에서 마른 담뱃잎을 꺼냈다. 갈색의 담뱃잎은 비슷한 색의 주름진 손가락과 잘 어울렸다. 담뱃잎을 종이 위에 적당히 펼쳐놓고 정성껏 돌돌 만 후 끝부분에 혀로 침을 발라 마감한다. 그러고는 2차 세계대전 때 피난하면서부터 입었던 게 분명한 양복재킷 주머니에서 성냥을 꺼내 마리화나처럼 볼품없이 말린 담배에 조심스레 불을 붙인다. '쪼오옥' 깊게 빨아들일 때 나는 '파지직' 담배 태우는 소리란! 그 소리 안에 노인의 삶과 매력이 온전히 담겨 있었다. 담배에는 종이를 붙인 옅은 침 자국이 여전히 남아 있었다. 할아버지가 담배를 허벅지에 올려 마는 동안 입고 있던 낡은 반바지 한쪽에는 빛바랜 미키마우스 날염이 웃고 있었다.

할아버지가 담배를 말아 태우는 모습은 그곳에 머무는 내내 보았는데, 한 번도 단번에 성공하지 못하고 말던 종이를 다시 펴거나 구겨지거나 찢어져 새 종이를 꺼내 다시 말곤 했다. 내가 대신 말아주고 싶은 마음이 굴뚝같았지만, 그렇게 담배를 말아 피우는 데는 그만의 철학이 있는 것 같아 방해할 수 없었다. 그렇지 않고서야 동그랗게 잘 말린 질 좋고 올곧은 담배를 피우지 않았겠는가 말이다.

담배에 인생을 말아 피우던 네덜란드 할아버지와의 대화를 마친 밤, 침대에 누워 있자니 경남 마산에 계신 할배가 떠올랐다. 어릴 적 할배한테서는 언제나 옅은 소여물 냄새가 났다. 어느 날인가는 마루에 누워 뒹굴고 있는데, 할배가 갓 잡은 소의 생간을 검은 비닐에 담아 들고 와서는 도마와 과도를 가져오라고 했다. 눈앞에서 썰리는 적갈색의 말랑말랑한 생간은 영락없이 젤리 같았다. 생간을 즐겨 '자시던드시던' 할배의 소여물 냄새는 어쩌면 그 때문인지도 몰랐다. 할배의 소 같은 숨에서도, 거친 손에서도, 바랜 옷을 입은 품에서도 향긋한 소여물 냄새가 났다. 나는 할배 냄새가 싫지 않았다. 할배는 이제 아흔이 넘었고, 쩌렁쩌렁하던 목소리는 풍선에 바람 새듯 작아졌다.

초등학생 때 할배 집에서 봤던 돼지가 새끼 낳는 모습은 아직도 잊혀지지 않는다. 할배는 집 한켠 외양간에 몸이 집채만 한 황소 한 마리를, 돼지 축사에는 꽤 많은 돼지를 키웠었다. 어느 날 밤 임신한 암돼지가 심상찮다며 할머니가 축사에 들어가서 한참을 나오지 않자, 궁금해 숨 넘어갈 지경이었던 나는 허락도 없이 축사 문을 열고 들어갔다. 할매는 새끼를 받고 있었다. 어미돼지가 놀라 새끼가 죽는다며 할매는 나를 쫓아냈지만, 새끼 몇 마리가 태어나고 그중 한두 마리가 나 때문에 죽을 동안 그 놀라운 광경을 빠짐없이 지켜봤다.

생명의 탄생은 어린 악동에게 엄청난 충격이었다. 생각이 어리고 미완성이었던 나는 생명의 탄생이 상상처럼 아름답지도 않고, 고통과 더러움의 한가운데에서 태어나는 연약한 핏덩이임을 알았다. 그렇게 보여도 생명체랍시고 심장이 콩콩거리던 그 놀라운 덩어리는 한심할 정도로 나약해서 불청객의 존재만으로도 죽어버릴 정도로 약해빠졌으며 엄마의 사랑 없이는 아무것도 아니라는 것을, 어렸던 나는 어렴풋이 깨달았다.

오랜만에 할배와 새끼돼지의 탄생까지 떠올리게 한 네덜란드 할아버지. 그는 왜 그때 나에게 담배를 권하지 않았을까.

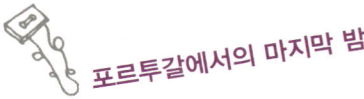

포르투갈에서의 마지막 밤

포르투갈 사람들의 주식은 빵과 수프, 쌀밥, 생선인데 동네 식당 메뉴를 봐도 과연 서민적이다. 작은 식당에서 내 앞자리에 앉은 한 할머니는 작은 접시에 담긴 저렴한 콩 수프를 주문한 후 가지고 있던 비닐가방에서 바게트를 한 줌 떼어내 잘게 조각내서 수프에 적셔 먹었다.

굳이 서민적인 식사를 흉내 내려고 했던 건 아니지만 나의 식사도 마찬가지였다. 배낭 제일 아래에 보물같이 아껴두었던 스팸 통조림 뚜껑을 따서 포르투에서 만난 한국 여행객에게 얻었던 컵라면에 잘라 넣어 점심 겸 저녁을 해결했다. 옥상에 올라갔는데 네덜란드 할아버지는 없었다. 포르투갈에서의 마지막 밤을 기념하고, 기분도 낼 겸 포르투갈 산 맥주로 유명한 슈퍼 복Super Bock을 한 병 사서 옥상에 누워 별을 동무삼아, 바람을 안주 삼아 홀짝홀짝 마셨다. 맨발을 개미가 간질이고 마른 목구멍은 맥주가 간지럽게 했다. 맥주가 생수보다 저렴한 건 마음에 들었지만, 현지 맥주는 내 입맛에 별로였다.

포르투와 리스본에서 예정보다 오래 머무르긴 했지만, 모로코나 안달루시아에서의 여유로운 일정을 위해 그간 숨 가쁘게 달려왔다. 사랑스러웠던 라고스에서도 하루만 머물렀던 게 아쉽지만, 파루에서도 하루만 묵고 세비야로 들어갈 참이었다. 이제 포르투갈에 작별을 고하고 다시 스페인이다.

143

우주는 우리의 삶과는 상관이 없으며
관심도 없다는 에피쿠로스의 말이 무색한 밤.

잠·깐·머·묾

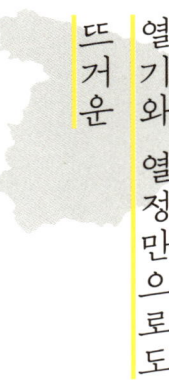

열기와 열정만으로도

뜨거운

예전에는 나 자신에게 쪽팔리면 안 되었지만,
이제는 남들한테 쪽팔리면 안 되는 거다.

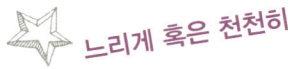

느리게 혹은 천천히

스페인과 포르투갈에서 버스를 탑승할 때 표를 확인하는 방법은 매우 독특하면서도 재미있다. 펀처로 동그랗거나 세모거나 때때로 별 모양 구멍을 뚫는 곳도 있지만, 대부분은 손으로 표의 한쪽 끝을 살짝 찢는 정도로 승차 확인을 표시한다. 뭔가 귀엽다.

'버스운전사들이 참 느긋한걸' 하고 생각했는데, 겪어보니 포르투갈 사람들은 여유롭고 서두르지 않았다. 출발이 지연돼도 그다지 서두르지 않아서 연착하는 경우가 부지기수다. 출발 시간이 지났는데 먹거리 사

사회 초년생이 되어서 한동안은 바쁘게 시간을 쪼개고 계획을 세워 실천하며 살았다.
쉬는 시간 없이 치열하게 달리는 삶 자체에 의미를 부여했다.
뒤돌아보니 경력과 돈을 위해 일한 시간은 내게 낭비더라.
느리게 걷고, 천천히 생각하기.

올 테니 조금만 기다려달라는 황당한 승객을 기다려주는 경우도 있었
다. 연착과 엉터리 출발 시간에 적응하지 못했던 나는 차를 놓쳐버린 건
아닌지, 게이트가 변경된 건 아닌지 애가 닳아서 매표소 직원에게 자주
물었다. 그럴 때마다 매번 돌아오는 답변은 늦어지니 기다리라는, 주책
맞게 서두르지 말라는 책망 투의 대답이었다.

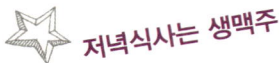 **저녁식사는 생맥주**

파루에서 출발한 버스가 우엘바Huelva를 지나 세비야에 도착한 시각은 저녁 8시가 다 되어서였다. 한동안 작은 도시들에 머물렀던 내게 세비야는 한마디로 '컸다'! 안달루시아 지방의 중심이자 긴 역사를 가진 도시다왔다. 투우와 플라멩코로 유명하고, 콜럼버스가 먼 항해를 떠난 바로 그 도시. 강을 따라 걸어 올라가는 길이 마치 영화의 예고편 같았다. 내일 날이 밝으면 기대하시라, 세비야의 열기와 아름다움을.

묵으려 했던 호스텔에 남은 방이 없어서 내일부터 잘 수 있도록 예약을 하고 다른 호스텔을 찾았다. 저렴한 숙소는 많았지만 늦은 시간이어서인지 도미토리룸은 자리를 구하기 힘들었다. 값싼 곳을 찾아 헤매다 비교적 비싼 4인실에 하루치를 지불하고 열쇠를 받았다.

일단 짐을 풀고 열쇠와 함께 받았던 무료음료 티켓을 주머니에 쑤셔 넣고 다시 호스텔로 어슬렁어슬렁 걸어갔다. 아침식사 무료 제공은 물론, 호스텔에서 운영하는 바르에서 음료 한 잔을 공짜로 마실 수 있다는 것이 이곳을 선택한 이유였다. 과일주스나 열량이 많은 음료로 저녁을 대신할 심산이었다.

바르는 무척 붐볐고, 바텐더가 있는 곳은 주문을 하기 힘들 정도로 사람이 빽빽했다. 바르가 붐볐던 이유는 주문을 하려고 덩치 큰 남정네들을 뚫고 들어가서야 알았다. 그들은 스키니 진에 배꼽이 드러나는 탱

밤의 세비야는 그윽한 평온함과 매혹적인 정열을 동시에 뿜어낸다.
삶과 죽음이 어깨동무를 한 채 얼굴을 맞대고 있다.

크롭을 입은 아름다운 여자 바텐더의 몸짓에 넋을 잃은 근육덩어리 수
컷들이었다. 바에 있던 사람들이 대부분 남자들인 것도 이해가 갔다.

　시선을 의식한 바텐더의 행동은 화려하고 섹시했다. 금발에 글래머
인 바텐더는 남자들의 노골적인 시선을 즐기느라 넘치는 주문 따위에
는 관심이 없어 보였다. 어떻게든 겨우 비집고 들어왔지만, 주문할 틈이
없던 나는 주린 배를 움켜쥐고 나풀나풀 움직이는 얇은 허리와 의식적

인 미소만 쳐다보면서 시간을 보냈다. 바르 안은 하늘거리는 나비와 수백 개의 껌뻑이는 시선과 쿵쿵거리는 음악과 소음들로 가득했다. 기껏 음료로 주린 배를 채우겠답시고 하염없이 기다리는 나는 누구고, 여기는 어디인가.

애처로운 눈길로 섹시한 바텐더가 나를 한번 쳐다봐주기만을 기다린 시간이 족히 30분은 되었을까. 드디어 내게 눈길을 '주시며' 말을 걸어왔다. 기회를 놓칠까 얼른 꼬깃꼬깃한 티켓을 건네며 고작 맥주를 주문했다. 차가운 생맥주는 그로부터 다시 인고의 시간이 지나고서야 받을 수 있었다.

알싸한 맥주를 목구멍에 쏟아 부었다. 밥 삼아 마신 맥주는 물을 많이 섞은 건지 사랑이 식은 연인과 하는 키스처럼 싱거웠다. 입가에 묻은 거품을 닦고 급히 바르를 나서서 골목을 걷는데, 코끝은 알알했고 뒷맛은 씁쓸했다.

세비야 vs 에스파뇰

다음 날, 프리메라리가Primera Liga, 스페인 프로축구리그 경기를 보러 라몬산체스 피스후안 경기장으로 향했다.

매표소 앞에는 암표상들이 득실거렸다. 현지인들에게 25유로인데

나에게는 40유로를 달란다. 이들에게도 나는 어리바리하게 보이는 모양이다. 예리한데! 모이를 먹으려고 모이는 비둘기 같은 암표상들에게 고개를 절레절레 흔들어 보이곤, 매표소에서 가장 저렴한 구역의 자리를 35유로에 구매했다.

경기장까지 걸어가는 길은 짧지 않았지만, 가는 길에 사람들이 우르르 몰려 다녀 심심하진 않았다. 남자들이 많았고 유니폼을 입거나 응원팀 수건을 두른 팬들이 종종 보여서 경기장에 가는 인파임을 쉽게 알 수 있었다. 덩치 큰 남자들이 하나같이 꾀죄죄한 비닐봉지를 한 손에 든 모습이 신기했다. 그중 한 청년에게 말을 걸어 축구 이야기를 나누며 함께 경기장까지 걸었다. 그 역시 목에 세비야가 쓰인 수건을 두르고, 한 손에 묵직한 검은 비닐봉지를 들고 있었다.

경기는 0:0 무승부. 당시 3위를 하고 있던 세비야로서는 레알 마드리드와 바르셀로나의 양강 체제에서 불가능에 가까운 2위에 오를 수 있었던 절호의 기회를 놓친 셈이었다. 세비야FC는 발전 가능성이 많은 젊은 선수나 나이는 많지만 여전히 기량이 훌륭한 선수를 저렴하게 영입해 좋은 성적을 유지하고, 선수를 비싼 가격에 되팔기로 유명한 구단이다. 신구 세대의 조화가 훌륭하고, 헤수스 나바스나 카누테 같은 걸출한 스타가 선발로 뛰었다.

경기장에는 놀랍도록 아삭거리는 소리가 들렸다. 그 소리는 안달루시아 사람들 특유의 호탕한 대화와 웃음소리, 시끄러운 환호 소리를 압도했다. 마치 메뚜기 떼가 논밭을 갉아먹는 소리 같기도 하고, 어릴 적 할배 집 뒷산의 대나무 숲에서 바람이 불면 나던 소리 같기도 했다.

관객들은 견과류를 까먹고 있었다! 그게 뭐였는지 확신할 수는 없지만, 모두 같은 걸 먹고 있다는 건 확실했다. 피스타치오가 아니라면 아마 호박씨나 해바라기 씨앗일 것이다. 궁금하면 참지 못하는 성격이라

세비야 홈구장인 라몬산체스 피스후안 경기장에서 에스파뇰을 상대로 한 프리메라리가 경기를 봤다.
입장료가 상당히 비쌌는데, 그 돈으로 좋아하는 FC서울 시즌 티켓을 살 걸 후회가 되기도.
일정이 맞지 않아 레알 마드리드나 FC바르셀로나,
내가 좋아하는 아슬레틱 빌바오의 경기는 볼 수 없었다.

물어봤어야 했지만, 왠지 나도 좀 달라고 구걸하는 이미지일 것 같아 참 았는데 후회된다. 경기장 오는 길에 보았던 비닐봉지의 비밀이 이것이 었다. 응원을 하거나 탄성을 지르거나 상대편 선수에게 욕할 때를 제외 하면 다들 열심히 까먹었다. 이렇게 까먹는 게 팀의 승리를 비는 주술의 식이라도 되는 것처럼.

비닐봉지 뒤지는 소리와 껍질 까는 소리, 우걱우걱 씹는 소리는 생전 처음 듣는 경이로운 소음을 창조해냈다. 전반전이 다 되어서야 소음은 조금씩 잦아들었는데, 휴식 시간이 되자 대신 샌드위치나 햄 같은 먹을 거리를 입에 넣고 있었다. 그뿐만이 아니었다. 주위에 아이들이 있든 말 든 곳곳에 풍기는 담배 냄새와 귀를 울리는 웃음소리도 축구 경기만큼 이나 굉장한 구경거리였다.

♫ Summertime is OVER

서머타임이 끝났다. 우주의 법칙과 상관없이, 신의 허락도 없이 한 시간을 벌었다. 마드리드 공항에 내려 일곱 시간을 벌었고, 세비야에서 다시 한 시간을 더 번 셈이다. 왠지 새해가 된 것도 같고, 한 살을 더 먹 은 것도 같다. 세상은 어제와 똑같이 돌아가고 태양도 어제와 같은 즈음 에 뜨는데 시간은 다르다니, 인간 마음대로. 법이나 규칙, 합의는 대부 분의 경우 이렇듯 이기적이다.

알카사르의 개방 시간이 오전 10시임을 확인하고 여유 있게 8시 반쯤 숙소를 나와 세비야의 좁은 골목을 두리번거리며 거닐었다. 10시 20분쯤 되어 알카사르 입구에 도착했는데, 성문이 여전히 닫혀 있었다. 의아해하며 대기줄에 섰는데, 내 뒤에 선 여행객들이 영어로 주고받는 대화 소리에 귀가 솔깃.

"왜 10시가 넘었는데 아직 오픈하지 않는 거죠?"

"이곳 서머타임이 오늘부로 끝났거든요."

"아! 서머타임이 끝났군요. 몰랐어요. 그럼 아직…… 9시 반인 거군요. 이런, 괜히 서둘렀네요."

즐기기 위해 온 여행길이라서인지 서머타임의 낚시질에 낚여 파닥거리면서도 모두들 즐거운 표정이다. 나도 낚인 덕분에 느긋하게 내 뒤로 늘어나는 줄을 구경하다가 처음 입장하는 손님이 되었다. 깨끗하고 한산한 알카사르 내를 둘러보는 일은 즐거웠다.

분주히도 돌아봤는지 스니커즈에는 먼지가 소복했다. 저녁 9시라 평소 같으면 숙소로 들어가려고 서둘렀을 텐데 서머타임 덕에 8시가 되었다.

오늘도 관광 루트를 짜는 데 애를 먹었다. 입장이 필요한 여행지나 가게들이 낮 2시에서 5시까지는 시에스타^{siesta, 낮잠 자는 시간} 라고 닫고, 어떤 곳은 겨울 시즌이라고 5시부터는 문을 닫는다. 돈 버는 데는 관심이 없는 사람들 같다. 밤늦게까지 일하고, 그런 일꾼들을 위해 더 늦게까지, 심지어 24시간 쉬지 않고 문을 여는 서비스 업종이 발달한 우리나라에서는 상상도 할 수 없다. 서둘러 다녀도 조금만 늦으면 문을 닫아서 발길을 돌리곤 했다. 주말에는 그나마 여는 곳도 많지 않으니 관광루트를 짜는 데 고생하게 생겼다.

서머타임이 끝났다고 해도 세비야는 여전히 여름이다. 햇살은 뜨겁게 살을 데운다. 도로의 광고판에 달린 디지털온도계도 더위에 허덕이며 34와 35 사이를 헤맸다. 무더웠던 낮의 광장은 한가했다가 해가 지면 사람들이 모여들었다. 밤 10시가 되면 저녁을 먹는 사람들로 식당은 만원이 된다. 이러니 술집에서 안주 겸 끼니를 때울 수 있는 타파스가 주메뉴가 되는 것도 이해 못할 일이 아니다.

스페인 남부 안달루시아 사람들은 확실히 중부의 마드리드나 북서부 사람들보다 친절하다. 거리는 활기차고 노인이나 아이들도 많아 위험하지 않다. 다들 이렇게 일하지 않고 노는데, 대체 뭘 먹고 사는 걸까. 유럽 최고의 관광국이라는 타이틀이 부러울 따름이었다.

색다른 경험, 플라멩코

플라멩코 구경은 같은 방에 묵던 룸메이트들과 함께 갔다. 플라멩코 공연장은 미로 같은 골목에 숨어 있었는데, 술이나 음료를 사서 마시면 무료로 플라멩코를 관람할 수 있어 배낭여행객들에게 인기가 많은 곳이었다.

플라멩코는 놀라웠다. 화려하게 차려입은 한 여성이 춤을, 한 명은 화려한 기타 연주를, 한 명은 구슬픈 노래를 부르거나 발을 바닥에 구르고 손뼉을 치면서 리듬을 맞췄다. 플라멩코에는 한이 서려 있었다. 우리네 정서와 크게 다르지 않다.

연주자 클래식기타 연주 실력이 기타를 치는 내가 보기에도 놀라울 만큼 정교하고 능숙했다. 리듬을 연주하는 스트럼은 흥겹고 빠르면서도 박자가 어긋나지 않았으며, 처음 듣는 리듬도 있었다. 때때로 스트럼 연주를 하면서 기타 통을 쳐서 퍼커션으로 이용하기도 했다. 빠르게 음을 이어가는 아르페지오 테크닉은 나로서는 도저히 따를 수 없는 경지였다. 열정적으로 연주하면서도 시선은 춤추는 무희를 보면서 춤에 맞춰 연주의 강약을 조절하고 있었다.

무희 앙다문 입으로 강한 자존심이 엿보이는 무희는 요염하고 강렬하면서 절제된 동작으로 춤을 추다가, 다음 순간 한없이 부드럽고 우수에 찬 동작으로 바꾸면서 가수의 노랫말에 맞춰 삶을 연기했다. 손가락을 간드러진 모양으로 구부려 시선을 집중시키기도 하고, 부채를 이용하기도 했다.

가수 성량이 무척 좋았던 가수는 때로는 구슬처럼 구르다가 어느 순간 칼로 변해 마음을 찌르기도 했다. 노래를 하지 않을 때는 무희의 춤에 맞춰 박자를 맞췄는데, 나무 바닥에 발을 구르거나 박수를 치거나 허벅지를 때려 소리를 내기도 했고, 절묘한 추임새를 넣기도 했다. 우리 고전 판소리의 고수를 연상케 했다.

아름다운 춤사위와 노랫가락에도 불구하고 오롯이 감동하지 못한 두 가지 방해 요소가 있었는데, 하나는 가수의 추파였고 다른 하나는 무희의 삐침이었다. 여자 관객에 대한 가수의 추파는 내 집중력을 분산시켰는데, 앞에 앉아 관람하던 북유럽 관광객에게 계속해서 눈빛을 쏘아대는 게 노골적이라 웃음이 났다. 그 눈길을 본 후부터는 더 이상 멋지고 감성적인 가수가 아닌 키 작고 느끼한 카사노바로 보였다. 그런데 눈빛을 받는 당사자는 메시지를 읽지 못한 건지, 공연에 흠뻑 빠진 건지 별다른 반응을 보이지 않았다. 내가 유별난 걸까. 여자 관객이 어떤 식으로라도 반응을 해야 공연 내내 이어지던 저 눈빛을 보지 않아도 되고 플라멩코에 집중할 수 있을 텐데.

무희가 삐친 이유는 시끄러운 관객들 때문이었다. 공연을 즐기러 왔다기보다는 호기심에 온 여행객들이었기에 이해할 법했지만, 앞좌석이 아니면 노래가 잘 들리지 않을 정도로 시끄러웠던 건 사실이었다. 가수는 계속해서 '쉬~'라고 조용히 집중해줄 것을 요청했고, 무희도 집중하지 않는 관객들에 화가 난 듯 보였다.

내가 집중하지 못한 이유는 시끄러운 관객 때문이 아니라, 그걸 의식해 기분이 상한 듯 보이는 자존심 센 무희와 고음의 '쉬쉬~'를 남발하는 가수 때문이었다. 무희는 공연이 30분을 넘지 않은 시점, 가수의 노래가 아직 끝나지도 않았지만 마음이 상한 듯 연주 도중 갑자기 추던 춤을 끝내버리고 자리에 앉아버렸고, 끊임없이 앞좌석 관객에게 추파를 보내던 가수는 당황해하며 공연을 급히 마무리했다. 돌아오는 골목은 가수의 눈길과 무희의 마음만큼이나 좁고 어두웠다.

남유럽의 강한 태양과 이국적인 야자수,
떨어지는 물살은 시간을 가른다.

Morocco

발걸음 셋, 모로코

시간이 멈춘
그곳

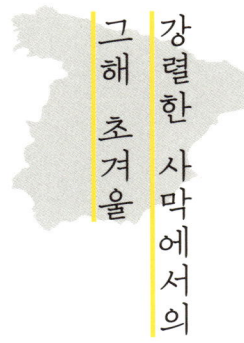

강렬한 사막에서의
그해 초겨울

의도가 가미된 감정은 쇼윈도 앞 마네킹 같아.
대개 역겨워.

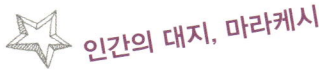

인간의 대지, 마라케시

마라케시는 생텍쥐페리가 쓴 책《인간의 대지》에 거론되던 도시다. 《인간의 대지》를 통해 상상했던 마라케시는 무서운 아프리카 이방인 '모르인'들이 사는 사막 도시였다. 무서운 존재로 수차례 언급되었던 불귀순 민족인 '모르인'들은 지금 생각해보니 무어인moors에 대한 번역의 차이였던 모양이다. 이들은 이슬람교를 믿으며, 대부분 북아프리카 베르베르족이었고, 흑인들과는 구분된다. 내가 아는 유일한 무어인은 셰익스피어의 4대 비극 중 하나인《오셀로》의 주인공 오셀로뿐이다.

162

모로코 행 비행기는 예약해두었던 유럽의 저가항공사 라이언에어 Ryan Air를 이용했다. 모로코 행은 공항세와 세금을 다 합쳐도 8만 원을 넘지 않았다. 싼 게 비지떡이라던가. 서비스는 그다지 좋지 않아서 기내에서 음식은 사 먹어야 하고 예전 기차처럼 햄버거 같은 먹거리를 파는 스튜어디스가 지나다닌다, 불친절한 공항 데스크는 온라인상에서 여행객들에게 악명이 높다. 한국 국적이면 비자 문제가 생길 수 있다는 글을 읽었지만, 이미 시행착오를 겪었을 텐데 설마 나에게도 그럴까 반신반의했는데 역시 같은 문제로 탑승권을 내주지 않았다! 직원에게 사정을 설명했지만 무시하고 기다리라더니 뒷사람들을 발권해주고 여기저기 전화를 걸었다.

탑승 시간이 다가와 마음은 급해지고 인내심이 바닥이 날 무렵, 선임인 듯한 직원이 들어와 사정을 듣더니 별 일 아니라는 듯 금세 처리해주었다. 탑승권을 받은 후의 허무함이란. 나에게 비자 문제로 골탕을 먹였던 발전이라고는 없을 직원은 다음 한국 탑승객에도 같은 문제로 발권을 지연시킬 게 분명하다. 처리 지연과 착오에 대한 그녀의 사과는 없었다.

좁은 좌석에 앉아 가는 동안 옆자리에 앉은 프랑스 승객 시몽Simon과 이야기를 나눴다. 스페인으로 유학을 와서 1년째 세비야에 머물고 있었고, 모로코는 간혹 기분전환 삼아 여행을 가곤 하는데 마라케시만 세 번째라고 했다. 모로코가 한때 프랑스 식민지였던 터라 프랑스어가 잘 통하고 편하게 해수욕장에서 쉴 예정이라고 했지만, 아무리 봐도 해변에 누워 몸을 태울 스타일은 아니었다. 시몽도 내가 뮤지션으로는 보이지 않았겠지만.

그는 트윈룸을 얻으면 숙소도 저렴하고, 마라케시에 머무는 동안은 자기가 가이드 해주겠다며 같이 다니자고 제안했다. 휴양하러 온 시몽과 관광이 주 목적인 나는 여행 패턴이 아무래도 맞지 않고, 신트라 관광 중 겪은 일도 있어 주저했다. 하지만 통역 겸 가이드 해결에 숙박비 절약이라니 나로서는 응하지 않을 수 없었다.

비행기가 육중한 몸을 내려 착륙하자 여기저기서 박수소리가 났다. 안전하게 착륙한 기장에 대한 박수는 왠지 초등학교 소풍 온 것 같은

모로코 상공. 녹음이 없다. 에어컨 시설이 쾌적한 공기를 제공하는 기내의 관찰자 시점으로는 단조로운 풍경에서 더위나 척박함이 전해지지 않는다. 녹색이 아닌 갈색의 땅일 뿐.

기분이 들어 웃음이 났다. 고등학교 때 제주도에 가던 비행기가 떠올랐다. 비행기가 이륙하자 여기저기서 들리던 환호성은 처음 비행기를 타본 열여덟 살 학생들의 첫 경험에 기인한 탄성이었다. 친구들은 비행기가 흔들리거나 방향을 틀 때마다 수군댔다. 처음이라는 생경한 경험의 소중함이 새삼 간절하고, 현재의 익숙함과 둔함이 못내 아쉽다.

비행기에는 나 외에 단 한 명의 동양인이 있었는데, 홍콩 사람 매튜 Matthew였다. 나를 쳐다보고 말을 걸고 싶어 하는 눈치였지만, 시몽을 일행으로 알고 주저하는 것 같아 공항에서 내가 먼저 말을 걸었다. 스위스에서 유학 중이었고, 방학을 이용해 여행 온 참인 열아홉 살의 홍콩 학생이었다. 키가 크고 뼈가 굵어 체격이 좋았으며, 돌출된 턱에 삭발을 한 강한 인상이었다. 소림사에서 온 무림 고수라고 해도 믿었을 것이다.

마라케시 공항은 모던한 디자인에 규모가 큰 건물이었지만 내부에는 특별한 시설도 없고 사람들도 적어 휑했다. 은행에서 100유로를 교환해 받은 1,117디람으로 모로코 여행을 해결해야겠다고 마음먹었다. 얼마나 짠돌이에 바보 같은 짓이었는지는 일주일도 지나지 않아 알 수 있었다. 스페인에서 굶으며 살 만했다는 게 문제였다. 사실 그 돈은 차비만으로도 벅찼다. 모텔 옥상에서 자고, 저렴한 음식도 굶어가며 아꼈는데도 지방은행에서 70유로를 더 교환해야 했다.

공항 밖에서 택시로 가자는 시몽과 버스로 가자는 매튜 사이에서 나는 값싼 버스를 택했고, 시몽과는 시내 중심에 있는 모스크mosque, 이슬람교

사원에서 만나기로 하고 버스에 올랐다. 시몽과는 인연이 아니었는지 약속했던 모스크에서 만날 수 없었다. 대신 매튜와 트윈룸을 구해 함께 여행을 하기로 했다. 이게 얼마나 바보 같은 결정이었는지는 두어 시간도 지나지 않아 알게 되었지만. 이번 여행에 나는 사람 운이 별로 없었다.

마라케시 메나라 공항(Marrakech-Menara Airport).
건물 전체가 거대한 마름모꼴 창으로 가득했고,
창에는 이슬람 특유의 아라베스크 문양이 새겨져 햇빛을 통해 내부로 쏟아져 내렸다.
모던하고 세련된 건물이었지만 공항을 이용하는 승객은 많지 않아,
마치 백성 없는 폭군의 궁전처럼 뜨거운 햇빛 아래 머쓱하게 서 있었다.

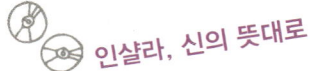

인샬라, 신의 뜻대로

메디나medina, 이슬람 국가에서는 구시가를 '메디나'라고 불렀다에 저렴한 트윈룸을 잡고, 매튜와 제마엘프나Jemaa el Fna 광장에 있는 식당에서 점심을 먹었다. 외국인들이 많아서 비싸 보였지만 메뉴판의 가격은 적당했고, 이런 물가라면 스페인에서 쫄쫄 굶은 내 불쌍한 위장에 한번쯤은 기름칠을 해줘도 좋겠다고 위안했다. 전통음식인 쿠스쿠스couscous와 음료를 주문했는데, 35디람6천 원가량에 모로코 빵이 무료로 나왔다. 나는 오랜만의 과식과 앞으로의 여행에 대한 기대감에 조금 흥분해서 웃고 떠들기까지 했다. 여행에서 '맛있는 음식'이 얼마나 사람을 행복하게 만드는지 새삼 절감했다.

배를 든든하게 채운 후 매튜와 광장을 어슬렁거렸다.

태양빛이 잔인하게 내려쬐는 광장 한가운데로 터벅터벅 걷는데 현지인들이 파리 꼬이듯 하나둘 다가왔다. 목줄이 묶인 원숭이를 만져보라는 사람도 있고, 영화에서만 보았던 뱀을 목에 걸고 피리를 든 아라비안나이트 복장을 한 할아버지가 뱀을 만지면서 사진을 찍으라고 하는가 하면, 단순히 돈을 달라고 바지를 잡는 아이들도 있고, 히잡을 두른 아줌마는 이상한 진흙을 들고 문신을 하라고 하기도 했다. 그들이 제공하는 놀이나 볼거리는 모두 달랐지만 목적은 하나같이 돈이었다. 사진을 찍어도 돈을 요구해서 함부로 사진을 찍을 수 없었다.

매튜는 바가지니까 아무것도 사지 말라고 나에게 신신당부했지만, 정작 자기는 공짜라는 말에 어떤 아줌마에게 붙들려 팔에 진흙으로 전갈 문신을 받았다. 진흙이라기보다는 배설물의 느낌이라 나는 받을 엄두가 나지 않았다. 조잡한 문신을 끝낸 아줌마가 사진을 찍으라고 해서 매튜가 건네주는 카메라로 사진을 몇 장 찍어주었다.

그때부터 아줌마는 돌변해 돈을 요구하기 시작했다. 매튜가 항의하며 공짜라고 하지 않았냐며 그냥 가려고 하자 팔을 붙들고 놔주질 않았다. 문신 값은 됐고 촬영비를 내놓으라며 생떼를 부렸고, 주위에 따라다

니던 현지인들의 시선도 곱지 않자 매튜는 한참을 흥정해 20디람을 주고서야 아줌마의 똬리에서 풀려났다. "이거 똥 아니야?" 진흙을 가리키며 매튜는 영어로 연신 욕설을 내뱉었다. 좋은 경험 했다 생각하라고 달래주었지만 매튜는 화를 삭이지 못했고, 진흙을 닦아내고 나서도 한참이나 그의 욕설은 여전히 닦이지 않고 입에 남아 있었다.

나는 물건은 사지 않았지만 돈을 구걸하는 아이들 중 작고 귀여운 소녀의 간절한 시선이 안쓰러워 꾸스꾸스를 먹고 거슬러 받았던 5디람을 손에 쥐어주었다. 매튜가 그런 나를 나무라며 "한 아이에게 돈을 주면 곧 온 동네 아이들이 손을 벌리며 달려들 것"이라고 원망했는데, 고압적이고 예의 없으며 가르치는 듯한 자세가 불쾌했다. 내가 그 나이 또래였다면 틀림없이 다퉜거나 동행을 그만두었겠지만, 그냥 웃어넘기며 내가 알아서 하겠다고 해뒀다. 그 후에도 아이들에게 가끔 동전을 쥐어주었지만, 한 번도 동네 아이들이 몰려온 적은 없었다. 주위에 있던 아이 몇몇이 자기도 달라며 소리를 지르는 경우가 있었지만, 그럼 있는 대로 쥐어주거나 없다고 양손을 펼쳐 보이면 그만이었다.

시간이 지날수록 매튜는 거칠어졌다. 열아홉인 그는 충분히 혈기왕성했고, 185센티미터 정도의 키에 헬스와 농구를 해서 그런지 몸이 다부졌다. 본인이 말했듯 스위스와 독일에서 홀로 유학 생활을 하며 백인들에게 지지 않기 위해 강해지고 모가 난 학생이었다. 메디나의 좁은 골목길에서 현지인과 부딪치면 화를 냈고, 한번은 자전거를 탄 현지인과 부딪쳐 자기 카메라가 땅에 떨어지자 영어로 욕을 해댔다.

일주일 정도를 함께한 후 그와 헤어졌는데, 그건 모로코에서 내가 한 가장 현명한 선택이었다. 처음부터 함께 다니지 않거나 좀 더 빨리 헤어졌어야 했다. 매순간 일을 만드는 번거로운 행동에 스트레스를 받았고, 현지인과 싸움도 불사할 듯한 그를 말리기 바빴다. 어린 매튜는 눈치가 빠르고 똑똑했지만 현명하지 않았고, 강했지만 깨지기 쉬워 보였다. 나는 여행도 즐기면서 동시에 매튜까지 컨트롤해야 했고, 그가 나에게도 거친 행동을 보이지 않도록 나 자신도 컨트롤해야만 했다. 그건 여러모로 소모적이고 쓸데없는 짓이었다. 그는 내게 짐이었고 쓰지 않는 열쇠꾸러미처럼 매달린 '모난 짜증'이었다.

문신 사건으로 한바탕 홍역을 치른 후 매튜의 행동에 둘러쌌던 현지인들이 떨어져나가자, 그제야 한숨 돌린 나는 모로코에서 유명한 오렌지주스를 마시기 위해 좌판들을 둘러보았다. 광장 한편에 신선한 오렌지를 직접 짜서 파는 수십 개의 좌판이 있었다. 좌판에는 간판 대신 숫자가 적혀 있었다. 오렌지주스도 맛보고 공짜 사진도 찍을 요량으로 가장 화려하게 꾸며둔 좌판 앞으로 가서 3디람짜리 오렌지주스를 주문하고 사진을 찍었다. 이름이 없는 가게는 슬프다. 48번 가게.

주인은 즉석에서 오렌지를 서너 개 짜서 컵에 담아주었다. 새콤하고 시원했지만 옆에서 또 다투는 매튜 때문에 맛을 음미할 틈이 없었다. 그는 50번 가게에서 자기가 직접 상태 좋은 오렌지를 고르겠다고 엄포를

놓았다. 나는 48번 가판대에 기대 시원한 주스를 들이키며 아등바등 저러다 싸울 것만 같은 매튜와 오렌지 가게 주인을 지켜봤다. 50번 가게 주인은 자기는 좋은 오렌지만 쓴다고 화를 냈지만, 결국 매튜가 골라주는 오렌지를 받아 갈아주고는 양이 넘쳤다며 3디람이 아닌 10디람을 요구했다. 사서 고생인 매튜에, 그에 버금가는 만만찮은 주인이라니 좋은 궁합이다. 매튜는 페트병의 물을 쏟아 붓고 넘친 오렌지주스로 채웠다. 나는 매튜의 피곤한 삶이 안쓰러웠다. 부딪치는 경험도 나쁘지는 않지. 똑똑한 친구니 연륜이 그를 바른 방향으로 인도해주겠지.

오렌지주스를 팔던 48번 가판대.

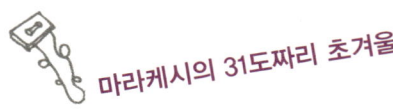

마라케시의 31도짜리 초겨울

10월 말이라도 마라케시의 더위에 자비란 없다. '이래 봬도 아프리카라고' 하며 뽐내는 듯한 숨 막히는 더위. 햇빛을 받는 모든 사물이 눈부시게 빛난다. 붉은 모래는 햇빛에 가치를 더해 황금처럼 빛나고 빛바랜 자동차 휠은 레이저처럼 밝게 햇빛을 반사한다. 전체가 노출을 잘못 조절한 카메라로 촬영한 사진 같다. 강렬한 태양은 모든 물기를 쪽쪽 빨아올리고 대신 원치 않는 더위를 값으로 지불한다. 더위를 제공하고 대신 물기를 값으로 강탈해가는지도 모른다. 프라이팬만 있다면 흙바닥에서 계란프라이도 해먹을 수 있을 것 같다.

피부를 콕콕 찌르는 더위보다 견디기 힘든 건 털모자를 쓰거나 두꺼운 스웨터를 입은 현지인들을 보는 일이었다. 반팔에 반바지 차림인 유럽 여행객들 바로 옆에 겨울파카를 입고 털모자를 눌러쓴 현지인들이 지나간다. 심지어 행인 중에는 북극의 한겨울도 견뎌낼 만한 두꺼운 솜털패딩을 입은 남자도 있었다. 터틀넥 스웨터에 두꺼운 코듀로이 바지를 입은 채 자전거를 타고 지나가는 현지인을 보자 몸에 땀띠가 난 것같이 간지럽고 답답했다. 나는 보는 것만으로도 숨이 턱 막히는데, 멋들어지게 낡은 가죽재킷을 입고 짐을 어깨에 올린 현지인은 목덜미에 땀도 흐르지 않는다. 햇빛에 굳고 갈라진 저 진갈색 가죽재킷에 내 손을 얹었다가는 피부가 타서 살점이 재킷에 눌어붙을 게 분명해 보였다.

다행히 습도는 낮아서 숨 막히는 더위에도 불구하고 그늘에만 들어가면 더위에 찡그렸던 표정이 머쓱해질 만큼 선선하다. 더위에 증발돼 날아가려는 영혼을 힘겹게 부여잡고 다리를 질질 끌며 모텔에 들어와도 침대에 누워 있자면 금세 살 만하다. 에어컨이 없으면 옳다구나 하면서 실내까지 끈질기게 따라오는 우리나라의 습한 더위에 비하면 딱히 마라케시의 더위가 더 나쁘다고 단정 지을 수도 없다. 거울에 비친 얼굴이 비밀이라도 들킨 사람마냥 울긋불긋하다.

메디나의 미로 같은 골목을 헤매다 '너를 말려주겠다'라는 집념의 태양과 지치지도 않고 돈을 요구하는 사람들에 질려 오후는 숙소에서 샤워를 한 후 쉬었다. 그러고 나서 바지만 입은 채 맨발로 호텔 옥상에 올라가서 경치를 구경하고 사진을 찍었다.

옥상에는 베개와 침대용 시트들이 널려 있었다. 흰색 시트에서 풍기는 햇빛 냄새는 바람이 불지 않는 옥상에서 어쩌지 못하고 머물러 있었다. 붉은 흙색의 건물 옥상마다 흰색의 둥근 위성 수신 안테나들이 설치되어 토양에 자란 꽃처럼 대가리를 내밀고 있었다. 안테나가 설치된 마라케시의 옥상 풍경은 외계인의 행성 같기도 하고, 초현실주의 작가의 그림 같기도 한, 과거와 미래가 혼재된 이질적인 이미지였다.

매튜는 사하라 사막의 낙타 투어를 알아본다고 나간 터라 그가 싸움에 휘말리지 않을까 걱정했는데, 얼마 후 건강하게 돌아왔다. 어쩌면 그는 내가 옆에 없을 때는 한 마리 상냥한 양이 되는지도 모른다. 사하라 사막의 낙타 투어의 장점을 구구절절 설명하며 같이 가자고 해서 함께 가기로 했다. 또 한 번 악의 꼬임에 빠진 셈이었다.

♪♪ 낮보다 더 활기찬 밤 풍경

저녁이 되어 다시 나온 제마엘프나 광장은 전혀 다른 곳이었다. 긴 탁자와 의자가 놓인 음식점은 놀랄 만큼 많은 사람으로 붐볐고, 불빛과 노랫소리와 타악기 연주로 시끄러웠으며, 계속해서 수증기가 피어올랐다. 멀리서 가만히 바라보면 광장 전체가 하나의 괴물처럼 거친 숨을 쉬며 꿈틀거리고 있는 듯했다.

역동적이고 경이로운 광경에 취했지만 그것도 잠깐, 그곳에서도 매튜는 함께였으며 각종 호객행위를 하는 삐끼들이 모기처럼 따라다녔다. 빙 둘러 모인 사람들 안에서 연주를 하거나 춤을 추고 마술을 하던 사람들도 사진을 찍으려고 하면 어떻게들 알았는지 사진 값을 받으러 몰려왔다. 돈을 내지 않으면 협박하는 이도 있었다.

광장의 음식점 중 외국인들이 많은 곳을 골라 쿠스쿠스와 함께 북아프리카 전통음식인 타진tajine과 양고기 꼬치를 주문해 먹었다. 양고기에서는 비린 냄새가 심했는데, 나는 죽음에 냄새가 있다면 이런 냄새일 거란 생각이 들었다. 여행을 오기 전까지 채식을 했었으니 고기의 냄새나 맛에 민감해서일 것이다. 쿠스쿠스와 타진은 생김새가 비슷하지만 맛이 달랐다. 국과 찌개 정도의 차이일까. 둘 다 내게는 아프리카 맛이 났다. 모래 맛 같기도 하고 사막의 맛 같기도 했다. 그 맛은 황토색이었고 여름이었으며 절박함이었다.

죽음의 냄새와 사막의 맛이 나는 요리에 어떻게든 힘을 얻어 다시 복잡한 밤의 메디나를 헤맸다. 밤에 붐비는 광장도, 활기찬 메디나도 스페인의 시에스타처럼 날씨가 더운 탓에 생긴 독특한 문화일 것이다. 사하라 사막의 투어를 대비해 리터들이 생수를 네 병 사고, 징그러울 정도로 큰 소라도 사 먹고, 매튜가 눈치를 주든 말든 아이들에게 세비야에서 남겨왔던 비스킷이나 1디람 동전을 간혹 건네주기도 했다.

메디나를 벗어나 무거운 생수와 매튜를 숙소에 남겨두고 이번에는 쿠투비아^{Koutoubia} 모스크를 향했다. 매튜는 먼저 잔다고 나오지 않아 혼자 다닐 생각에 걱정되긴 했지만 몸은 홀가분했다. 모스크에 조명을 비추고 있어 높이 솟은 미나렛^{minaret, 이슬람 신전에 설치된 높은 뾰족탑}이 제마엘프나 광장에서도 잘 보였다. 후에 여행하던 도시마다 메디나 중심이나 언덕의 성스러운 곳에 위치한 모스크는 모두 미나렛을 가지고 있었다. 도시마다 마을마다 미나렛이 랜드마크 역할을 한다. 쿠투비아 모스크는 이슬람 3대 회교 사원 중 하나인데, 기대했던 것만큼 화려하지 않았다. 미나렛도 세비야의 히랄다 탑에 비하면 화려해 보이지 않았다. 모스크 주위 대로에는 차량과 오토바이, 마차, 자전거가 뒤섞여 정신없었고 매연도 심했다.

제마엘프나 광장은 밤에 살아난다.
낮의 더위에 숨었던 사람들은 밤이 되자 약속이나 한 듯 한꺼번에 몰려나왔다.
더위를 피해 늦은 저녁식사와 유흥을 즐기는 스페인의 문화와 비슷하다.

　매튜도 없고 선선한 날씨와 광장의 부산함에 취해 늦게까지 메디나를 탐색하다 숙소로 돌아갔더니 대문이 잠겨 있었다. 이 밤에 골목에서 어째야 하나 적잖이 당황해 문을 미친 듯이 두드리자 실눈을 뜬 주인이 다행히 문을 열어주었다. 매튜는 창문까지 걸어 잠그고 이불을 걷어찬 채 쿨쿨 자고 있었다. 깨지 않도록 까치발로 널브러진 이불을 올려 덮어 주고 침대에 누웠다. 잠은 한 시간 넘게 뒤척거리고 나서야 절름절름 찾아왔다.

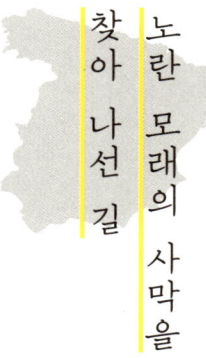

노란 모래의 사막을 찾아나선 길

가을은 풍성한 수확과 결실의 계절이 아니다.
굳이 정의하자면 가을은 죽음의 계절이다.
가을은 장성한 자식을 떠나보내고 홀로 남은
어미의 주름진 손이거나 거친 머릿결이다.

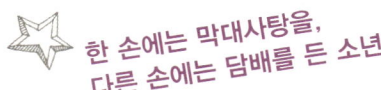

한 손에는 막대사탕을, 다른 손에는 담배를 든 소년

처음 길거리에 서 있던 그 소년을 보았을 때 소년은 사탕을 입에 물고 왼손에 담배를 든 채였다. 나는 막대사탕을 물고 있어 튀어나온 막대를 담배로 착각해서 왜 입에 담배를 물었으면서 또 담배를 손에 들고 있을까, 하는 단순한 호기심으로 그 소년에게 시선을 집중하게 되었다. 소년은 이제 막 여덟 살 정도거나 많아도 열 살이 안 되어 보였다. 파란 눈은 멀리서도 분명히 보일 정도로 크고 맑았다. 오른손으로 막대를 두어 바퀴 돌리며 입을 오물거리다가 막대사탕을 입에서 뺀다.

199

얼굴을 들어 버스를 훑던 소년과 순간 눈이 마주쳤다. 오른손에 막대사탕을, 왼손에 태우다 만 담배를 든 채 무표정한 얼굴로 가만히 응시한다. 눈길이 신경 쓰였지만 사탕을 먼저 입에 넣을지 담배를 먼저 물지가 궁금해 시선을 돌릴 수가 없었다. 소년은 버스가 지나쳐 사라질 때까지 어떤 행동도 취하지 않았다. 핥아서 반들반들한 사탕과 연기가 피어나는 담배를 양손에 가만히 든 채 그 자리에 서서 나를 쳐다보기만 했다. 그 상황에서 소년에겐 달콤한 사탕이나 구수한 담배 한 모금보다는 버스에 탄 검은머리 이방인을 쳐다보는 게 더 가치 있는 일이었던 모양이다.

소년을 완전히 지나치고 도시를 빠져나온 후로도 한동안 소년의 이미지가 지워지질 않았다. 사진을 찍지 못해 두고두고 아쉬웠다. 인물 사진은 당사자 동의 없이는 용기가 없어 찍지 못하지만, 양손에 담배와 사탕을 든 푸른 눈의 소년이라니, 맙소사!

막대사탕과 담배를 든 아이의 인상은 여행에서 돌아온 후로도 잊혀지지 않았다. 그건 스페인의 한 버스터미널 편의점에서 3.95유로짜리 포르노 잡지를 들고 계산대에 줄을 서던 지팡이 든 백발노인과 비슷하면서 다른 감상을 불러일으켰다.

침 묻은 동그란 막대사탕에 비친 동심과

사회에 찌든 독한 담배연기 사이에서

어느 쪽의 소년을 읽어야 할지 알 수 없다.

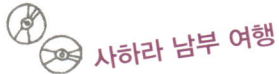 **사하라 남부 여행**

모로코 남부는 평소 생각해온 아프리카의 고정관념과는 많이 달랐다. 날은 화창했고 곳곳에 야자수와 선인장이 자라고 있었다. 벌거벗은 땅이나 흙으로 지은 집들로 붉은 빛을 띠는 곳도 꽤 되었지만, 녹색의 잡초지도 많았고, 가끔 염소들이 한가로이 풀을 뜯고 있었으며, 오렌지나무가 무성한 과수원도 보였다. 악명 높은 모래바람이나 끝없이 펼쳐지는 모래사막 같은 풍경은 없어서 대체 얼마나 더 가야 사막이 나오는 걸까 걱정이 될 정도였다.

차는 힘겨운 엔진 소리를 내면서 끊임없이 달렸고 길은 험하고 가팔랐다. 고원인지 산인지 모를 고지를 꾸역꾸역 돌고 돌아 넘어가면 다음 산을 휘감은 이차선의 도로가 꾸불꾸불 끝없이 이어졌다. 동북에서 서남으로 길게 이어져 모로코를 대각선으로 가르는 아틀라스 산맥은 길을 막고 쉽사리 내주지 않는 고약한 노인처럼 버티고 있었다. 아틀라스 산맥을 중심으로 바다에 접해 있는 서쪽은 사람이 살기 좋은 초원이 많고 산맥 넘어 동쪽은 사막 지형이었다. 사하라 사막의 노란 모래를 밟으려면 어떻게든 산맥을 넘어야만 했다.

능글맞게 구불거리는 구렁이 도로를 얼마 가지도 않아 속이 좋지 않다며 뒤에 앉았던 이탈리아 커플 중 남자가 힘들어했다. 차는 중간에 멈췄고, 앞자리에 앉았으면 좋겠다며 나와 압둘 사이에 앉겠다고 했다. 배

'아프리카에 대한 편협한 오해를 말끔히 씻어드리지요'라는 듯 풍요로운 농경지.
그러나 카메라를 반대편으로 돌리면 붉은 산과 땅뿐인 사막이 대립하고 있다.
진실이 아닌 의도를 담는 프레임의 힘.

려하는 마음에 그를 차창 조수석에 앉게 하고 좁은 가운데 자리에 앉았다. 그 자리에 앉은 다음부터는 운전사 압둘이 기어를 바꿀 때마다 무릎을 잔뜩 오므려야 했고, 구불구불 코너를 돌 때마다 중심을 잡기 위해 온몸에 똥을 쌀 것처럼 힘을 모아야 했다.

아무리 좋게 생각해봐도 가운데 자리는 사람이 앉을 자리는 아니었다. 만약 사고가 나면 혼자 앞유리를 뚫고 사막까지 날아갈 게 분명하다. 차창을 파고드는 뜨거운 햇살과 구불구불하고 울퉁불퉁한 산길, 뒷좌석의 시끄러운 홍콩 여행객들에 더해 언제 내 무릎에 구역질을 할지 모르는 병약한 이탈리아 친구 때문에 여행 기분이라고는 십 원어치도 만끽할 수가 없었다.

뒤집어진 양탄자

사하라 사막이고 낙타고 간에 덥고 좁은데다 홍콩 사람들의 수다로 머리가 아픈 차내는 이제 질색이다. 저녁은 사막에서 먹는다는데 주위에는 녹음이 여전하다. 해는 발걸음이 더디고 날은 길었다.

차는 간혹 붉은 마을을 지났다. 똑같아 보이는 낮은 흙집에 모스크가 마을 중앙에 높이 섰지만, 표지판이나 간판이 없어 마을 이름을 분간하긴 힘들었다. 지형마저 비슷하면 같은 마을이 데자뷰처럼 반복되는 듯

했다. 주민들은 거리에 앉아 시간을 보내고 차가 지나가면 하나같이 쳐 다봤다.

한 마을에서는 자전거를 타고 가던 현지인이 우리 차를 피해 옆으로 피하다가 넘어졌다. 자전거를 신경 쓰지 않고 운전하는 게 걱정되어 유심히 봤던 터라 놀라서 '어, 어?' 하는 사이 차는 멈추지 않고 계속 달렸다. 다들 졸거나 수다에 바빠 나만 본 것 같다. 몸 전체를 덮는 흰색 질라바djellaba, 모로코 전통의상 를 입은 아저씨는 이미 지나쳐 멀어지는 우리 차를 향해 팔을 들고 욕설인지 저주인지를 퍼부었다. 놀라고 걱정되었던 터라 그가 몸을 일으킨 것에 안도했다. 압둘이 사전에 위험을 인지했는지는 확실치 않지만, 자전거에 안전거리를 두지 않은 건 압둘의 잘못이었다.

붉은 민둥산 골짜기 사이로 울창한 야자수 숲을 지나 한 마을에 차가 섰다. 파란색의 얇은 질라바를 입고 검은 선글라스를 낀 사내가 차문을 열더니 자기가 이 마을 관광을 시켜줄 가이드라고 했다. 이름을 말해주었지만 심각한 기억장애를 가진 나는 그 자리에서 메모장에 적어두지 않으면 다시 기억해내지 못한다. 그는 프랑스어와 영어를 할 줄 알았는데 영어 억양에 프랑스 악센트가 섞여 있었다. 그를 따라 동네를 구경했다. 거기에는 넓은 논이 있었고, 논두렁에는 차가운 물이 흘렀으며, 폭이 좁은 강도 있고, 외나무다리도 놓여 있었다. 몇 시간 후에 악명 높은 사하라 사막에서 저녁을 먹는다면서 대체 이 풍요로운 경치는 뭐란 말인가. 게다가 이곳은 모로코에서도 꽤 깊숙이 들어온 내륙이란 말이다.

논밭을 지나 흙집이 모인 마을로 데려간 가이드는 우리를 한 가정집에 몰아넣었다. 현지생활을 볼 수 있는 집이겠거니 했는데 웬걸, 직접 짰다는 양탄자를 파는 집이었다. 라텍스나 현지 특산물 가게에 들러 물건을 사게 하는 동남아 여행 패키지처럼 사하라 사막의 투어에도 끼워 파는 상품이 있을 줄이야.

알라딘의 요술램프에 등장할 법한 화려한 양탄자.
낮에는 뒤집어서 생활하고 밤에는 바로 펴서 사용한다고 한다.

한낮인데도 집은 어둡고 시원했다. 주인은 햇빛이 드는 2층 넓은 방에 사람들을 앉히고 잇몸이 헐 정도로 달고 민트 향이 나는 모로코 차를 대접한 후 양탄자를 홍보했다. 가격이나 재질에 대해 물어보는 일행이 있었지만 사는 사람은 없었다. 주인과 손님이 서로 마음이 다르다는 걸 확인해 시선이 어색하고 뻘쭘할 즈음, 화장실을 간다고 먼저 신을 신고 나와 집 곳곳을 구경했다. 특이하게 방에 깔린 양탄자들이 모두 뒤집어져 있었다. 뒤집은 양탄자도 나름 매력적이지만 왜 바로 놓지 않았을까 궁금해서 물어보았더니 '낮에는 뒤집어서 생활하고 밤에 취침할 때 바로 하고 잔다'고 한다. 오호, 재미있는 생활양식.

♪♩ 절벽 끝의 삶

점심시간. 양쪽이 절벽으로 빽빽한 관광지에 내려져 관광을 하고 점심식사를 하란다. 절벽 사이의 길을 끝까지 갔다가 주차된 차로 돌아가 쉬었다. 다른 일행들은 뿔뿔이 흩어져 근처 레스토랑에서 밥을 사 먹는데, 나는 후텁지근한 봉고차에 들어앉아 달고 퍼석퍼석한 비스킷을 오물거렸다. 비스킷은 이제 질려서 사막의 모래를 씹는 것 같다. 배가 덜 고픈 모양이지.

관광지라 비쌌던 이곳 식비는 보통 60디람으로, 한화로 치면 1만 원

정도. 수척했고 열량이 필요했지만 참았다. 이번 여행은 어떻게든 환전한 비용만으로 승부를 보겠다고! 즐기자고 여행하면서 먹는 데 지나치게 인색하게 구는 건 참 한심하고 바보 같은 짓이지만, 이왕 같은 돈이라면 나는 미술관이나 박물관을 가고, 역사 유물을 보거나 문화를 경험하는 데 더 투자하고 싶었다.

유난히 먹는 것과 기념품을 사는 데 인색했던 당시를 지금이야 어리석었다고 생각하지만, 이 또한 여행에 임하는 자세이며 경험이었기에 과거의 나를 안쓰럽게 쳐다보며 받아들인다. 버스 창문을 두드리는 두 아이의 손에 남은 비스킷을 세 개씩 올려주었다. 세비아에서 샀던 헐값의 비스킷도 이제 다 먹었다.

일찍 식사를 마친 일행이 초라한 내 모습을 볼까 봐 조심스럽게 차에서 내렸다. 두리번거리다 화장실 벽에 붙은 거울을 우연히 보았는데, 순간 흠칫했다. 몸은 수척하고 얼굴은 피곤에 절어 거무칙칙하고 기름진, 넌 도대체 누구니?

여행객의 몸을 짓누르는 건 중력이 아니다. 대부분의 순간 중력 따위는 쉽게 무시할 수 있다. 무거운 배낭을 메고도 하루 종일 걸을 수 있고, 언덕을 오르고 층계를 오른다. 무시하지 못하는 건 단지 피로와 허기다. 허기가 몸을 짓누른다는 건 중력의 법칙에 반함으로써 더 분명해진다.

영화 〈글래디에이터〉, 〈아라비아의 로렌스〉 촬영지로 유명한
아이트 벤하두(Ait Benhaddou) 성채와 푸른 복장의 현지 청년들.
아이트 벤하두는 거상이자 부족장이던 '하두 가문의 가족'이라는 뜻이다.
카스바(성채)는 3층 높이인데 1층에선 가축을 기르고, 2층은 창고로, 3층은 주거공간으로 사용했다.
카스바의 네 모서리마다 방어 목적의 탑이 솟아 있다. 예전에는 상인들이 오가는 길목의
지리적 요충지였던 터라 전쟁이 잦았다고 한다.

사막의 낭만은
내 것이 아니었다

눈을 본 적 없는 열대지방 사람들에게
스키의 재미를 아무리 설명해봐야 무슨 소용이 있습니까?
메시지에 이르는 단서를 간취하기 위해서는 체험이 있어야 합니다.
체험이 없으면 어느 누가 진리를 말해도 들리지 않는 법입니다.
— 조셉 캠벨

낙타는 대인배

드디어 사막이다. 사라하 사막이 가까워오면 마치 '딱 여기서부터 사하라 사막이올시다'라는 듯 거짓말처럼 사막이 펼쳐진다. 그 전의 땅과는 토질부터 색까지 완전히 다르다. 갑자기 영화세트나 꿈의 세계에 접어든 것 같은 풍경. 바로 몇 미터 전까지는 자갈이나 돌멩이가 즐비한 평평한 길인데, 몇 걸음만 걸으면 온통 노랗고 고운 모래언덕들이 파도마냥 너울댄다.

낙타는 서로 다른 이미지가 혼재된 재미있는 동물이다. 속눈썹은 길고 눈은 크고 맑아 미인 같지만, 생김새나 입을 맷돌처럼 좌우로 움직이며 풀을 먹는 모습은 천생 할아버지다. 등에는 혹이 나고 몸통도 뚱뚱해 아저씨 같은데, 그에 비해 다리는 모델처럼 가늘고 길다.

사막을 들어가는 길목에 낙타가 일렬로 늘어서 앉아 있다. 앞놈 꼬리와 뒤에 놈 머리가 줄로 이어졌다. 낙타를 끄는 몰이꾼이 우리 인원을 체크하더니 인원만큼의 낙타를 자리에 앉힌다. 덩치가 크고 이빨도 무섭게 큰 맨 앞의 대장 낙타에 비해, 들쭉날쭉 갈수록 작아져서 뒤쪽의 서너 마리는 크기도 작고 털도 엉키고 마른 녀석들이다. 몰이꾼이 나를 불러 제일 끝 낙타에 타라고 했다. 제대로 걷기만 한다면야 어떤 낙타를 타든 상관이 없지만, 작고 볼품없는 마지막 초라한 낙타로는 아무래도 사막을 횡단하는 자세가 나오지 않을뿐더러 녀석에게도 미안한 마음이 들어 싫었다. 불쌍한 낙타에게 불만과 미안함을 동시에 짊어지우고 올라탄 다음 잘 부탁한다며 등을 토닥여주었다.

내 것만큼이나 볼품없던 앞 낙타에는 이탈리아에서 온 크리스티나가 앉았는데, 이동 중 무게를 이겨내지 못해 앞으로 쏠리더니 고꾸라지는 통에 크게 다칠 뻔했다. 두 번이나 고꾸라져 왼쪽 허벅지에 피멍이 들고 허리에 찰과상을 입자, 크리스티나는 화를 내며 그냥 맨발로 걷겠다고 했다. 마르고 작은 내 낙타로는 앞에서 벌어진 사고도 남의 일이 아니라 나는 허리를 뒤로 눕히고 리듬을 타려고 노력하며 버텼다. 사실 고꾸라져 깔려 죽는 것보다 걷다가 밟을 수많은 낙타 똥이 더 신경 쓰

였다. 나라는 녀석은 앞의 낙타들이 마구 싸놓은 따뜻한 똥을 밟으며 걷

느니 낙타 등에서 낙마해 장렬히 전사하는 쪽을 택한 것이다.

'딱 여기서부터 사하라 사막인 걸로.'
고운 모래사막에 들어가기 전 울퉁불퉁한 돌길에 낙타들이 쉬고 있다.
아랍어로 사하라는 사막이라는 뜻이니까 사하라 사막은 사막사막.
역전앞이나 외가집처럼 중복인 셈이다.
어감 좋다, 사막사막. 사막 모래 밟는 소리.
한때는 생명의 보고인 바다였던 사하라 사막은 모로코 영토의 4분의 1을 차지한다.

사하라 사막에 어린왕자는 없고 낙타 똥만 천지더라

그러니까 낙타는 걸어 다니면서 동그랗고 마른 똥을 믿을 수 없을 정도로 계속해서 배설했다! 오줌은 도통 싸지 않으면서 똥으로 사하라 사막을 다 덮겠다는 일념인지 무지막지하게 싸댔다. 탁구공보다 약간 작은 똥 덩어리는 파삭파삭해 보이는 게 수분이라곤 없어 보였다. 하지만 그렇다고 똥이 똥이 아닌 건 아니다. 묶인 채 일렬로 터벅터벅 걷다 보면 앞 낙타의 똥은 자연스레 뒤따르던 낙타들이 밟고 지나간다. 나라면 앞사람의 똥 덩어리 따위는 절대 밟고 싶지 않을 게다. 사막에서 궁극의 인내심을 본다. 낙타는 과연 대인배.

투어가 시작되는 사막의 초입은 낙타 똥 천지였다. 정해진 길로 다니다 보니 그렇겠지만, 내가 꿈꾸던 사하라 사막은 어린왕자가 머물렀던 보드라운 금색 모래가 가득한 낭만적이고 꿈 같은 경치였는데!

위험천만하게도 나는 깡마르고 힘겨워하는 낙타 위에서도 낙타 똥에 대한 이야기를 메모장에 적었다. 흔들리는 버스 안이나 심지어 낙타 위에서도 메모를 하자 뭘 그렇게 적는지 궁금했던지 일행이 물어봤다. 기억력이 끔찍해 생각날 때마다 사진을 찍고 메모를 한다고 하자 끄덕끄덕. "당신들의 욕을 적거나 얼굴, 특징 따위를 그리고 있어요. 아마 고스란히 책에 실을지도 모르죠"라고 말할 수는 없으니까.

낙타를 타고 줄줄이 미지의 사막 저 안으로 들어간다.
녹색 점퍼에 노란 배낭을 멘 뒷모습의 여성이 허약한 낙타를 타서 고생했던 크리스티나.
저 낙타는 다음 날 사막에서 나올 때 불행히도 내가 타게 된다.

 **한 번뿐인 사막의 일출을 망쳤다**

사막에서의 잠은 생각만큼 로맨틱하지 않았다. 솔직히 털어놓자면 차라리 고통스러웠다. 텐트 안에서는 떨어질 것같이 무수한 별도 없고 따뜻한 모닥불도 없다. 게다가 잠들 무렵 어깨를 스쳐 지나가 화들짝 놀라게 만든 이름 모를 녹색 벌레 한 마리에 사막의 전갈이 떠올라 깊이 잠들 수도 없었다.

아침에 일어났더니 온몸의 근육들이 피곤을 호소하는 통에 신음이 절로 났다. 담요를 들척이자 모래와 먼지가 눈처럼 공기 중에 부유한다. 텐트 사이로 스며드는 햇살에 정체를 드러낸 자욱한 먼지는 담배연기처럼 호흡을 통해 몸속으로 스며 들어왔다. 기침을 하기 힘들 정도로 목이 칼칼하고 쓰렸다. 침을 뱉어내도 입 안은 모래와 먼지로 가득 차서 텐트 밖으로 나와 물로 헹궈냈다. 손과 눈도 물로 씻어냈다. 그제야 주변이 눈에 들어왔다. 심연 같은 짙은 푸른색의 하늘과 건조한 모래 냄새. 텐트 여기저기서 거친 기침소리가 들렸다.

간밤에 모래바람이 지나갔단다. 다행히 심한 바람은 아니었다지만 텐트 위에는 수북이 모래가 쌓여 있었고, 비가 고이듯 모래가 고인 곳이 힘겹게 내려앉았다. 낙타는 어제 그 자리에 그대로 모여 앉아 있었다. 무슨 대책회의라도 하는 사람들처럼. 모래바람에 괴롭지 않았을까.

멀리 이글이글 해가 뜨고 날이 밝아온다.
해에 불이 옮겨 붙은 구름은 빨갛게 타고,
낙타는 모래에 잠긴 발을 툭툭 털고 일어선다.

🎵 아랍인들은 강철불알이라도 가진 게냐

사막에서 모래를 잔뜩 머금고 잔 다음 날, 돌아가는 길에 모하메드인지 압둘인지가 인솔했던 3명의 이름이 모하메드, 소매니 모하메드, 압둘이었다. 모로코에서 지나가는 남자에게 이름을 물으면 열에 다섯은 모하메드나 압둘이 아닐까 어제 고꾸라졌던 크리스티나의 힘없는 낙타를 하필이면 나에게 권한다. 밉상이다. 내가 낙타를 잘 컨트롤하거나, 혹 낙타가 고꾸라져도 번쩍 뛰어올라 태권도 동작을 취해서 낙타 똥 위에 자연스럽게 착지해 살아남을 줄 아나 보다. 아니면 어제처럼 군말 없이 올라타서 다쳐도 OK, OK할 만큼 멍청해 보였던 걸까. 신경질적으로 거부하고 싶었지만 일행 중 누군가는 어차피 이 악마의 낙타를 타야 한다는 생각에 군말 없이 올라탔다.

걱정대로 낙타는 힘겹게 한 걸음 한 걸음을 옮겼다. 할 수만 있다면 내가 낙타를 업어주고 싶었다. 힘겹게 움직일 때마다 몸이 로데오 들소마냥 들썩거려서 안장을 단단히 잡고 양발을 낙타 몸에 밀착시켜 중심을 잡아야 했다. 걸음을 옮길 때마다 좌우로 쏠려서 두 불알이 화끈거리고 꼬리뼈에 통증이 밀려왔다. 낙타 혹에 얹힌 흔들거리는 안장은 사타구니에 불을 지피고 불쏘시개로 후벼 파는 것 같은 통증을 일으켰다. 특히 모래언덕 내리막이 지옥이었는데, 난감한 표정을 감추기 힘들 정도로 아파서 산고의 고통을 어렴풋이 이해할 수 있을 정도였다. 여기서 살아 사막을 나갈 수 있다면 착하게 살겠다고 신이든 낙타든 생각나는 것

194

들에게 무턱대고 빌었다.

억울하게도 내 앞의 다른 일행 중 나처럼 난감해하는 동료는 없었다. 앉아 가는 걸 이제는 지루해하는 표정들이다. '뭐야, 내 불알이 특별하게 약한 거야?'라고 하기엔 낙타가 너무 작고 움직임도 어색하고 씰룩댄다. 나도 나지만 이 녀석도 내가 굉장히 버거운 짐인 게 분명했다. 이건 내 잘못도 네 잘못도 아니야. 너와 나를 엮은 낙타 주인이 악의 축이다.

보통은 쌍혹 사이에 안장을 올리거나 낙타 혹이 하나면 안장을 가운데에 잘 설치해 앉아야 하는데, 이 조그맣고 요란스런 녀석의 하나뿐이고 뾰족한 혹은 불행하게도 내 불알을 찌르는 위치에 솟아 있어 더욱 힘들었다. 어려서 해양소년단원일 때 처음 말을 탔던 기억이 떠올랐다. 당시 말의 뜀박질과 리듬을 맞추지 못해 엉덩이를 잘못 부딪쳐 꼬리뼈와 불알이 아스러질 뻔했는데, 어린 나이였음에도 불구하고 아파 죽을 뻔했던 기억 한 틈으로 나중에 커서 남자 구실을 못할까 봐 눈물 나게 슬펐다.

모래언덕을 따라 걷노라면 내리막에서는 안장이 앞으로 쏠려 몸의 중심을 최대한 뒤로 주고 거의 눕다시피 해서 불알이야 어떻게 되든 간에 낙타가 고꾸라지지 않도록 균형을 맞춰야 했다. 이 녀석과 함께라면 웬만해서는 고꾸라질 수밖에 없는 게 당연하다. 자동차처럼 낙타도 이토록 승낙타감(?)이 다르다니. 지옥의 맛을 선사해준 낙타에서 내려 아랫도리부터 확인했지만 다행히 불알에는 이상이 없었다, 휴.

𝄢 나는 그 투어 반댈세

3박 4일 일정 중 이틀간 고된 차량 이동에 사막을 향해 정처 없이 가는 중간중간 재미없는 사진촬영 타임이 있을 뿐, 별 다른 게 없다. 막상 사막에 도착해도 낙타 타고 들어가 모래를 잔뜩 흡입하며 하룻밤을 잔 다음 날 다시 낙타를 타고 사막을 나오는 일정이 전부다. 이건 동남아

해를 받은 모래는 다시 황금으로 변했다.
모래언덕을 지나면서 그림자는 길어졌다 짧아졌다를 반복해서 지루할 틈을 주지 않는다.

패키지만도 못하다. 목이 아프도록 모래바람을 삼키고, 낙타에 불알이
쓸리면서 든 생각은 두 번 할 짓은 못 된다는 거였다. 한번쯤은 경험상
다녀올 수 있겠지만, 친한 지인이라면 가능하면 말리거나 다른 종류의
사막 여행을 계획하라고 조언하겠다.

 **사하라 사막에서의 별별 생각**

"우주는 영원히 팽창하는데 왜 우리는 영원할 수 없는 거지?"

낙타에게 물었다.

외롭지 않으려고 누런 별빛이 함유된 공기를 한 움큼 삼킨다. 낙타는
입으로 맷돌을 갈고, 이 척박한 사막에서조차 조그만 생명들은 모래를
파거나 걷거나 날고 있었다. 그 경이로운 소리들은 우주의 팽창에 대해
고민하기보다는 당장의 삶에 집중하는 발악이다.

"대신 우주는 절대영도까지 식어버리지만 우리는 사는 동안 뜨겁잖
아."

낙타는 나를 이해시키려 엔트로피의 법칙과 절대영도를 들먹였지만
아무 도움이 되지 않았다.

등으로 해의 추격을 받으며 사막을 도망쳐 나왔다.
밤을 휘몰던 모래바람은 발자국과 낙타 똥으로 지저분하던 모래언덕을 말끔하게 청소했다.
모래바람은 사막 신의 지우개인지도 모른다.

여 행 은 결 국 사 람

당신의 손은 당신이 찢어버린 첫 페이지 속에 있어요.
— 황병승의 시 〈여장남자 시코쿠〉

 모로코 종단

사하라 투어를 끝내고 일행은 마라케시로 돌아가기 위해 길을 서둘렀다. 나는 마라케시까지 돌아가는 긴 시간을 허비하기 싫었다. 시간을 아끼기 위해 중간에 리사니Rissani라는 마을에서 내려 바로 페스Fes 행 버스를 타기로 마음먹었다. 한적하지만 규모가 큰 시내에 압둘이 차를 세워주었고, 매튜와 홍콩 사람 두 명이 나와 함께하겠다며 내렸다. 사막을 함께했던 일행 몇몇과 연락처를 주고받고 인사를 나눈 후 떠나는 차에 손을 흔들어주었다.

리사니를 구경하기에 앞서 차편을 알아보고 예약해두려고 시외버스 터미널을 찾아갔지만 터미널은 조용했다. 버스를 기다리는 사람은 없었고, 심지어 매표소에도 직원이 없었다. 텅 빈 매표소 유리창에 적힌 시간표에는 페스 행 편도가 하루 세 번 있었지만, 버스를 수리하던 단 한 명의 정비공은그는 넓디넓은 터미널에서 만난 유일한 직원이자 생명체였다! 오늘은 버스가 '아마도' 없을 거라는 황당한 이야기로 우리를 당황케 했다. 내일은 어떠냐고 물었더니 편도가 한 번 있을지 없을지 모르겠단다. 마라케시까지 가는 시간을 벌려다가 리사니에서 평생 살게 되는 건가 걱정하고 있는데, 정비공이 큰 선심 쓰듯 CTM 버스터미널로 가보라고 위치를 가르쳐주었다. '아마도' 없겠지만 확인해보란다.

절망적인 상태에서 물어물어 길을 찾아가는데 정장을 차려입은 한 남자가 다가와 개인버스 회사의 사장이라며 호객을 한다. 깃이 빳빳한 정장은 모로코에서는 처음 보는 화려한 복장이었던데다 사장이라는 이는 베르베르인이 아니라 흑인이었다. 보통 때라면 고사하고 저렴한 버스를 찾아갔겠지만 정비공의 '아마도'에 절망하고 있던 터라 그의 사무실 앞에서 흥정에 들어갔다.

그는 8인승 봉고버스를 가리키며 1인당 250디람을 내라고 했고, 나는 200디람 이상은 내지 못하겠다고 버텼다. 막막했던 터라 250디람에 웃돈도 얹어줄 자세가 되어 있었지만 호기를 부려본 건데 운 좋게도 220디람에 합의를 봤다. 4명이 타는 전용 봉고차에 페스까지 거리가 상당하다는 걸 감안하면 저렴한 가격이었다. 차비도 나눠 저렴해진데다 리사니에서 잠깐 같이 고생했다고 투어 내내 밉상이던 홍콩 사람들과도 서로 동지라도 된 기분이었다. 이 얄팍하고 가증스런 마음이란.

영어와 보디랭귀지로 정장 입은 사장과 흥정을 하는데, 해진 옷을 입은 아이가 삼엽충 화석을 흉내 낸 돌멩이를 팔아달라고 조른다. 돌을 사주는 대신 와르자자트에서 디저트로 받았던 알라마단 과자를 꺼내 박스째 주었다. 기대하지 못했던 듯 멍한 표정으로 쳐다보다가 다시 빼앗기기라도 할 것처럼 서둘러 왔던 길로 돌아가며 뒤돌아본다. 고맙다는 인사는 없고 바라지도 않는다.

매튜는 쓸쓸히 웃는 게 속으로는 못마땅한 표정이지만 뭐라 하지는 않았다. 그는 내가 아이에게 무언가를 주면 그걸 빌미로 아이의 사진을 한 장씩 찍곤 했다어린아이인데도 불구하고 공짜로 사진을 찍으려면 도망가거나 강하게 거부한다. 만나는 아이들마다 있는 대로 먹을거리나 동전을 쥐어준 것은 귀여운 한편 불쌍해서기도 했지만, 근본적으로 자기만족에서 오는 행동일 게다. 미소 짓는 아이의 행복한 표정을 보거나 보람을 느끼는 데는 단지 1디람이나 비스킷 한 조각이면 충분했다. 잠깐이고 허황되지만 어떻게든 있는 자의 입장이 되어본다는 것 역시 흥미로운 경험이었다.

기사는 영어를 하지 못하는 베르베르인이었다. 조수석에 매튜가 앉고, 홍콩 사람 둘이 중간에 앉았으며, 나는 모처럼 뒷좌석을 차지하고 여유롭게 앉거나 누웠다. 창문에 달린 작고 낡은 커튼이 바람에 춤을 췄다. 햇살은 시시때때로 구름 사이로 들고나길 반복하며 숨바꼭질을 했다. 울프트론Wolftron과 맵스Maps의 음악을 반복해 들으며 바깥경치도 구경하고, 꾸벅꾸벅 졸기도 하고, 생각나는 단상을 메모하기도 했는데, 요즘에도 당시 듣던 음악을 들으면 모로코의 경치와 뜨겁게 익은 모래 냄새가 나는 듯하다.

신발을 벗고 누웠다가 신발의 상태를 확인했다. 여행에 맞춰 새로 장만해 신고 왔던 스니커즈는 어느새 밑창이 닳아 해지고 가운데는 갈라져 걸레가 되어갔다. 발바닥이 땅과 맞닿지 않는 건 얄팍한 깔창이 겨우 사이를 막아주고 있기 때문이었다. 비가 오면 갈라진 틈으로 고스란히 물이 스며들고 비포장도로나 모랫길을 걸으면 신발 안은 모래로 꺼끌거렸다. 녀석이 얼마나 버텨줄지 모르겠다. 한 달만 더 버텨주면 좋겠는데. 나에게는 대체할 신발도 새로 장만할 여유도 없다.

아프리카의 쌍무지개와 우박

차창으로 들어오는 바람은 시원하고 만지기 좋은 속도로 흘렀다. 차는 북쪽으로 뻗은 단 하나의 주도로를 따라 계속해서 올라갔다. 페스와 함께 모로코 중부의 주요 도시 메크네스Meknes로 가는 길이 나눠질 무렵, 갑자기 소나기가 내렸다. 멀리 해가 쩅쩅하게 떠 있는데 이쪽에는 먹구름과 함께 비가 주룩주룩 쏟아진다. 그리고 뒤이어 무지개가 떴는데 가만 보니 두 개였다.

메모장에 '아프리카에서 쌍무지개 보고 오는 한국 사람이 있을까?'라고 유치하게 적고 있는데, 갑자기 차 지붕이 뚫리는 굉음과 함께 이번에는 우박이 마구 떨어졌다. 살짝 열어둔 창틈으로 지름 1~2센티미터

페스 가는 길에 만난 쌍무지개.
소나기에 이어 짙게 하늘을 수놓았는데 이동하는 차 안에서 제대로 촬영하기 힘들었다.
아프리카에서의 쌍무지개라는 걸 증명하기 위해 일부러 현지어가 적힌 메크네스 행 표지판을
어렵게 함께 담았는데 뒤이어 왕 우박을 맞고 나니 쌍무지개쯤 뭐 대수냐 싶어져버렸다.
내가 찾은 때는 마침 우기였다. 모로코의 고원지대에는 겨울에 눈이 내린다.

는 족히 되는 우박, 아니 얼음덩어리들이 투두둑 좌석을 때리며 쏟아져 들어왔다. 보호막 없이 우박을 맞는다면 다치겠다 싶을 정도였고, 땅 위의 모든 걸 부술 듯한 기세였다. 마치 누군가 홈런을 쳐서 하늘을 덮던 투명유리를 박살낸 것 같은 재난이다.

차 지붕과 차창에 부딪치는 우박에 운전기사는 어쩔 줄 몰라 하며 중얼거리더니 갓길에 차를 댔다가 잠시 후 다시 저속으로 차를 출발시켰다. 무더운 아프리카 모로코의 한가운데, 여전히 멀리 햇빛이 비추는데 이쪽 하늘에만 먹구름이 몰려 있고 우박이 떨어져 땅에서 팝콘처럼 튕겨 오르는 풍경은 세기말 영화 속처럼 기이하다.

아프리카에서 쌍무지개라니, 게다가 무려 우박이라니! 차창으로 들어온 우박을 손으로 녹이고 있자니 '뭐야, 우박에 비하면 쌍무지개 따위는 아무것도 아니잖아' 싶어 머쓱하다. 5분가량 무섭게 내리던 우박이 멈추자 거짓말처럼 해가 쏟아졌다. 염병도 이런 염병이 없고 변덕도 이런 변덕이 없네. 우박이 아무리 큰소리로 화를 내며 기세 좋게 떨어져봤자 뜨거운 흙바닥에 곧 힘없이 녹아버리겠지. 버라이어티한 날씨는 남의 집 불구경마냥 즐겁다.

고도 1,600미터 고원에 위치한 도시 이프란Ifrane에 들어서자, 기존의 모로코 풍경과는 완전히 다른 신천지로 바뀌었다. 모로코의 '작은 스위스'라 불린다는 정원도시인 이프란은 여름은 시원하고 겨울에는 눈이 쌓이기도 해서 스키를 즐기러 찾는 휴양지라고, 맙소사!

숲이 울창하고 잘 정리된 넓은 거리 양쪽으로는 가로수가 즐비한데도 낙엽 하나 없이 깨끗했다. 간간이 들어선 현대적인 건물들과 스위스풍의 삼각지붕을 가진 단독주택들이 마치 유럽에 온 듯한 기분에 빠져들게 했다. 공기는 시원했고, 가을의 나무들은 단풍이 한창이라 모로코에서 적어도 이곳만은 사계절의 시계가 제대로 작동하는 듯했다. 공원과 호수도 많고, 길거리에는 정복을 입은 경찰이 곳곳에 서 있어 부자동네라는 위화감이 들었다. 여기가 모로코라고는 도저히 믿을 수 없었다. 리사니부터 믿지 못할 변화무쌍한 날씨를 견디며 장시간을 오지 않았다면 눈으로 보고도 믿지 못했을 것이다. 그냥 지나치기 아쉬운 도시였지만, 페스 행을 포기하고 이미 값을 지불한 차를 돌려보낼 수는 없었다. 다시 모로코에 온다면 꼭 들러야 할 도시.

MOBY DICK

모로코에서 모든 건 건성건성 흘러간다. 해도 건성건성 뜨고, 그림자도 떠밀려 어쩔 수 없다는 듯 건성건성 늘어지거나 짧아지며, 나귀는 건성건성 짐을 이고, 여행객들도 건성건성 둘러보고, 사람들도 건성건성 걷고 쳐다본다. 그렇지 않은 건 지저귀는 새들과 화려한 색감의 양탄자들뿐이다.

저렴한 모텔을 뒤져 그중 가장 저렴한 모텔 옥상에서 잠을 자고 일어 난 참이다. 말 그대로 옥외에 있는 옥상이었지만 헐값이고 공용 샤워실 도 사용할 수 있는데 마다할 이유가 없다. 하늘을 지붕 삼아 달을 조명 삼아 잤다. 한쪽 구석에는 대나무에 야자수 낙엽을 얹은 가리개가 있어 비도 피할 수 있다. 더러운 담요도 무료로 제공해주었다. 큰 도움이 되 지 않았지만 누리끼리한 할로겐 등도 있었다.

단점이라면 누구나 맘대로 드나드는 옥상인지라 담배연기가 심했고, 분실의 위험이 있어 모텔을 나설 때 배낭을 두고 다니기 힘들다는 것 정도. 하지만 가격에 비하면 감당할 만했다. 모기에게 저녁 만찬을 제공 해야 한다는 조항도 있었지만, 사하라 사막에서 모래를 마시며 잔 것에 비하면 양호했다. 옥상 테이블에 앉은 한 떼의 여행객들이 새벽까지 웃 고 떠들었지만 피곤해서 시체처럼 자느라 크게 방해가 되지는 않았다.

옥상 테이블에 앉아 모로코 빵으로 아침식사를 하고, 빨래를 해서 널 고, 성문 밖으로 나가 신시가와 유대인 무덤을 구경하고, 버스터미널에 서 쉐프샤우엔 행 티켓을 미리 끊어 숙소 옥상으로 돌아왔다. 담요로 온 몸을 휘감고 옆에서 자던 동양인은 잠에서 깨어 노트에 뭔가를 적고 있 었다. 옥상에 묵는 찌질한 여행객이 나 혼자가 아니었다니. 이틀째 묵는 다는데 나와는 일정이 어긋나 이제야 통성명을 하게 된 것이다.

1975년생 일본인 다이스케Daisuke라고 소개하며 그냥 '다이'라고 불 러달란다. 검은 비닐에서 석류를 하나 꺼내 칼로 반을 잘라서 나에게 권해 함께 먹었다. 낡고 먼지가 묻은 검은 비닐봉투는 그의 보물창고였다. 쓰레기밖에 없어 보이는 비닐봉투 안에는 노트북과 여권도 들어 있었다. 비닐봉투가 휴대하기 편한지는 모르겠지만, 도난 방지에는 확실히 효과가 있어 보였다. 페스의 유명한 재래 염색공장을 가려고 한다며 길을 아냐고 묻기에 나도 가보지 못했으니 같이 가자고 나섰다.

가는 길에 메디나 내의 시장에 들러 다이가 권하는 한 평짜리 식당에서 샌드위치로 함께 점심을 먹었다. 모로코 빵의 가운데를 잘라 속을 좀 덜어낸 후 소금에 절인 올리브와 잘게 썬 양파, 다진 염소고기를 넣은 것이었는데, 값싸고 맛있었지만 육식에 예민한 내게는 짜디짠 올리브에도 불구하고 누린내가 심했다. 다이의 석류에 보답하고 입 안의 느끼함도 없애려고 디저트로 하람마라는 이름의 과일을 5디람어치 사서 같이 먹었다.

다이는 자전거로 아프리카를 종단하는 중이었다. 덥수룩한 수염과 허름한 행색이, 검게 탄 얼굴과 마른 몸이, 블로그에 올린 일정과 사진들이, 그의 셀 수 없을 페달질의 횟수를 대변했다. 나로서는 상상도 할 수 없는 고행이지만 그는 즐기고 있었고, 사회생활에서의 평판이나 미래의 안정 따위는 고민하지 않는 방랑자의 여유도 가지고 있었다. 다른 문화에 대한 넓은 포용력과 존중하는 자세도 본받을 만했다. 그가 자전거 종단여행을 건강하게 마치기를 마음으로 기원했다. 한국에 돌아와서도 자주 블로그를 방문해 그가 올리는 글로 안부를 확인했다.

함께 저녁을 먹으러 가기 전, 그가 내게 노트를 건네며 질문에 답변을 해달라고 부탁했다. 이름과 생일, 감명 깊었던 책과 영화, 좋아하는 화가, 하고 싶은 말 등의 질문이 적힌 노트였다. 여행 도중 만난 친구들에게 하나씩 받아 노트를 가득 채우는 게 자신의 목표이자 보람이란다. 영화 관련 질문에 제인 캠피온의 〈피아노〉를 적고, 책은 고민하다가 음

다이 앞에서 웬만한 여행객은 무릎을 꿇어야 한다.
그의 전 재산인 노트북, 카메라가 들은 보물상자는 배낭이 아니라
배낭 옆에 아무렇게나 놓인 비닐봉지다.
그의 아프리카 자전거 종단여행은 성공했을까.

악에 먼저 론더린^{Ronderlin}과 모터홈스^{The Motorhomes}를 적었다. 다시 책을 고민했지만 어떤 작품을 적을지 쉽게 결정하지 못했다. 다이가 웃었다. 처음으로 떠오른 작품은《죄와 벌》과《무진기행》,《그리스인 조르바》였다. 이어서《호밀밭의 파수꾼》과《위대한 개츠비》도 서로 써달라고 내게로 달려왔다.

'MOBY DICK'. 허만 멜빌의 백경을 영어로 적어 노트를 넘겨주었다. 적고 나서야 허만 멜빌의 소설을 얼마나 좋아했는지 새삼 깨달았다. 다이는 고맙다며 자신의 보물을 허름한 비닐봉투에 도로 집어넣었다. 자전거로 아프리카를 종단하는 그의 흰 고래는 무엇일지 궁금해졌다.

♪♫ 메디나 골목에서 시간을 잃어버리다

무에진^{모스크(이슬람 사원)에서 예배 시간을 알리는 사람}이 아잔을 읊는다. 미나렛에 달린 확성기에서 나오는 기도문은 서로 섞여 돌림노래를 했다. 그간 흘려듣다가 횟수를 세보았더니 하루에 다섯 번 방송되었다. 횟수에 무슨 의미가 있는지는 알 수 없었지만, 분명 아잔은 하루에 다섯 번 온 동네에 울려 퍼졌다.

둘째 날 밤은 메디나 구석의 식당에서 저녁을 먹었다. 닭고기덮밥이 22디람으로 저렴해서 모처럼 6디람짜리 콜라도 시켜 먹고, 잔돈은 음

메디나의 미로를 헤매다 겨우 찾아낸 가죽 염색공장의 악취는 엄청났다.
머리가 지끈거리는 냄새는 언어로는 표현이 불가능하다.
공장을 떠나고도 그 냄새는 한참이나 몸에 남아 신경을 자극하고 죽음을 떠올린다.
삶의 진한 색채와 악취가 아무렇지도 않게 버젓이 자리 잡고 있어서,
어쩔 수 없이 기분이 상해버리는 도시.
미로 같은 골목만큼이나 복잡한 마음을 갖게 하는 곳.

식을 내왔던 식당 주인의 아들에게 팁으로 주었다. 닭고기 껍질은 발밑에서 조용히 기다려준 고양이에게 먹였다. 모로코의 식당에는 고양이가 한 마리씩 있다. 와르자자트의 식당에는 두 마리가 있긴 했지만, 대부분의 식당마다 한 마리의 전담 고양이가 있는 걸로 보아 다른 고양이는 그 식당에 접근하거나 먹이에 손댈 수 없는지도 모른다.

다이와 골목을 산책했다. 그는 내가 갈 방향에서 자전거를 타고 와 내가 거쳤던 남쪽으로 갈 것이었기 때문에 우리는 서로 가본 도시에 대한 정보를 나눴다. 다이가 묵었던 숙소라며 소개해준 테투안의 한 모텔은 내게 큰 도움이 되었고, 나는 내려가는 길에 이프란을 놓치지 말라고 조언해주었다. 다이와 이야기를 나누며 글의 방향이 여행 경로나 관광지, 일어난 해프닝에 있는 게 아니라 결국 사람이 주가 되어야 한다는 걸 깨닫고 있었다. 여행은 결국 사람이었다.

하늘색으로 시작해
보라빛으로 끝나다

우리가 산다고 믿는 인생이 있고, 실제 살아가는 인생이 따로 있다.
— 다큐멘터리 〈나일 수도 있었던, 혹은 나인 사람들〉

아름다운 하늘색 도시

쉐프샤우엔은 산 중턱의 완만한 경사에 들어앉은 아름다운 마을이
다. 버스터미널에서 마을까지 꽤 가파른 길이라 마음을 단단히 먹고 올
라가려는데, 같은 버스를 타고 왔던 이탈리아 커플의 제안으로 같이 택
시를 타고 시내로 들어갔다. 페스의 숙소 옥상에 가끔 담배를 피거나 태
닝을 하러 올라와서 안면이 있는 커플이었다. 우연인지 혹은 나를 따라
온 건지 그들은 택시에서 내려 헤어진 후에도 나와 같은 호스텔에 묵었
고, 옥상에 올라가면 어렵지 않게 만날 수 있었다. 커플은 그곳에서 대

마초를 태우거나 바닥에 목욕 타월을 펴놓고 세상 편하게 자곤 했다.

이제까지는 관광지가 몰린 메디나에 숙소를 구했는데, 이번에는 신시가에 위치한 호스텔에 숙소를 정했다. 발품을 팔 각오가 되어 있었지만 겨우 50디람에 전망이 좋은 싱글룸에 묵을 수 있다는 건 매력적이었다. 흥정 끝에 40디람에 덜컥 3일치를 지불했다. 뜨거운 물은 나오지 않지만 샤워는 할 수 있었다. 창문 밖으로 펼쳐진 시원한 풍경은 언제까지고 머무르고 싶게 했다. 포르투와 쉐프샤우엔에서의 창가 풍경은 지금도 생생하다.

가볍게 신시가를 산책하려고 나섰다. 신시가는 산 중턱의 비교적 평평한 곳에 위치한 메디나 아래에 위치해 가파른 편이다. 새로 지은 빌라나 별장들이 많아 휴양지에 온 듯한 기분이 들기도 했다. 돌아오는 길에 혼자 점심을 먹고, 옥상에서 황혼이 질 때까지 스케치하고 음악을 듣고 글을 쓰다가 7시가 넘어 메디나로 들어갔다. 메디나의 골목도 오르막내리막에 가파른 계단투성이었다. 하늘색으로 칠해진 가옥들은 밤의 가로등 불빛에 노랗게 보였다. 좁은 골목은 관광객들과 호객하는 현지인들로 붐볐다. 워낙 좁은 골목이라 행인의 숨소리도 들릴 정도였는데, 여행객들은 대부분 프랑스어로 대화했다.

나는 앞사람의 그림자를 시장에 함께 간 엄마인 양 바싹 붙어 따라 걸었다. 그림자는 불빛에 따라 변덕스럽게 짧아졌다 길어졌다를 반복했다. 나는 끈질기게 그림자를 쫓아가다가 허기지고 목이 말라 그만두었다. 새벽에 다시 나오기로 하고, 모로코 빵과 생수를 사 들고 옥상에서 먹었다. 밤의 옥상에는 졸졸 물 흐르는 소리와 금방이라도 후두둑 떨어질 듯 가까이 빛나는 별들에 보름달이 지휘자로 나서 웅장한 관현악을 연주했다.

쉐프샤우엔이라는 이름의 뜻은 '뿔(산 정상)을 보라'라고 한다.
이베리아 반도에서 가톨릭의 박해를 피해 지중해를 건넌 유대인들이 모여 살며 발전했고,
그들이 이스라엘로 떠난 후 현지인들이 자리를 대신했다.
마을을 대표하는 하늘색은 유대인의 선호색이 전해진 것이다.

하늘색 밝음 안에 감춰진 빈곤

새벽의 쉐프샤우엔은 동화 속 마을 같다. 메디나의 건물은 대부분 아름다운 하늘색이라 골목을 걷고 있노라면 하늘 위 혹은 깊은 바닷속을 걷는 것 같았다. 주민들은 페스나 마라케시만큼 집요하게 들러붙거나 집적대지 않았다. 차갑거나 무표정한 시선에 맞닥뜨려도 미소를 짓거나 인사를 건네면 종종 화답해주기까지 한다. 이곳 사람들은 왠지 다르다. 베르베르인이 아니거나, 산 중턱이라 평지인들과 왕래가 드물어서 그럴까. 쉐프샤우엔에서야 나는 스트레스를 받을 필요도 없었고, 여유를 즐기며 안정적인 여행객으로 돌아올 수 있었다.

그렇다고 그들의 곤궁한 현실마저 미화되어 보였던 건 아니다. 하늘색으로 칠해진 전면에 비해 눈에 띄지 않는 뒤편은 색이 칠해지지 않은 채 남은 것처럼 골목골목에 찌든 가난과 낮은 교육수준이 감춰져 있었다. 묵은 때처럼 벽에 붙어 있었고, 울퉁불퉁한 길가에 앉아 있으며, 어두운 집구석에 누워 있었다. 가난과 무기력한 삶이 미로 같은 골목의 어두운 구석마다 숨어 마음을 강도질하는 통에 쉐프샤우엔의 아름다움과 여유로움을 차마 곧이곧대로 만끽할 수 없었다.

산 중턱에 소복이 내려앉은 하늘색 마을은 무심코 보면 천사들이 날고 미녀들이 멱을 감을 것 같은 아름답고 정겨운 마을이지만, 한 발짝만 다가서면 여기에도 사람들의 삶은 꾸역꾸역 끈질기게 위태로웠다. 그들은 하늘색으로 연명하고 있었고, 하늘색 뒤에 숨어 희망을 노려보고 있었다. 희망을 그려놓고 호객하며 뒤에 감춘 절망을 억지로 잊으려 하는지도 모른다.

마을 중심에는 여관과 기념품 가게 등 외지인 상대의 관광 업소들로 넘쳐났다. 나는 하늘색의 골목을 굽이굽이 돌며 이국적인 집들과 고양이를 사진에 담을 수는 있었지만, 하늘색 벽과 모로코 문양의 문 저편에 놓인 그들의 실제 삶은 볼 수 없었다. 외지인을 쳐다보는 부러움과 위화감의 눈길에서, 더 많은 여행객을 맞이하기 위해 공사 중인 일꾼들의 무표정한 곡괭이질에서, 두둑한 팁을 원해 가식적인 친절을 베푸는 레스토랑 점원에게서 어렴풋하게 예측할 수 있을 뿐이었다.

이 오묘한 색은 페인트가 아니다. '사띠'라는 파란 색의 식물성 염료를
물에 녹는 돌 '세르'에 적당히 섞어 벽에 발라 생긴 색이다.
겉에서 보면 하늘색 마을은 아름다워 보이지만 그 이면에 감춰진 가난은 결코 푸르지 않다.

황혼의 무덤가

모로코에서는 경치를 구경하기 좋은 명당으로 공동묘지를 놓쳐선 안 된다. 도시의 팽창으로 인구가 늘면 아파트 단지가 들어서는 우리나라 중국과 달리 모로코의 도시들은 카스바 밖으로만 나가면 언제든 입지 좋은 언덕에 자리한 공동묘지를 접할 수 있다.

묘지는 내게 아주 매력적인 관광 포인트다. 여행객에게 공동묘지가 좋은 관광지인 이유는 묘지 자체에 담긴 독특한 분위기도 그렇지만, 대부분의 공동묘지 터가 그 도시의 '명당'이라는 데 있다. 묘지들이 늘어선 언덕에 오르면 메디나에 가득 들어찬 건물들이 한눈에 들어왔고, 반대편으로 넓은 도로와 신시가가 펼쳐진다. 무덤가에 오르면 과거와 미래를 한눈에 보는 셈이다.

쉐프샤우엔의 공동묘지는 내가 묵던 방 창문에서 정면으로 보이는 건너편 언덕에 있었다. 언덕의 중턱에 무덤들이 모여 있었고, 가파른 언덕을 오르면 정상에 모스크가 있었다. 모스크에서는 도시가 한눈에 내려다보일 것이다.

황혼이 지는 무렵에 무덤길을 오르는 일은 겁 없고 둔한 삼십 대 아저씨라도 오싹하다. 모로코가 뜨거운 아프리카라는 착각에서 벗어나긴 했지만 가을의 저녁은 새삼 쌀쌀했다. 보통의 추위와는 다른 목덜미가 싸늘해지는 한기. 시체 냉동실에서 갓 나온 차갑고 푸르딩딩한 혼령들이

보디가드처럼 주위를 둘러싼 채 같이 걷고 있는 듯한 으스스한 서늘함. 혼령 중에 누군가 어깨에 손을 얹고 "자네, 코란 좀 들어볼 생각 없나?"라고 물어도 별로 이상하지 않을 것 같은 을씨년스러운 황혼의 무덤 풍경.

석양을 찍기 위해 서둘러 공동묘지를 지나 정상의 모스크로 올라갔다. 언덕에서 보는 쉐프샤우엔은 아름다웠다. 골목에서 맞닥뜨린 섬세한 아름다움과는 달리 전체적으로 보이는 풍경은 편안하고 온화했다. 메디나는 성벽에 잘 둘러싸인 채 산 중턱에 안정적으로 누워 있었는데, 그 모습은 마치 엄마가 아들을 품고 있는 모습 같았다. 비극은 언제나 디테일에 존재하는 모양이다.

기대했던 모스크는 공사 중이었다. 일꾼들은 퇴근했는지 없었고, 건물을 지탱하는 목조 뼈대들만이 목발처럼 흉물스럽게 미나렛을 떠받치고 있었다. 이 공사도 분명 오래전부터 시작했을 터였고, 오랫동안 이렇게 공사 중인 채로 불량청년들의 아지트로 이용될 것이며, 앞으로 언제 끝날지 기약도 없을 것이다. 모로코 국왕이 방문한다면 하루 만에 완성될지도 모르지만.

언덕 정상의 모스크에서 양치기들이 다니는 길을 따라 내려오면 메디나의 성문과 연결된다. 가로등이 적어 골목은 스산했다. 아침의 하늘색 천국은 밤이 되면 짙은 암보랏빛 심연으로 깊이 침몰한다. 뛰노는 아이도 없고, 노랑머리 여행객들도 다니지 않는다. 고양이는 지붕이나 담벼락 위에 숨었다. 위험하지만 걷기 좋은 시간이다.

묵었던 방 창으로 보이는 산 정상의 모스크.
조그만 다리를 건너 층계를 따라 오르면 전망 좋은 주택에 무덤가가 있고,
정상에 오르면 모스크가 있다.

밤의 골목을 거닐다

그러니까 나에게 뮤지션이라는 직업은 아무래도 천직일 수 없는지도 모른다.
'천직'이라기보다는 차라리 '천적'이라는 생각이 들 때도 있다.

 다이가 묵었던 룸

테투안의 터미널 역시 다른 터미널처럼 크고 휑했지만, 문 밖으로 나서자 시내는 거짓말처럼 사람들로 북적였다. 몇 발짝 떼지도 않았는데 어디를 가냐며 현지인 서넛이 따라붙는다. 모로코에서 영어를 사용하며 접근하는 대부분의 현지인은 돈을 목적으로 했다. '재팬', '곤니치와'로 말을 걸고 가이드를 해주면서 돈을 바라는 현지인들을 충분히 겪었기 때문에 괜찮다고 말하고 서둘러 걸었다.

얼굴에 털이 덥수룩하고 신발 뒤를 접어 신은 여행 도중 본 대부분의 모로코

221

남자들은 낙타 가죽으로 만든 굽이 낮고 앞이 날렵한 전통 신발인 지와니의 뒤를 접어 마치 슬리퍼처럼 끌면서 신었다 남자가 끝까지 따라오면서 어딜 가느냐고 묻는다. 페스에서 만났던 일본인 다이가 가르쳐준 숙소를 혹시 알까 해서 다이가 그려준 지도를 보여주자, 친절하게 중심가 로터리에 있다며 함께 가주겠다며 따라오라고 한다. 못 내켜 하며 두어 발 뒤에서 따라갔는데, 로터리에 도착하자 지도에 그려진 숙소가 있다는 골목을 가리키며 그리로 가란다. 그러고는 당황스럽게 수고비를 원하지도 않고 잘 가라고 손을 저으며 가버렸다. 경계했던 마음이 미안해졌다. 의도했든 하지 않았든 이런 때 '나쁜 놈'은 나다.

다이가 그려주었던 숙소는 쉽게 찾았지만 타일투성이 건물의 2층 리셉션에는 국왕의 사진이 걸려 있을 뿐 직원은 찾을 수 없었다. 숙소는 미로처럼 좁은 복도들로 연결됐고, 문이 많은 걸로 보아 방이 꽤 많아 보였다. 데스크에는 초인종은커녕 볼펜 한 자루 없이 깨끗했다. 데스크를 똑똑 두드리며 '헬로우'를 몇 번이나 외쳐서야 어린아이와 놀던 주인이 웃으며 나왔다. 이틀 정도 묵고 싶다고 하자, 방은 많다며 80디람을 요구했다. 깎고 깎아서 60디람 이하는 안 된다는 걸 첫날은 60디람, 둘째 날부터 50디람을 내기로 합의했다. 점점 흥정의 달인이 되어가는 기분이라 이대로 한두 달만 더 여행하면 공짜로도 묵을 수 있을 것 같다.

방을 보여준다는 주인을 따라 좁은 복도를 지나갔다. 자기가 묵었던 방은 무선인터넷이 된다며 위치를 그려주었던 다이의 쪽지를 보여주려는데, 신기하게도 주인은 다이가 그려준 그 방 앞에 멈춰 섰다. 운이 좋았거나, 건물 정면의 도로를 마주하는 좋은 방이어서거나, 어쩌면 동양인은 모두 그 방에 재우는지도 모른다. 방에는 먼지가 가득 앉은 침대 두 개와 의자 두 개, 세면대가 전부였지만, 건물 가운데 성냥으로 불을 붙이는 LPG보일러가 있어 온수로 샤워를 할 수 있었다. 게다가 다이 말대로 느리고 낮에만 가능하긴 했지만, 무선인터넷도 가능했다! 노트북을 켜고 가장 먼저 한 일은 다이 홈페이지에 고맙다는 인사를 남긴 것이었다.

숙소는 신시가의 관공서가 밀집한 중심가 한가운데의 로터리 부근이었다. 테투안의 메디나는 낮은 언덕의 정상에 성벽으로 둘러싸여 있었다. 자연히 언덕 아래의 평지에서 바다에 면하는 곳까지 신시가가 넓고 활발하게 번성해 있다. 방어 중심의 도시에서 교역, 교통 중심의 도시로 발전하는 과정을 도시 구역이 그대로 보여주는 것이다. 공동묘지는 역시 카스바에 면한 언덕의 경사에 위치했다. 항구도시고 이베리아반도에 가까워서인지 신시가는 유럽풍의 건물들이 많았지만, 메디나 안은 정겹고 늙었으며 이색적이었다. 숙소 근처에서 점심을 사 먹고 신시가와 메디나를 헤매며 혼자 머릿속으로 코스를 그린 다음, 점심을 먹은 식당에서 저녁을 포장해와 방에서 먹었다.

침대에는 먼지가 자리를 차지하고 누워 끼어들 자리가 없었지만 딱히 털어낼 곳도 없어 함께 껴안고 잤다. 사막에서 모래를 마시면서도 잘 잤는데 먼지쯤은 일도 아니지. 그날 밤, 전체가 사막인 작은 섬에서 이구아나가 나오는 꿈을 꿨다.

묘지는 어느 도시든 명당 자리

메디나를 가로질러 성문 밖으로 나서면 독특한 모양의 묘지들이 끝도 없이 펼쳐진다. 모로코의 도시마다 공동묘지를 찾아가는 건 이제 나의 빼놓을 수 없는 일정이다.

무덤은 평평한 터에 시멘트를 관 모양으로 길쭉하게 발라 만들어 땅속에 묻은 구조다. 관 속에 해당하는 움푹 파인 부분이 그대로 드러나 잡초들이 무성하게 자랐다. 무덤은 대부분 흰색이었지만, 개중에는 문양이 새겨진 타일로 겉을 치장한 무덤도 있었다. 비석은 따로 없었는데, 드물게 머리 쪽에 시멘트를 더 발라 비석처럼 높여서 이름을 적은 것들도 있었다.

계획이나 구역도 없이 어지럽게 마구 들어선 무덤들을 가로질러 올라가면 최고의 경치를 만끽할 수 있다. 오른쪽으로 메디나의 낡고 빈틈없이 들어찬 건물들을 높은 카스바가 빙 둘러 막아주면서 평지까지 둥글게 메디나를 보듬었다. 고만고만한 낡은 건물들 사이로 모스크의

224

미나렛만 높게 솟아 메디나를 아우른다. 미나렛은 칼자루를 땅에 박아 위로 솟은 로마 칼처럼 보였다. 위세는 드높았지만 다시 쓸 일 없는 녹슨 칼. 외지인인 내게는 사진에 담거나 랜드마크 이상으로는 여겨지지 않는.

성벽 밖으로는 쭉 뻗은 도로와 새로운 건물들이 끝도 없이 펼쳐졌다. 묘지에서 보면 메디나와 신시가는 초등학생이 책상에 줄을 그어둔 듯 확연히 구분되었다. 성벽 가까이 붙은 언덕길에는 사람들의 왕래가 잦았다. 신발도 신지 않은 아이 셋이 축구를 하다가 검은머리의 동양인에게 눈길을 떼지 못했고, 나는 뭔가 요구할 거라 생각하고 준비했던 잔돈을 만지작거렸다. 하지만 아이들은 금세 흥미를 잃었는지 벽에 그려진 골대를 향해 축구공을 차며 뛰었다.

대도시든 작은 마을이든, 메디나든 신시가든 여기에는 한국산 에어컨이 많다. LG에어컨은 도쿄 같은 대도시부터 말레이시아의 조그만 섬에 이르기까지 없는 곳이 없었다. 더운 나라에서 이렇게 자주 보게 되니 색다른 느낌이다. 한국산 자동차도 간혹 눈에 띄었는데, 그중에는 나보다 나이가 많은 포니도 있었다.

그랑샌드위치를 사서 들어오는데 멀리 길가에서 군중들의 노랫소리가 들렸다. 혹시 집회나 데모라면 위험할 수 있겠다 싶어 서둘러 2층 숙소로 올라가 문을 잠그고 창문으로 동태를 살폈다. 한 무리의 사내들이 몰려오는데 웅성대거나 서두르지 않았고, 노랫소리는 구슬펐다. 중앙의

전망 좋은 산 중턱의 무덤가.
오른쪽으로 성벽 너머 메디나의 건물들이 보인다.

사내들은 어깨에 관을 나르고 있었다. 저승으로 가는 죽은 자를 위로하
고 극락왕생을 비는 노래를 하는 걸까.

시체는 십여 명의 청년들이 짊어진 검은 관에 들어 있어서, 조지 오
웰이 그의 모로코 생활에 대해 썼던 에세이 《마라케시》에서처럼 넝마
주의로 감싼 시체에 파리가 들끓거나 하지는 않았다. 내가 다녀왔던 공

동묘지로 가는 중이라면 다닥다닥 붙은 묘지들로 관 묻을 자리가 녹녹치 않을 텐데, 라는 쓸데없는 고민을 하며 샌드위치를 오물거렸다. 죽은 자의 묻힐 곳이야 어떻든 산 자는 먹고 살아야 한다.

"나는 골목이 좋아!"

날씨는 여전히 내 편이다. 항구까지 걸어가보진 않았지만 갈매기가 날아다녀 바다가 멀지 않음을 짐작케 한다. 모로코는 도시와 마을마다 개성이 뚜렷하게 달라서 재미있다. 테투안은 신시가나 메디나나 호객하는 현지인들이 드물어 마음이 가벼웠다. 마라케시나 페스에서는 '봉주르'라고 인사하며 접근하는 현지인들이 많았는데, 여기에서는 대체로 '올라'라고 인사를 건넨다. 식민통치를 받았던 프랑스의 역사적 영향보다 스페인과의 지리적 접근성이 더 크다는 증거일 것이다.

낮은 갈수록 힘을 잃어갔고 태양은 높이 오르기 힘들어했다. 제아무리 아프리카라고 해도 7시면 해가 지고 그 간격은 점점 줄어들었다. 해가 완전히 진 걸 확인한 후 메디나의 골목을 헤매려고 숙소를 나섰다.

골목 산책은 언제나 즐겁지만 그중에도 새벽과 밤의 골목행은 더 좋다. 걷다 보면 건물 벽에 부딪쳐 돌아와 돌림노래를 부르는 발자국 소리를 들을 수 있고, 때때로 늦은 저녁이나 이른 아침밥을 준비하는 요리

냄새를 맡을 수도 있으며, 음악 연주 같은 식기 소리를 들을 수도 있다. 골목 구석구석의 놀라운 풍경들, 서로 다른 분위기, 서로 다른 냄새들, 서로 다른 삶들. 아침과 밤의 골목에 중독되어 쉽게 헤어나오기 힘들다. 거기에는 호객이나 부담스러운 시선도 없고, 시끄러움이나 더러움도 없다. 대신 안개 자욱한 새벽의 파랗고 차가운 고요나, 노랗고 따스한 밤의 분위기와 평화, 한적한 자유로움이 골목을 가득 메우고 있다.

골목에서는 길을 잃고 헤매도 좋다. 메디나의 좁고 낡은 골목에서 모로코의 진정한 향취를 느낄 수 있다. 골목에는 좋은 것만 꾸며둔 관광지에서는 만나기 힘든 빈부 격차와 애환이 숨어 있다가 깜짝깜짝 놀라게 하기도 하고, 땅을 파고 노는 아이의 눈에 우주가 담겨 감탄하기도 하며, 군데군데 페인트가 벗겨진 벽에 그려진 낙서에서 박물관의 작품보다 더한 감동을 얻기도 했다.

우리나라야 어딜 가든 밝지만 모로코는 밤이 되면 칠흑같이 어둡다. 스페인이나 포르투갈도 대도시나 번화가가 아니면 위험하다 싶을 정도로 어두웠다. 밤의 골목은 달빛과 창틈에서 새어나오는 불빛으로 겨우 윤곽을 가늠할 수 있을 뿐이다. 위험해 보이지만 그만큼 어둠에 보호받고 있다는 안심이 되기도 한다. 겁이 없는 편이긴 하지만, 여행을 오기 전만 해도 밤이고 낮이고 홀로 이슬람 국가의 어두운 골목을 배회할 수 있으리라고는 생각지 못했다. 이른 아침과 늦은 밤의 골목 산책은 이제 포기할 수 없는 관광 포인트가 되었다.

골목은 연애하는 여자 마음 같다. 간드러지게 굽이치다가도 어느 순간 막혀버리고, 미로와 같아 나로서는 알 길이 없어 보이지만 어디로든 진득하게 가다 보면 곧 대로와 만난다. 폭은 좁지만 정겹고, 그 골목이 그 골목 같아 보여도 어느 골목 하나 같은 곳은 없다. 지나온 골목은 뒤에서 잊혀지고 눈앞의 골목은 몸을 꼬아 행인을 매혹한다. 이런 매력을 어찌 포기할 수 있겠는가 말이다.

테투안의 골목 풍경.
벽에 칠한 색이 다채롭다. 색에 의미가 있는지도 모른다.

spain

발걸음 넷, 다시 스페인

그 길에
음악이 있었다

[18 그라나다]

여행의 즐거움
종합선물세트

희망이라는 건 한낱 꿈에 지나지 않아.
삶을 지탱하는 건 약한 의지일 뿐이야.
나는 어디에 있는 거야?
나는 대체 뭘 해야 하는 걸까?
– 티어라이너, 〈작은방, 다이어리〉의 수록곡 '하류의 기복' 중에서

그곳의 밤은 느리다

새벽 2시 30분, 그라나다는 곤히 잠들어 있다. 매정한 버스는 몇몇 승객들과 어리바리한 동양인 관광객 한 명을 토끼 똥처럼 정류장에 떨어뜨리고는 바르셀로나로 폴짝폴짝 달아나버린다. 밤늦은 코루냐에 도착했을 때 시장 한가운데서 엄마를 잃어버린 아이처럼 막막했던 게 겨우 한 달 전인데, 이번에는 전혀 다른 사람이 된 것처럼 여유롭다. 이 얄팍한 적응력, 간사하기도 하여라.

그라나다의 첫인상이 궁금해 우선 터미널을 나섰다. 오가는 사람 하

그라나다 버스터미널.
●이곳 벤치에서 하루를 묵었다. 나만 자는 건 ●아니라 빈자리를 찾기 힘들었다.

나 없이 무덤가처럼 조용한 밤의 거리는 꼭꼭 눌러가며 발걸음을 옮기는, 목적지라곤 없는 이방인을 숨죽인 채 바라본다. 도로에는 지나다니는 차도 없다. 촬영이 끝난 텅 빈 거대한 영화세트 같다. 왠지 목청껏 노래를 부르고 닫힌 가게를 들락날락해도 될 것 같지만 가로등이, 네온사인들이, 저 멀리 불 켜진 창문들이 침입자의 행동거지를 하나하나 감시하고 있었다. 숙박비를 아껴야 하니 오늘은 정류장에서 밤을 새고 내일 아침에 체크인 해야지.

새벽의 터미널 대기실은 냉동실처럼 춥다. 좁은 바다 하나 건너왔을 뿐인데 체감온도는 헤어진 후 쌀쌀맞게 연락을 끊는 애인 마냥 차갑다. 하루 종일 샌드위치 하나 먹은 게 전부라 허기지고 피곤하고 졸렸다. 무엇보다 지독하게 추웠다. 직원은 없었지만 문은 잠기지 않은 터미널 내의 홍보 부스에서 그라나다 관광지도를 구해 대기실 의자에 앉아 관광지와 검색해둔 숙소를 체크하며 시간을 보냈다. 신시가에 위치한 이곳 터미널에서 지도에 표시한 숙소까지는 거리가 멀어서 걸어가려면 충분히 쉬어두어야 한다.

터미널 대기실에는 이미 적지 않은 사람들이 자리를 차지하고 옷을 여민 채 앉거나 누워 자고 있었다. 나는 정류장 건물의 구석구석을 돌아다니기도 하고, 담요나 침낭으로 몸을 꽁꽁 싸매고 잠을 자는 사람들을 호기심 어린 눈으로 구경하기도 하고, 얼은 손을 호호 불며 스트레칭을 하기도 하면서 시간을 보냈다. 넓은 대기실^{이라기보다는 냉동실}에 깨어 있는 이는 몇 안 되는 청소부와 경비원뿐이었다.

옷을 한꺼번에 겹쳐 입을 요량으로 화장실에 갔더니 따뜻한 온기가 돌았다. 깨끗한 변기를 골라 뚜껑에 앉아 옷을 껴입고 노트북에 사진을 옮기고 메모를 하며 시간을 때웠다. 다행히 청소부가 막 청소를 마친 터라 있을 만했다. 얼굴은 기름지고 벌게서 세수를 하고 싶었지만, 남극 얼음을 갓 녹인 차가운 화장실 물은 손도 대고 싶지 않았다. 잠을 쫓기 위해 노트북에 담아왔던 다큐멘터리를 하나 보고 있자니 화장실 창으로 서서히 푸르스름하게 날이 밝아왔다.

결국 밤을 꼬박 샜다. 새벽 골목을 산책하고 천천히 숙소를 찾아 아침을 먹을 요량으로 일찍 길을 나섰다. 멀리서 6시를 알리는 성당 종이 울렸지만 시간은 6시 17분이었다. 밖은 여전히 고요했고, 초겨울의 해는 게을렀다. 그라나다의 아침은 늦게 시작한다.

직원이 눈을 비비며 문을 열어주긴 했지만, 펑키 백팩커스 호스텔은

꿈이 없는 이의 공허함.
겨우 이 정도 도착지에 도착했다고 당황할 정도의 그릇밖에 안 되는 이.

아직 체크인이 가능한 시간이 아니었다. 키친에서 인터넷을 하며 기다리는데 잠에서 깬 투숙객들이 하나둘 들어와 빵을 데우고 커피를 끓여 마신다. 인터넷은 느리고 피곤과 허기에 지친 내 머리도 느리다. 너무 배가 고파 직원에게 아침을 얻어먹을 수 있는지 부탁해보았더니 흔쾌히 빵과 잼을 내어준다. 나 때문에 깨서 세수를 한 직원은 주근깨가 많고 덩치가 큰 여성이었는데, 나에게는 천사 같아 보였다. 살짝 데운 식빵에 땅콩 잼을 발라 주린 배를 채웠다. 고소한 식빵이 머리를 제대로 돌아가게 해주었고, 달달한 땅콩 잼이 피를 통해 온몸에 퍼지며 근육을 위로해주었다.

창문 밖으로 고양이가 야옹거렸다. 안과 밖에 있다는 처지만 다를 뿐, 녀석과 나는 별반 다를 것도 없었다.

어디 하나 놓칠 곳 없는 그라나다

11월 초, 돼지다리를 소금에 절여 말려서 대패나 칼로 얇게 잘라 먹는 '하몬'을 만들기 적당한 시기가 되었다. 숙소 옥상에서는 여자들이 몰려 앉아 태닝을 하며 수다를 떨었고, 다른 한쪽에서는 둘러앉아 물담배 후카hookah를 피우고 있었다. 한 여행객이 자기가 마시던 호스의 구멍을 손가락으로 막고 머리 위로 들어 보였다. 나에게 권하는 제스처였는데, 나는 괜찮다고 사양하곤 옥상에서 내려왔다. 후카는 해외를 여행하며 실컷 피워봤던 터라 별로 궁금하지 않았고, 한가로이 담배를 맛보기보다는 그라나다를 둘러보고픈 마음이 더 컸다.

그라나다는 다양한 문화와 생활상을 볼 수 있는 훌륭한 관광지다. 이 크지 않은 도시에는 스페인의 역사가 고스란히 담겨 있다. 도시는 동서남북이 각자 분명한 개성이 있었는데, 남부는 유대인 거주 지역, 북부는 신시가, 서부는 스페인 전통의 가톨릭 문화, 동부는 이슬람 거주 지역으로 나누어져 있었다. 동부의 이슬람 지역을 넘어 성벽을 넘어가면 집시들이 거주했던 동굴 주거지가, 남동쪽에는 그라나다의 상징인 알람브라 궁전이 있다. 그라나다는 유대인 거주지, 현대의 스페인과 중세의 스페인, 이슬람 거주지, 집시 거주지, 무어인의 궁전을 볼 수 있는 종합선물세트인 셈이다.

동부 동쪽 알바이신Albaicin 언덕의 지대는 이슬람 지역으로 여전히 이슬람의 건축양식이나 문화를 간직하고 있었다. 골목은 모로코의 메디나를 연상하듯 좁고 복잡하게 얽혀 있어 얼마 전 모로코에서 온 내게는 익숙하고 정겨웠으며, 문이나 창문도 이슬람 양식이 많았다. 가장 큰 차이라면 위압적인 성당이었는데, 이마저도 모스크처럼 건물마다 높이 솟은 미나렛이 붙어 있었다. 스페인은 지리적으로는 동양과 멀리 떨어져 있지만 동양 색이 강한 나라다. 특히 안달루시아 지방은 유난히 동양적

높은 곳에서 보는 그라나다는 파스텔 톤의 옅은 갈색이다.
집은 낮고 촘촘하게 붙어 있다.

모로코의 메디나처럼 고불고불한 골목마다 멋진 그래피티를 감상할 수 있다.
낙서가 아니라 예술이다.

이었다. 800년을 이슬람에게 지배당한 역사 때문일 것이다.

언덕이라 오르내리는 골목이 많았는데, 그 가운데도 집들이 촘촘하게 들어서 있었다. 지도가 없다면 길을 잃기 십상이었지만 메디나에서 겪었듯이 이런 곳에서는 좀 헤매야 맛이 아니던가. 여행 초기였다면 당황했을지 모르지만 골목 마니아가 되어버린데다 골목 '끝판 왕' 모로코에서 돌아온 나는 힘들게 오르막을 오르면서도 계속 즐거웠다.

알바이신 골목길은 초행자나 심지어 골목을 좋아하지 않는 사람이라도 사랑할 수밖에 없는 결정적인 세 가지 장점이 있다. 첫째는 보는 즐거움이다. 언덕 위의 주거지뿐 아니라 언덕을 오르는 중간중간에도 예술의 경지라 할 만한 그래피티가 그려져 있는데, 어느 하나 빼놓을 것 없이 작품이다. 만약 벽에 그려진 그래피티를 지우거나 낙후된 건물이라고 부순다면 참 아쉬울 것이다.

둘째는 다름의 즐거움이다. 보통의 유럽 문화와는 다른 이슬람 문화

는 그라나다와 코르도바 같은 안달루시아의 일부 도시에서 진하게 만끽할 수 있는데, 그중에도 메디나와 같은 골목의 매력은 그라나다의 동부 알바이신이 유일하다. 갖가지 색으로 칠해진 집 사이의 좁은 골목길을 걷는 즐거움은 이슬람 국가를 여행하지 않는 한 접하기 어렵다. 모로코를 방문하지 않았다면 나는 분명 그라나다의 오리엔탈한 볼거리들에 극찬을 날리며 지랄병을 떨었을 게다. 모로코에서 돌아온 첫 도시가 그라나다라는 게 못내 아쉽다.

마지막 셋째는 듣는 즐거움이다. 미로와 같은 골목을 거닐다 보면 영화 속 사운드트랙처럼 음악을 들을 수 있다. 골목 어딘가에서 들리는 음악에 감동해 연주를 들으며 다음 코너를 돌면 또 다른 연주자의 기타 연주가 들려온다. 골목의 기타 연주자들은 서로 소리가 부딪치지 않도록 잘도 자리를 나눠 앉아 악기를 연주한다. 그들 대부분은 클래식기타로 스페인 전통의 리듬과 멜로디를 연주하고 있었는데 실력이 나보다

알람브라의 높은 성벽에서는 알바이신 지구가 한눈에 들어온다.

월등했다. 지금 이런 때 연주 실력 따위가 무슨 상관이람. 그들의 기타 연주는 소소하고 아름다운 골목 풍경과 완벽하게 어울려서 행복해지지 않을 수 없다. 걷는 데 이골이 난데다 골목광인 나에게는 그야말로 최고의 골목으로 꼽을 만하다.

주위를 둘러싼 성벽이 더 이상 남쪽으로 이어지지 못하고 멈춘 지점에서 이슬람 거주 지역도 끝이 난다. 새로 시작되는 사크로몬테 언덕과 건너편 사비카 언덕 사이로 나무가 울창한 골짜기가 있다.

사크로몬테는 로마 시대부터 동굴을 파서 집을 짓고 살던 집시들의 집단 주거지로 유명하다는데, 내가 본 집들은 대부분 땅 위에 지어져 있었다. 언덕을 동굴처럼 파내고 들어가 지어진 집이나 플라멩코를 공연하는 술집들이 몇몇 있기는 했지만, 암벽을 파고 들어가 어둡고 소리가 울리는 동굴이나 허름한 집시 복장의 현지인들은 드물었다. 사크로몬테는 집시들의 플라멩코가 유명해서 세비야보다 이곳을 선호하는 사람들도 많다고 하니 어쩌면 밤의 사크로몬테는 낮과는 다른 모습인지도 모르겠다, 마라케시의 광장처럼. 흰 페인트를 칠한 집들이 언덕 중턱을 메웠고, 줄기에 이름을 새긴 선인장이 많아 인상적이었다.

남동쪽 이튿날 새벽에 알람브라 궁전을 찾아갔다. 740미터 높이의 사비카 언덕에 있는 알람브라 궁전을 오르는 길은 줄을 서서 하염없이 기다리는 것에 비하면 아무것도 아니었다. 유대인 지구를 관광하며 걷느라 시간을 조금 지체하기는 했지만 매표소가 열기 전 도착했을 때 줄은 생각보다 길지 않았다.

이베리아 반도가 이슬람교를 믿는 무어인들에게 정복당한 건 서기 711년 무어인 전사 타릭에 의해서였고, 처음 수도는 코르도바였다. 1010년에 수도는 세비야로 바뀌었고, 1248년에 다시 그라나다로 수도가 변경되어 1492년까지 지속되었다. 옛 수도들이 이렇듯 남부 안달루시아 지방에 몰려 있으니 안달루시아에서 아랍 문화의 향취가 강한 게 이상하지 않다.

알람브라 궁전은 이슬람 왕이 아프리카로 물러가기 전까지 무어인들의 수도였던 그라나다가 자랑하는 문화재다. 아랍어로 '붉은 성'을 뜻하는 알람브라는 놀라울 정도로 넓은 성이다. 안에는 커다란 정원과 궁전이 즐비했고, 이슬람 양식과 가톨릭 양식이 혼재되어 있었다. 정원과 궁전은 낭만적이고 매력적이라 딱딱하고 권위적인 중세 건물들과 대조적으로 이슬람인들의 예술적 감각과 문화적 관대성이 도드라진다. 지도를 들고 다니며 성채와 궁전, 박물관을 꼼꼼히 둘러보는 데 다섯 시간 반이나 걸렸다.

남부 남부는 둘째 날 알람브라 궁전을 보러 오가는 길에 둘러보았다. 유대인 거주 지역으로 유명한 이곳은 숙소 직원이 지도에 파란색 볼펜으로 레알레호^{Realejo}라고 지명을 적어주었다. 알바이신이나 사크로몬

코마레스 안뜰.
언덕 정상에 세워진 성채인데도 불구하고 곳곳에 정원과 분수, 물길이 조성되어 있다.
물을 다루는 데 뛰어났던 무어인들의 건축기술을 볼 수 있다.

테처럼 언덕이나 구역 이름인지도 모르겠지만 단어가 동글동글해서 사탕을 물고 말하는 것 같은 발음이다. 선량하고 사랑스러운 지명과 달리 동네는 별로 특별할 게 없었다. 유대인 상징인 다윗의 별이라든가 검은 복장에 수염을 기른 랍비를 기대한 건 아니지만, 딱히 유대인 거주지의 특징을 잡아낼 게 없었다. 유대인 마을이라면 차라리 나중에 방문했던 코르도바의 유대인 골목이 더 정겹고, 레알레호라는 이름에 걸맞다.

많은 유대인들이 이베리아 반도에 유입된 건 로마 지배 시절부터였다. 가톨릭이 국교가 되면서 유대인은 중세 시대 내내 어디에서도 환영받지 못했고, 스페인과 포르투갈에서도 예외는 아니었다. 잦은 탄압과 추방에 시달리던 유대인들은 무어인이 이슬람 국가를 세우자, 상대적으로 타 종교에 관대하던 무어인의 나라로 스펀지가 물을 빨아들이듯 몰려들었다.

반도에 고르게 퍼져 살던 유대인들은 안달루시아에 자기들만의 마을을 이루고 주로 회계에 관련된 일을 하며 살았다. 그러나 가톨릭 왕국들의 레콩키스타국토회복운동를 통해 무어인들이 물러나자 다시 핍박과 추방을 당하는 처지가 된다. 예수를 죽인 민족이라는 기독교의 원한으로 재난과 질병 때마다 유대인이 지목되었고, 같은 하나님을 믿으면서도 둘은 불과 물처럼 못 죽여 안달이었다. 지진이 일어나도 방화가 일어나도 유대인 탓이었고, 흑사병으로 주민의 절반이 죽어나갔을 때도 유대인은 유럽 곳곳에서 무참히 살해당했다. 2천 년간 떠돌이였던 유대인들이 '영토' 이스라엘에 그토록 집착하는 것도 그들의 험난한 역사를 보면 이해 못할 일은 아니다.

나는 유대인과 이베리아인의 외모 차이를 구분하지 못해서, 나치 치하의 게토에서처럼 가슴에 '다윗의 별'을 달고 다니지 않는 한 누가 유대인인지 알아보지 못했다. 골목에는 유난히 할머니들이 많았고, 경계하는 눈길은 매정해 보였다.

골목의 끝, 여행의 근원

모로코의 식당마다 손님의 잔반을 노리는 고양이가 있었다면, 스페인에는 개가 많다. 그라나다에는 유난히 길바닥에 개똥이 넘쳐난다. 그 중에는 이미 누군가 밟고 지나가 지그시 눌려진 것도 있고, 방금 싼 듯 온전하고 기름진 것, 오래되어 딱딱해진 것, 동글동글 말린 모양의 것까지 종류도 다양하다. 어쨌든 지뢰를 걱정하듯 바닥을 주시하고 개똥을 피해 다니는 건 그리 즐거운 일은 아니다.

골목 코너를 돌 때마다 새로울 것 없이 반복되는 삶의 모습들이 엉겨 붙어 있다. 담벼락 구석에도 처마 밑에도 문틈에도. 가난한 여행에 지쳐 연신 쌀쌀맞은 입김을 뱉어내고 있으면서도 나는 끈질기게 새로운 볼거리를 찾아 허벅지를 부비며 지분댔다. 내가 묻힌 욕정의 땀을 닦고 거칠게 벗긴 옷을 다시 하나씩 입으면서 여행은 자신이야말로 현실로부터의 도피이자 동시에 현실로의 근원적 회귀라고 말했다. 가공되지 않은 날것이라고.

일탈을 원했던 내게 지금까지 여행은 쳇바퀴 돌 듯 반복되는 일상의 또 다른 반복일 뿐이었다. 티베트의 도보 순례자들이나 산티아고 길을 걷는 이들이 어떤 마음이었는지는 모르겠지만, 적어도 이제 나의 것들에는 어설프게나마 다시 주도권을 갖게 될 것이다. 누가 시키지도 않았는데 욕지기가 치밀 정도로 하루 종일 행해진 발걸음은 수행인 양 무거우면서 진득했고, 한편으로 놀이보다 경쾌했다. 이제야 겨우 여행의 목적지를 알 것 같다.

숙소 키친의 공용냉장고 안에 한 끼분의 파스타를 남겨두고 온 게 아까웠지만 그보다 그라나다를 다시 볼 수 없다는 게 더 아쉬웠다. 도시에 적응하고 길에 익숙해져 이제 좀 즐길 만할 즈음이면 다음 여행지로 이동해야 한다. 안주하기 전에, 정들기 전에 이동하는 게 여행의 또 다른 묘미라고 위안한다. 세 나라에 두 달이라는 기간은 적당히 정들고, 적당히 아쉬운 매력적인 기간이다.

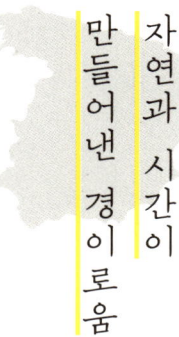

자연과 시간이
만들어낸 경이로움

자! 다시 한 번 삶이 다급하거나 때로 원하지 않는 방향으로 흘러가더라도
남일 보듯 무시하거나 휘파람을 불 줄 아는 센스. 이것이 인생(C'est la vie).

★ 호스텔을 혼자 쓰는 즐거움

버스에서 내리자마자 보이는 호스텔에 방을 구했다. 짙은 녹색 간판
에 별 두 개가 그려져 있었다. 싱글룸이 마드리드 숙소들의 도미토리룸
숙박비보다 저렴했지만, 언제나 그랬듯 흥정을 하는 호기를 부렸더니
주인이 펄쩍 뛰며 거절한다. 여행하는 내내 이 지질한 흥정은 계속될 것
이다. 못 이기는 척 돈을 내고 이틀을 머무르기로 했다. 이렇게 저렴한
데도 절경인 해변과 가깝고, 로비에서 제공하는 무료 아침식사의 메뉴
는 다양했으며, 무엇보다 방에 텔레비전이 있었다!

오랜만에 혼자 묵으니 행복하다. 보통 같으면 서둘러 관광을 나섰겠지만 방에 누워 늦장도 부려보았다. 낮은 충분히 남았고, 나가면 해변에서 황혼까지 보고 올 참이라 여유가 있었다. 텔레비전을 켜두고 푸석푸석한 싸구려 비스킷을 오물거리며 녹여 먹었다.

네르하의 오늘 온도는 최고 24도, 최저 13도. 그라나다는 바다에서 들어간 내륙 지방이고 산맥에 가까운 고원이라서 챙겨간 옷을 모두 껴입어야 할 정도로 춥더니 멀지도 않은 여기는 이토록 따뜻하다. 일기예보에 나오는 그라나다의 온도는 최고 14도, 최저 7도. 천국과 지옥은 그리 멀지 않은지도 모르겠다. 창문으로 스며드는 여유로운 햇살이 닿는 곳마다 부드럽게 보듬어 안아준다.

세련되고 매력적인 여성이 진행하는 우리나라와 달리 남성 캐스터가 진행하는 일기예보는 교육방송같이 지루했다. 스페인의 텔레비전에서는 어떤 프로그램들이 방송되고 인기가 있을까? 시에스타 시간대가 텔레비전을 가장 많이 보는 황금시간대가 아닐까 짐작했는데 시시한 뉴스나 축구, 드라마가 방송되고 있었다. 전체적으로 프로그램이나 광고의 화려함이나 완성도가 우리나라에 비해 떨어진다.

지중해에서 여름이란 녀석은 아무리 등을 떠밀어도 엉덩이를 딱 붙이고 떠나지 않고 미적거렸다. 구차한 더위는 지분거리며 육욕을 갈구했고, 북쪽에서 온 사람들은 껴입었던 옷을 훌훌 벗어던졌다.

네르하의 태양은 따갑다. 얼굴이며 손등이며 옷으로 가리지 않은 곳

●아자하르 호스텔의 전경(위).
네르하 시내의 로터리(아래).

을 잘도 찾아내어 바늘로 타투를 그리는 것처럼 쿡쿡 찌른다. 방에서 텔레비전을 시청하며 뒹굴거리다가 시에스타가 끝날 즈음 따가운 바늘이 무뎌져서야 나섰다. 네르하의 시내는 따로 구시가의 개념이 없었다. 좁은 골목도 없었고, 집들은 구획이 잘 나뉘고 정갈했다. 성곽에 둘러싸일 정도의 사람은 살지 않았던 가난한 어촌이었을까. 해변에는 깎아지른 듯한 절벽이 있었고, 멀리 지중해가 수은처럼 반질거리다가 순간순간

땅 위에 고정되어 전시 중이던 '황금(La Dorada)'이라는 이름의 선박.
메모장을 거의 다 채웠고 너덜너덜해져 간다.
글을 좀 더 작고 촘촘하게 써야 한다.
볼펜에서 식빵 냄새가 난다고 생각했지만 딱히 배가 고픈 건 아니었다.

252

빛을 먹고 번뜩거렸다.

저녁은 여유로웠다. 새삼스러울 것도 없지만 혼자 방을 쓰는 게 이렇게 편할 줄이야. 샤워를 하고 나와 여유롭게 빵과 비스킷, 열대과일 주스로 배를 채웠다. 많은 인원이 함께 지내는 도미토리룸에서는 음식을 먹을 수 없어 공동 키친에 나가 대충 요리를 해서 급히 배를 채웠어야 했는데, 여기서는 그럴 필요가 없으니 똑같은 싸구려 빵도 더 달고 부드러웠다.

네르하 동굴 속으로

아침에 숙소 주인장은 어제 잘 쉬었냐며 뜨겁게 끓인 향 좋은 커피를 따라주려 했다. 고맙지만 커피를 마시지 않는다며 사양하고 관광지 추천을 부탁했다. 가장 먼저 네르하 동굴cueva de Nerja을 추천하며, 이곳까지 와서 그 동굴을 안 보고 가면 '여자친구와 손만 잡고 잔' 것과 같단다. 옆 테이블에 앉아 있던 영국인 커플도 웃으며 동굴을 추천했다.

숙소 바로 앞에 매표소와 승차장이 있어 쉽게 왕복ida y vuelta, 편도는 스페인어로 ida 버스표를 끊고 버스를 탈 수 있었다. 마침 동굴은 일반에 공개된 지 50주년이라 행사를 하고 있었다. 홍보지에 담긴 동굴 사진은 길고 거대해서 기대감을 갖게 했지만, 들어갈 수 있는 깊이는 한정되어 겨우 3분의 1만 일반에 공개되고 있었다. 동굴의 상징으로 홍보지에 실렸던 염소나 말, 사슴 등이 그려진 구석기 시대 벽화도 볼 수 없다. 고작 동굴 초입 정도만 보여주면서 가난한 여행객에게 8.5유로나 받다니. 유명하나마나, 50주년이건 말건 헐거운 주머니 사정에 웬만한 미술관보다 약간 비싼 입장료는 섭섭했다.

그럼에도 3분의 1만 볼 수 있는 동굴은 넓이와 깊이, 그 규모가 엄청났다. 종유석이 머리로 쏟아질 듯 날카롭게 매달려 있었고, 바닥까지 이어진 종유석들이 모여 거대한 기둥을 만들고 있었다. 영겁의 시간을 견뎌낸 자연이 이뤄놓은 압도적인 광경은 절로 사람을 경건하게 만든다. 이곳을 발견했던 선사 시대 사람들은 처음 이 광경을 접하면서 어떤 기분이 들었을까? 연약한 인간은 신을 믿지 않을 수 없었을 것이다. 곳곳에

종유석을 타고 물이 떨어지거나 고여 있어 습할 것 같았지만 지하라 그런지 공기는 차갑고 청량해서 마치 새벽에 안개 속을 걷는 것 같았다.

함께 입장했던 사람들이 대부분 밖으로 나가고, 견학 온 초등학생 한 무리가 시끄럽게 한바탕 휘젓고 지나간 후까지 나는 오랫동안 동굴을 둘러보았다. 어두움에 완전히 익숙해지자 동굴은 더 가까이 다가왔고, 세세하게 보이는 자연의 조각상들에서 새로운 미를 감상할 수 있었다. 비단 동굴에 그려진 동물 벽화를 들먹일 필요도 없이 인간은 자연이 빚은 예술을 모방해왔다. 나는 그라나다에서 알람브라 궁전에 갔을 때 아벤세라헤스의 방에서 보았던 천장이 이 동굴 천장의 종유석 모양과 아주 흡사함을 떠올렸다. 아벤세라헤스의 방 천장은 동굴 천장과 벌집에서 영감을 얻었음이 분명했다. 또 바르셀로나의 사그라다 파밀리아 성

당과 구엘 공원도 자연의 모방작이다. 두 작품은 자연미를 잘 표현하기로 유명한 바르셀로나의 건축가 가우디가 설계한 것이다.

동굴 밖으로 나가자 눈이 부셨다. 버스가 도착하길 기다리며 공원에 앉아 있는데, 아까 동굴을 휘저었던 학생들이 레크리에이션을 하고 있었다. 아이들의 웃음에는 해가 들었다. 마을로 돌아가는 버스를 기다리며 공원을 한 바퀴 산책했다. 아이들은 뛰어놀고, 미술학도들이 여기저기 자리를 차지하고 앉아 공원을 스케치하는 한가로운 풍경. 보고 있는 것만으로도 기분이 좋아졌다.

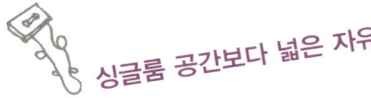

싱글룸 공간보다 넓은 자유

돌아와서 창문을 열고 침대에 누웠다. 혼자 묵는다는 게 이렇게 행복할 줄이야. 느긋하게 샤워를 하고 몸 구석구석을 찬찬히 살펴보고 이를 닦았다. 노래를 흥얼거리며 속옷과 수건을 빨아 창틀에 널고 침대에 앉아 짐을 정리했다. 지중해의 따뜻하고 노란 햇살이 창을 넘어 방을 물들였다. 모든 것이 정상이라는 생각에 편안했고, 여행에 대한 에너지와 애정이 충전되는 기분이 들었다.

여행 내내 이렇게 혼자 방을 사용했다면 여행을 좀 더 편안하게 즐겼을 테지만, 대신 호스텔 도미토리룸이나 로비에서의 다양한 인연과 배낯여행객들과의 교류는 포기해야 했을 것이다. 둘 중 하나를 선택하는 건 쉽지 않지만 당장의 마음으로는 글쎄, '여행은 결국 사람'이지만 간간이 혼자 방을 쓰는 것 정도의 '여유' 또한 여행이 아닐까. 편함을 좇는 본능은 여행의 정의도 가볍게 흐린다. '여행은 결국 사람' 대신 '여행은 결국 혼자 하는 것'으로 슬쩍 바꿔놓을까 보다.

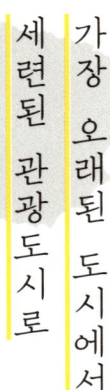

가장 오래된 도시에서
세련된 관광도시로

우리가 추구해야 할 것은 절대적 진리(truth)가 아니라
이해(understanding)라는 사실을 알아야 한다.
— 마르셀로 글레이서

 말라가 파노라마

버스는 왼쪽으로 반짝이는 지중해를 끼고 해안도로를 달린다. 10시 10분 말라가 행 버스 안, 티켓을 만지작거리고 있다. 다음 도시로 이동하는 데는 어김없이 이 시간대를 선택한다. 한국에서라면 11시가 넘어서야 엉덩이를 긁으며 슬슬 일어나 1시가 넘어 아점^{아침 겸 점심}을 먹는 민폐 한량이지만, 여행 중에 나는 늦어도 6시 반에는 기상했다. 샤워를 하고 호스텔에서 제공하는 아침을 먹고 조금이라도 일찍 한가로운 도시의 풍경을 보기 위해서였다.

말라가는 스페인에서 가장 오래된 도시 중 하나다. 기원전 11세기 페니키아인들에 의해 지중해의 중요한 항구도시로 개발된 이래 지리적, 경제적 요충지로 이용되어왔다. 이베리아 반도 남쪽의 특성을 가지고 있고, 1년 내내 영상의 따뜻한 날씨로 사람이 살기 좋다.

말라가는 관광을 중요하게 생각하는 도시다. 이제는 무역보다 관광업이 큰 수입원이다. 이들이 관광을 얼마나 중요하게 생각하고 있는지는 많은 관광지와 관련 상점, 팻말, 관광객을 위한 다양하고 인상적인 배려들로 쉽게 알 수 있었다. 어디에 가든 관광객을 위한 시스템이 갖추어져 있었고, 학생 할인 등 입장료도 합리적이었으며, 관광정보센터도 친절했다. 주요 관광지 앞에서는 현지 여성들이 질문지를 들고 외국인 관광객들에게 설문조사로 만족도를 체크하고, 원하면 관광지도 추천해준다. 나는 평가에 진지하게 대하는 편은 아니라서 주로 '보통'에 체크하는 편이지만, 말라가에 대한 인상이 좋았고 관광하기 편했기에 후하게 답해주었다. 마요르카 섬으로 가는 비행기 출발 날짜가 다가와 일정에 여유를 부릴 시간은 넉넉하지 않았지만 하루이틀 정도 말라가에 더 머물까 고민했다.

말라가 시내에서는 어디서든 피카소와 마주칠 수 있다. 세계적 예술가의 고향이라는 이들의 자부심이 엿보였다. 내가 묵은 숙소 이름도 피카소의 코너Picasso's Corner 호스텔이었다. 피카소의 작품들은 그간 스페인 각지의 미술관이나 한적한 시골의 역사station 같은 공공장소에서 쉽게 접할 수 있었지만, 피카소 생가와 피카소 미술관에도 많은 작품들이 전시되어 있었다.

피카소는 그림만으로도 시기마다 장르나 주제, 스타일의 스펙트럼이 동일 화가의 작품인지 예상하기 힘들 정도로 넓다. 게다가 그림뿐 아니라 삽화, 판화, 조각, 도자기까지 미술의 장르 자체에도 구속받지 않았다. 습작이나 스케치는 셀 수도 없다. 작품이 3만 점에 이른다니, 장수하기도 했지만 얼마나 넘치는 활력으로 다작해야 가능한 건지 놀랍다. 어림잡아 40년 동안 매일 두 점 이상은 창작했다는 얘긴데 그게 정말 가능한 일인지. 대개 이름을 남긴 천재 예술가는 부지런히 다작을 했다는데, 음악계에 모차르트가 있다면 미술에는 피카소가 이를 증명해주고 있다. 그런 면에서 태생이 한량인 나는 아무래도 그럴듯한 뮤지션이 되기는 글러먹었다.

말라가 대성당은 입장료가 4유로였다. 도시마다 있는 대성당은 종교를 믿지 않는 내게 하나같이 비슷해 보였고 더 이상 특별하지도 않았다. 더구나 세계에서 세 번째로 크다는 세비야 대성당도 본 터라 건너뛰려 했는데, 말라가를 떠나는 날 버스 시간에 여유가 있어 별 기대 없이 대성당을 찾았다.

말라가 대성당과 예배당은 이제껏 스페인에서 본 성당 중 가장 아름다웠고, 볼거리와 생각할 거리들로 가득했다. 종교화와 조각상이 많았고, 예배당 내에 꾸며진 박물관도 좋았으며, 외관도 독특하고 예술적이었던 르네상스 양식의 건물 내부도 감탄이 절로 나올 정도로 웅장하고 아름다웠다. 특히 그간 대부분의 성당 내부가 칠흑처럼 어두웠던 데 비해 건물 상단에 자연광을 위한 창문이 많고 조명도 많이 설치해두어 밝아서 좋았다. 나야 건축에 대해서는 문외한이고 성당의 규모나 가치가 어떤지는 관심이 없으며 종교 예술품의 의미도 모르지만, 개인적으로 최고의 성당을 꼽으라면 말라가 대성당을 꼽을 것이다. 놓치지 마시길.

말라가 대성당 전경.

말라가 대성당은 다른 성당들에 비해 밝고, 화려하며, 볼거리가 풍부했다.
폐쇄적이지 않은 공기가 마음에 들었지만,
이마저도 말라가 관광산업의 일환인 것을 생각하면 한편 씁쓸하기도.

대성당에 전시된 찬송가 뮤직스코어.
가장 오래된 악보는 1776년에 그려진 것도 있다.
악보를 읽지 못하는 엉터리 작곡가인 나는 아쉽게도 멜로디를 흥얼거릴 수 없었다.

긴 예배용 의자는 사람들의 손길에 매끈해지고 진한 갈색으로 변해 있었다. 앉으려고 하자 나뭇결을 따라 금이 간 틈들이 하나같이 죽겠다고 삐거덕거리며 아우성이다. 힘들다는 노골적이고 신경질적인 외침이 조용한 성당에 울려 퍼졌고, 원죄와 고난을 상징하는 동상들이 하나같이 얼굴 표정을 찌푸렸다. 뒤를 돌아보자 나란히 정렬된 의자들이 모두 나에게 눈치를 주는 듯했다. 빠직, 의자가 부서져 도미노처럼 다음 의자들이 차례로 쓰러지면, 중세의 수도승처럼 엄숙하고 무서운 이들이 동양에서 온 신앙이 없는 죄인을 악마라고 질타하려나.

로마 극장 옆에 있는 알카사바와 히브랄파로 성은 신트라에서 봤던 무어 성이나 그라나다의 알람브라 성과 건축양식이 흡사했다. 이슬람교를 믿었던 무어인들이 지었다는 걸 금방 알 수 있었다. 입장료는 0.6유로밖에 하지 않았다. 알카사바와 이어지는 히브랄파로 성의 입장료도 0.6유로이고, 피카소 생가는 무료였던 걸 보면 말라가는 이래저래 배낭

고대 로마의 원형극장 위로 알카사바가 관중처럼 솟아 있다.

여행객들이 사랑할 수밖에 없는 도시다.

알카사바는 11세기에 지어진 요새다. 입장부터 미로를 걷듯 'ㄹ'자 모양으로 지그재그 길이 꼬여 있고, 성벽은 무척 높아 수비와 방어를 중요시했음을 알 수 있다. 지그재그로 가다 보면 곳곳에 정원이 나오고, 정원을 품은 건물은 아치형의 문과 파티오^{patio, 안뜰} 를 가진 아랍 양식의 주거지다. 그들은 필시 풍류를 알고 예술을 사랑하는 사람들이었을 것이다. 일부 역사책에서 레콩키스타를 가톨릭 국가의 국토회복운동이 아니라 스페인 왕들이 풍요로운 이슬람 문명을 노리고 벌인 식민지 정벌 전쟁이라고 하는 이유를 알 것 같다.

시내보다 조금 높은 곳에 위치한 알카사바는 더 높은 언덕에 위치한 히브랄파로 성과 통로를 통해 하나로 연결되어 있었다. 히브랄파로 성이 있는 언덕은 가팔랐고, 성벽은 높이를 가늠하기 어려울 정도로 높고 두꺼웠다. 성벽 위를 한 바퀴 걸어보니 어디에서든 시내와 바다가 한눈에 들어왔다. 고대 페니키아인들이 이미 지리적 중요성을 알고 요새를 지었을 정도니 역사적으로 전략적 요충지였고, 수많은 전쟁이 벌어졌던 곳임을 성과 풍경이 그대로 말해주는 듯했다.

현재는 해안선이 멀리 떨어져 있지만 예전에는 알카사바의 남동쪽 성벽이 바다와 맞닿아 있었다고 한다. 알카사바와 히브랄파로 성에서 보면 뒤로는 바다가, 앞으로는 도시가 한눈에 들어왔을 테니 철벽 방어가 가능했을 것이다. 실제로 레콩키스타가 거의 마무리될 무렵 가톨릭 군대에 맞선 마지막 이슬람 저항세력은 이곳에서 3개월이나 더 버텼고, 성이 함락되어서가 아니라 식량이 떨어져 결국 항복했다고 한다.

히브랄파로 성에서는 시대 순으로 군복과 무기를 진열한 박물관이 인상적이었다. 16세기부터 20세기까지 시대별로 분장시킨 남자 마네킹에 군복을 입히고 당시의 무기를 진열해두었는데, 마네킹의 초점은 퀭했고 수염에는 윤기가 없었다. 마네킹이 손에 든 무기는 시간이 지날수록 덜 잔인해 보였다. 날카롭고 위협적인 칼과 창에서 위협적으로 보이지는 않지만 살상효과는 극대화된 총포로의 변화는 현대 사회를 보

성벽은 작은 바위와 벽돌을 겹쳐 쌓는 방식으로 솟아 있다.

여주는 상징 같았다.

히브랄파로 성 안의 바람 한 점 없는 박물관에서, 군복을 차려입고 무기를 든 마네킹의 초점 없는 눈은 내게 많은 이야기를 했다. 성을 나와 언덕을 내려올 때는 버스를 이용해 언덕을 둘러 항구로 향했다.

그녀, 로라

"한국에서 왔구나. 나는 한국 음악과 일본 음악을 조금 알아요."

로라는 스물두 살의 붉은빛이 도는 오렌지색 머리를 한 독일인이다. 눈이 크고 중성적인 외모에 키는 작았지만 균형 잡힌 몸매의 숙녀였다. 이야기가 잘 통하고 음악도 좋아해서 나는 로라의 휴대폰에 울프트론 Wolftron과 윌리엄 피츠시몬스William Fitzsimmons의 앨범을 넣어주었고, 로라는 내 노트북에 조쉬 리터Josh Ritter의 음원을 추천하며 넣어주었다.

로라와 음악 이야기를 주고받으며 나눈 대화는 무척 인상적이었다. 그녀는 한국 음악을 안다고 했다.

"아, 그래요? 어떤 뮤지션을 아는데요?"

"음. 루시드폴? 알아요."

"와, 정말? 멋진데요. 또 어떤 뮤지션?"

"티어라이너?"

"……."

"알아요? 티어라이너?"

"네…… 네……. 한국 뮤지션 맞아요……."

"한국 영화감독 박찬욱도 알아요."

"저기…… 티어라이너 음악은 어떻게 생각해요?"

"흠…… 그 밴드는 멤버가 많거나 밴드가 아니라 일종의 뮤지션 집단 같아요. 아닌가요?"

"글쎄요, 저는 잘 모르겠어요."

"곡을 다 들어보지는 못했지만 참 다양해요. 어떤 곡들은 좋고, 어떤 곡들은 그냥 그래요 not that good."

"……."

여행 도중 심장이 가장 벌렁거렸던 게 이때였다. 강도를 만났을 때보다, 쁘띠 택시가 둔덕을 쏜살같이 내려갔을 때보다. 지금 생각하면 단순하고 실없게도 이때가 내 여행의 절정이었다.

"내가 티어라이너예요!"라고 놀라게 하고 싶은 마음을 감추느라 힘들었다. 상황이 재미있었고, 좋게 생각하고 있는데 호감을 깨고 싶지도 않았다. "뻥 치시네. 농담하지 말아요. 당신같이 후줄근한 사람이?"라는 반응을 보였을지도 모르지.

드라마의 인기 덕분에 해외에서도 티어라이너를 좋아하는 사람들은 있었지만 대부분 일본이나 대만, 동남아, 남미 사람들이었다. 어떤 곡은 좋고 어떤 곡은 그냥 그렇다는 밍밍한 답쭘은 김칫국 마시기의 달인에게 '당신을 사랑하고 당신의 노래도 사랑해요'로 들렸다. 내 음악을 아는 독일 사람을 스페인에서 만날 줄이야. 메모장에는 당시 받았던 충격이 알아보기 힘든 날림으로 적혀 있다. 첫날 관광 후 저녁에 숙소로 돌아와 로라가 없으니 은근히 서운하기까지 하더라.

다음 날 아침 '음악을 들을 줄 아는' 로라는 침대에서 자고 있었고, 내가 샤워를 하고 아침을 먹고 올 때까지도 일어나지 않았다. 음악 이야기를 하면서 아침이라도 같이 먹었으면 좋으련만 독일 숙녀는 스페인의 밤 문화에 젊음을 불살랐던 모양이다.

내 옆 침대를 썼던 쾌활하고 자유분방한 이탈리아 여성은 아예 들어오지 않아 침대가 비어 있었다. 그녀는 드라큘라처럼 낮에는 자고 밤에 놀러 나갔는데, 정열적인 스페인 남자를 좋아했고 사랑을 나누는 걸 좋아한다고 했다. 히피풍의 빈티지한 꽃무늬 원피스와 액세서리로 멋을 낼 줄 아는 키가 큰 단발머리 숙녀였다. 저녁에 나가려고 치장을 하다가 관광을 끝내고 들어온 나와 마주쳐 대화를 나눴는데, 활달하고 착했으며 말도 잘 통했다.

코르도바로 떠나는 셋째 날 아침에 배낭을 챙기는데 로라가 일어나 고대하던 이야기를 나눌 수 있었다.일어나라고 일부러 시끄럽게 짐을 싸지는 않았다. 트레이닝복을 입은 화장기 없는 모습이 귀여웠다. '어김없이' 지난 밤 들어오지 않은 자유분방한 이탈리아 숙녀를 함께 걱정하고, 그간 서로 둘러보았던 관광지에 대해 이야기를 나눴다. 나는 미술관과 생가를 돌아보며 피카소를 다시 보는 계기가 되었다고 했고, 그녀는 저렴하고 맛있는 햄 요리를 먹었다며 식당 위치를 가르쳐주었다. 그녀의 표정을 보느라 건성건성, 식당 위치는 아무래도 좋았다. 어차피 나는 호스텔에서 제공하는 조식을 잔뜩 먹었고, 점심은 파스타를 요리해 때울 참이라 식당이 어디건 중요하지 않았지만 호의를 무시하기 힘들어 무슨무슨 광

따뜻한 지중해와 맞닿아 있는 예술의 도시 말라가.
피카소 생가와 피카소 미술관, 로마 원형경기장, 알카사바와 히브랄파로 성을 홍보해
관광도시로 발전시키려는 말라가 시의 노력은 치밀했다.
그라나다에서 덜덜 떨었던 터라 말라가의 따뜻함은 한 줌, 한 줌 소중했다.
가운데 로터리를 중심으로 왼쪽엔 투우 경기장과 신시가가 있고,
오른쪽으로 알카사바, 대성당 등이 있는 구시가가 보인다.

270

장 근처인지를 다시 물어볼 정도의 관심을 보여주기까지 했다.

로라는 참한 외모만큼이나 친절했다. 내가 준 음악을 들어보았는데 좋았다며, 추천해줄 만한 K-pop이 있으면 달라고 해서 휴대폰 용량이 꽉 차도록 넣어주었다. 내 가이드 곡을 넣어줄까 고민하다가 대신 프로젝트 듀오로 활동하는 로우엔드 프로젝트low-end project의 곡을 두어 곡 넣어주었다. 나는 말라가를 좀 더 둘러보고 코르도바로 떠난다고 했고, 그녀는 며칠 더 머무른 후에 그라나다인지 알칸타라인지로 간다고 했던 것 같지만 사실 그게 어디든 상관없었다. 헤어지는 것이 못내 아쉬울 뿐이었다. 배낭을 메기 전 로라는 잘 가라며 포옹을 해주었다. 어깨는 작았고 샴푸 냄새는 황홀했다. 나는 하마터면 "이히 리베 디히Ich Liebe Dich, 너를 사랑해"라고 말할 뻔했다.

♪ 익숙함의 낯섦

나는 형광등처럼 느리게도 이제야 여행에 익숙해졌는데, 일정은 이제 3분의 1 정도만을 남겨두고 있었다. 시간과 돈과 젊음은 잘도 길에 흩뿌려진다.

코르도바로 가는 버스는 오후 늦게 출발했다. 체크아웃을 하고 배낭은 숙소에 맡겨둔 채 몇 군데 더 구경하고 숙소로 돌아왔다. 때마침 옆 침대칸을 썼던 발랄한 이탈리아 아가씨와 마주쳤다. 그녀는 숙소에서 일하는 남성미 넘치는 스페인 청년과 바르 주방에서 즐겁게 스파게티를 만들고 있었다. 진정 즐길 줄 아는 자유로운 영혼이다.

간밤에 들어오지 않아 로라와 함께 걱정했었다고 안부를 건넨 후 작별인사를 하고 나오려 하자, 점심 먹었냐며 스파게티를 만드는 데 한 술 거들겠냐고 묻는다. 나는 호의를 받는 데 익숙하지 못해 대개는 고사하는 편이지만, 배도 고팠고 이탈리아 미녀가 요리해주는 이탈리아 스파게티가 정말 먹고 싶었다. 서로 사랑의 눈길을 주고받는 남녀와의 사이에 낀 어색한 식사였지만 스파게티는 놀랄 정도로 맛있었다. 든든하게 한 끼를 때우고 이탈리아 미녀에게 언제부터 호칭이 미녀로 바뀌었지 엄지손가락을 치켜세운 후 배낭을 메고 다음 여행지로 가기 위해 버스터미널로 향했다.

[21 코르도바]

이곳에선 누구라도
사랑에 빠질 거야

'있다가 없는 것'의 상실감은
'원래 없던 것'에 대한 욕망보다 치명적이다.

 세비야의 축소판

날이 갈수록 해는 깍쟁이가 되어가고 그림자는 엘 그레코의 그림처럼 길어진다. 옷을 덧입었더니 배낭은 헐거워졌다. 숙소는 강과 한 블록 거리였고, 코르도바의 상징인 메스키타^{Mezquita, 모스크}와도 불과 5분 거리였다. 세비야에서 봤던 과달키비르 강이 이곳에도 흐르고 있다.

그러고 보면 코르도바는 여러모로 세비야와 닮았다. 세비야의 축소판 같기도 하다. 이유도 없이 빠르게 서두르며 흐르는 흙탕물이 반갑다. 강은 구시가의 남부를 굽이 돌아 세비야를 거치고 카디스 부근의 도시

293

에서 대서양으로 스며든다. 나의 여행만큼이나 길고 지루할 여행이다.

 메스키타

하늘은 새파랗고 꽃은 색이 진해서 코르도바의 아침은 채도를 높인 사진 속 풍경 같다. 공기는 청량하고 길은 조용하다. 메스키타를 중심으로 구시가의 유적들을 둘러볼 셈이라 가까운 메스키타로 향했다.

운 좋게도 내가 도착할 즈음에 메스키타는 막 문을 열고 있었다. 입장료를 내라는 말이 없길래 잘못 들어온 건지 어리둥절했는데, 알고 보니 메스키타는 10시 전에는 입장이 무료라고 했다. 8시에 밥을 먹고 나온 덕분에 8시 반에 오픈한 메스키타에는 무료로 입장할 수 있었다. 무료에 열광하는 멍청이라 어쩔 수 없이 벌써 코르도바가 좋아져버렸다.

메스키타에도 미나렛이 높이 솟아 나를 맞아주었다. 정문인 용서의 문을 들어서면 오렌지나무가 심어진 정원이 나온다. 파티오의 도시답다. 모로코에서 자주 보던 나무들이다. 정원을 지나 실내로 들어서면 넓고 어두운 공간에 박힌 850개의 기둥에 압도당한다. 정원에 있던 오렌지나무의 연장 같기도 하다.

지붕이 얼마나 무겁길래 이렇게 많은 돌기둥이 필요했을까? 원형의 기둥은 천년 넘도록 사람들의 손을 타서 그런지 색이 변했다. 두 층으로

된 아름다운 아치가 기둥 사이를 잇는데, 이 더블 아치는 착시효과를 일으켜 실제보다 기둥이 더 많아 보이게 했다. 기둥과 아치는 복잡하거나 화려하지 않으면서도 직선과 곡선의 조화로운 구성으로 질리지 않았고, 웅장함에서 오는 엄숙함과 경건함은 줄어들지 않았다.

한쪽 벽면에는 금박으로 코란 문구를 적은 미흐라브mihrab, 이슬람 예배당 모스크의 사방 벽 중에서, 특히 성시 메카의 방향에 면하는 측의 내벽에 설치되는 아치형 니치가 있었다. 이슬람교는 우상을 믿지 않아 조각상 등의 상징에 절을 하지 않는 대신 키블라qibla, 이슬람 교도가 예배 시에 향하는 방향을 의미, 메카 방향 를 향해 절을 하는데, 열쇠 구멍처럼 움푹 들어간 아치형의 미흐라브는 키블라를 가리키는 표식이었다. 미흐라브에서 조금만 옆으로 걸어가면 마리아와 예수상이 놓인 조그만 예배당이 즐비했는데, 예배를 마치고 나온 신부는 관광객들이 드나들지 못하도록 예배당에 철창문을 잠갔다.

메스키타 정중앙에는 웅장하고 화려한 르네상스풍의 가톨릭 예배당이 있었다. 이곳은 천장에 창문이 많아 다른 곳에 비해 밝았다. 빛은 마치 "어두운 모스크는 지옥이요, 예배당은 천국"이라고 말하는 것 같았다. 기둥으로 빼곡한 넓은 모스크는 수평으로 쭉 뻗어 이슬람의 메카를 향하고, 예배당은 하늘을 향해 수직으로 솟아 있었다. 둘은 이렇게나 달랐다. 고개를 뒤로 돌리면 모스크인데 앞을 보면 가톨릭 성당에 들어온 묘한 광경. 메스키타의 중요한 가치가 여기에 있을 것이다.

코르도바는 711년 이슬람 세력에 의해 이베리아 반도가 점령당한

메스키타 미나렛.
안뜰에는 오렌지나무가 열을 맞춰 심어져 있다.

메스키타 내의 아치와 기둥. 은은하고 노란 조명을 받는 붉은 줄이 그어진 아치는 우스꽝스럽게도 잘 구워진 베이컨을 연상시켰다. 굶긴 굶었나 보다.

후 무어인들의 첫 수도로 번성했다. 메스키타는 왕권이 강하고 문화가 융성하던 때 서쪽의 이슬람 성지를 짓겠다는 목표 아래 785년 지어졌고, 왕이 바뀌며 세 번을 증개축했다고 한다. 당시에는 2만5천 명의 신자를 수용할 수 있는 세계 최대의 모스크였다. 모스크로서의 메스키타도 아름답지만, 레콩키스타를 통해 가톨릭 세력이 코르도바를 차지하면서 메스키타는 성당으로 개조되어 현재의 독특한 모습을 갖게 되었다.

여전히 성당으로 이용되고 있어서 내가 방문한 아침에도 메스키타 안은 성스러운 미사 합창소리가 이질적으로 울려 퍼졌다.

그런 가톨릭 성당으로의 개조를 문화유산 파괴나 반달리즘으로 여기는 사람들도 있지만, 문화-종교의 양립과 조화는 어울리든 상충하든 그 자체로 가치가 있는 게 아닐까. 유산은 곧 역사다. 이슬람 국가와 가

바닥의 비석. 성인으로 추앙받던 신부들의 비석이다.
중앙 예배당이 아닌 벽 가까운 바닥에 집단으로 모여 있었다.
뼈가 묻혔는지는 모르겠지만 비석을 밟고 서 있자니 묘한 기분이 들었다.
"거기 좀 비켜라고. 비석을 열고 나갈 수가 없잖아"라고 소리치고 있을지도.

다리문(Puerta del puente). 로마 다리의 북쪽에 있다.

톨릭 국가 간 대립의 역사가 있었다면 문화와 예술은 그 변화를 온전히 담아내는 게 당연하다. 아라베스크 문양의 아랍 양식과 화려한 르네상스 양식이 공존하고, 모스크의 한가운데 예배당이 있는 어울리지 않는 조합 자체가 역사적, 문화적, 건축학적 가치가 있으며, 메스키타를 더욱 돋보이게 하는 요소들이다.

로마 다리를 건넜는데 기대와는 달리 최근에 지어진 새 다리라 실망했다. 로마 시대에 만들어졌다는 흔적은 아무것도 없었고, 다리의 양끝을

칼라호라 타워. 로마 다리의 남쪽에 있다.

지키는 다리 문과 칼라호라 타워Torre de la Calahorra도 반짝거리는 새 벽돌로 지어져 있었다. 새로 세워진 건물들은 그저 관광상품일 뿐이다. 오래되어 허물어지거나 손상되는 것을 피하기 위한 보수와는 상관없는 모사품 같은 모습에 역사 유적을 지키겠다는 의지는 없어 보였다. 칼라호라 타워의 경우 세월에 변색되고 마모된 원래의 벽돌과 반듯한 새 벽돌이 이질적으로 맞붙어 끔찍했다. 내게 칼라호라 타워는 성형수술에 실패한 사람 같았다. 시멘트를 덧댄 미륵사지 석탑이나 석굴암이 떠올랐다.

세네카의 방귀

코르도바는 로마의 유명한 철학자 세네카가 태어난 곳이다. 세네카가 스페인이 아닌 로마 철학자로 불리는 이유는 그가 태어나고 죽은 시기에 스페인이 로마의 영토였기 때문이다. 나는 세네카의 철학을 좋아해서 박물관이나 관련 관광지를 기대했지만, 2천 년 전 철학자의 유적은 알카사르에서 본 흉상 외에는 찾아보기 힘들었다.

세네카는 로마 황제 네로의 스승으로도 유명하지만, 바로 그 폭군 네로의 명으로 자살한 것으로 더 유명하다. 세네카의 죽음을 그린 그림은 많은데, 그중에도 프라도 미술관에 전시된 마누엘 도밍게즈 산체스의 〈세네카의 죽음〉이 걸작이다. 네로의 명을 받은 세네카는 담담하게 손목과 발목을 칼로 그었는데, 늙고 메마른 몸에서 피가 나오지 않자 세숫대야에 발을 담갔지만 그래도 죽지 않았다. 독약을 마시고도 죽지 않자 뜨거운 욕탕에 들어간 후에야 죽을 수 있었다고 한다.

마뉴엘 도밍게즈의 그림에서 세네카는 숨이 끊어진 채 한쪽 팔을 욕조 밖으로 늘어뜨리고 있다. 다른 화가들의 그림처럼 제자들에 둘러싸여 성스러운 죽음을 맞은 듯 그려지지도 않았고, 팔을 올리고 역동적인 모습으로 뭔가를 간절히 전달하려는 살아 있는 세네카를 그리지도 않았다. 망자를 치장하고 영웅화시키지 않는 제3자의 현실적인 시선은 쭉 뻗은 시체보다 서늘하다. 아무리 아름다운 물감과 붓을 사용해봐야 죽음은 죽음일 뿐이었다. 도밍게즈의 그림에서 세네카는 그림을 보는 이들의 마음속에서 매번 죽어갔다. 한 번 죽기도 어려웠는데, 그렇게 팔이 늘어뜨려진 채로 2천 년을 죽고 또 죽는다. 잿빛 죽음의 무게는 한없이 무겁고 차갑다.

사는 동안 비관적이고 불안해했지만 사실 세네카는 황제의 스승으로서 부귀영화를 누렸다. 그가 자신의 처지에 대해 논한 철학적 변명이나 자연에 대한 과학적 사고들은 요즘 사람들에게는 재미있는 것들이 많다. 예를 들면 세네카는 지진을 지구에서 분출구를 찾던 공기의 작용으로 이해했다. 땅 속의 공기 덩어리가 밖으로 나오려고 움직이거나 나오는 게 지진을 초래했다는 건데, 인간에 비유하면 지진은 지구의 방귀와 같은 셈이다.

방귀 이야기가 나와서 말인데, 직각삼각형의 빗변의 제곱은 다른 두 변의 제곱의 합과 같다는 '피타고라스의 정리'로 유명한 수학자이자 철학자 피타고라스는 사람이 방귀를 뀌면 영혼의 일부가 빠져나간다고 믿었다. 영혼이 빠져나가지 않게 하기 위해 평생 괄약근에 힘을 주고 방귀를 참았을 수학 천재 피타고라스 아저씨를 생각하니 조금 슬프고 경건해진다. 자유로운 영혼으로 계실 천국에서는 시원하게 뀌시길, 뿡!

코르도바의 사랑스러운 파티오들

유명한 메스키타도 매력적이지만, 코르도바는 내게 파티오로 더 사랑스러운 도시다. 파티오는 집 안에 있어 개방된 공공건물이 아닌 이상 개인의 파티오는 좀처럼 보기 힘들지만, 나는 운 좋게도 파티오를 실컷 볼 수 있었다. 코르도바에 있는 동안 16명의 아티스트가 16채의 잘 꾸민 사유지 파티오를 전시하는 페스티벌이 열리고 있었던 것이다. '우리 집 안뜰'이라는 소박한 이름의 사랑스러운 페스티벌이었다.

파티오들은 미치도록 매력적이었고, 화려한 색을 사용한 풍경화가의 그림보다 아름다웠다. 개인의 사생활이 있는 집이어서 개방은 오후 4시부터 8시까지 단 네 시간 동안만 이뤄졌는데, 그래서인지 관람객이 거의 없어 그 아름다운 공간을 마음껏 누리고 감상할 수 있었다. 행복한 기회였고 입장료를 내도 아깝지 않을 전시였지만 입장은 무료였다, 메스키타처럼.

서로 다르게 꾸며진 파티오 스타일만큼이나 집주인들의 대처도 다양했다. 어떤 곳은 파티오에서 할아버지들끼리 담소를 나누고 있는가 하면, 어떤 곳은 아이들이 뛰놀고, 어떤 곳에서는 관람객이야 오든 말든 의자에 앉아 책을 보고 있거나 주인 없이 텅 비어 있는가 하면, 반대로 어떤 곳에서는 주인 아주머니가 영어를 못하면서도 내 옆에 붙어 손발을 동원해 하나하나 친절히 설명해주었다. 저녁 준비가 한창인 듯 잘 구운 고기 냄새가 나는 파티오, 미용실과 집이 붙어 있어 장사가 한창인 파티오, 텔레비전을 기둥에 설치해 유명 배우가 다녀갔다는 영상을 반복해서 보여주는 파티오, 아기자기하고 예쁘게 꾸며진 파티오와 반대로 축구경기를 집이 떠나가라 틀어놓고 소리를 지르는 곳도 있었다.

그곳에서 제3자의 입장이 되어 현지인의 주거지와 파티오를 둘러보는 건 특별한 경험이었다. 전시하는 집마다 전해오는 냄새는 달랐고, 파

한 파티오의 벽면에 걸려 있던 작은 화분들.
코르도바에서는 파티오 문화의 절정을 맛볼 수 있다.

티오의 풀내음과 꽃향기도 다양했다. 이런 기회가 아니라면 어떻게 사는 모습을 보고, 집 안을 둘러보고, 이들의 취미인 파티오를 구경할 수 있겠는가. 사랑스러운 파티오와 인간적인 주인장들의 모습에서 마음이 따뜻해졌고 절로 미소가 지어졌다.

파티오는 가깝게 붙어 있는 곳도 있었지만 차로 이동해야 할 정도로 먼 곳도 있었다. 네 시간 동안만 오픈할 뿐이고, 파티오마다 여유를 부리고 즐길 시간도 넉넉하게 갖고 싶은 마음에 다음 장소로 이동할 때는 부리나케 뛰었다. 평소 정원을 가꾸거나 공원을 산책하는 걸 즐기지 않았지만, 여기에서는 물 만난 미꾸라지처럼 돌아다녔다.

관광지로도 유명한 비아나 궁전의 파티오 역시 인상적이었다. 궁전은 내부에 넓고 잘 다듬어진 정원 하나와 열두 개나 되는 서로 다른 파티오를 가지고 있어서 '파티오 박물관'으로 불렸다. 파티오마다 이름이 있고 개성이 뚜렷했으며 특별하게 꾸며져 있었는데, 파티오 사이를 나누는 건물 내부에는 오래된 유물이나 코르도바의 옛 시절을 담은 사진 전시도 열리고 있었다.

가로등 불빛으로 염색된 밤의 코르도바는 노란 금빛이다. 따뜻하고 포근한 풍경은 사랑을 북돋우고 연애를 부추긴다. 메스키타와 아름다운 파티오들, 친절한 주민들. 아름다운 도시 코르도바와 사랑에 빠진 나는 짝 없이 혼자 보낸 여행의 외로움마저 보상받은 것 같았다. 내일 아침이야 어쨌든 가을밤은 지독한 감성을, 숙면의 희생을 요구한다.

끌려다니지 않는 여행

아침 6시에 눈을 떴다. 샤워를 하고, 아침을 먹고, 배낭을 메고 나와 천천히 경치를 구경하며 코르도바에 작별인사를 했다. 일부러 걸어보지 않은 길로 우회해 돌아다니며 조금이라도 더 추억을 담으려고, 코르도바의 얼굴과 몸매와 냄새를 기억하려고 노력했다. 강을 끼고 구시가가 펼쳐져 있는 아름다운 코르도바는 세비야의 축소판 같지만 색은 보다 짙다. 마드리드를 비롯해 날씨만큼이나 차갑고 냉정했던 북부 도시들과 달리 안달루시아의 도시들에서는 좋은 추억들만 담아간다.

일정이나 비용을 고려해 이번에는 버스 대신 기차를 타기로 마음먹었고, 스페인 남동부의 도시들인 알메리아와 무르시아, 알리칸테는 건너뛰기로 했다. 여행 계획에 키를 쥐고 컨트롤하고 있다는 사실은 중요하다. 여행 전에 치밀하게 일정을 짜서 계획한 대로만 다니다 보면 어느 순간 여행을 즐기기보다는 시간에, 여행에 조종당하고 있다는 기분이 든다. 상황에 맞춰 일정을 늘이거나 줄이고, 때로는 뒤집거나 건너뛰며 기분도 내고 여행을 능동적으로 조절하고 선택할 필요가 있다.

불안정한 일정에 대한 얄팍한 변명이랍시고 "여행에 끌려다니지 않고 능동적으로 대처해야 한다"고 떠벌리지만, 정작 나는 얼마나 비용에 끌려다니고 있는지. 비용의 완전한 노예가 되어 비굴하게 굽실거리고 화라도 난 것 같으면 안절부절못하면서 관광도 줄이는 녀석이.

골목은 끝도 없이 행인을 포옹한다.
스페인어로 포옹은 아브라소(abrazo)다.
나는 대나무처럼 딱딱해서 울었고 젤리처럼 물렁해서 울었다.
중간점을 원하지는 않았지만 둘 다가 되길 원했다.
이기적인 욕심이었다.

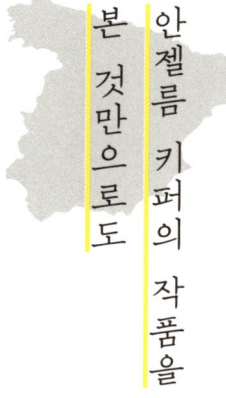

안젤름 키퍼의 작품을 본 것만으로도

완전이란 아무것도 덧붙일 것이 없을 때가 아니라
아무것도 떼어낼 것이 없을 때에 달성된다.
— 생텍쥐페리

 **일요일의 발렌시아**

발렌시아는 대도시지만 구시가는 여유롭다면 충분히 걸어 다니며
돌아볼 수 있다. 외곽에 있는 숙소에서 나와 서문을 통해 구시가로 들
어서 대성당으로 향했다. 대성당은 로마의 콜로세움을 닮은 건물 반쪽
과 고딕 양식의 건물 반쪽이 붙어 있는 형상이었다. 마치 어린아이가 건
물 모자이크 조각들을 엉터리로 맞춘 것처럼 세 개의 문은 서로 확연히
다른 건축양식으로 방문객을 맞았다. 다른 양식의 문이 같은 공간, 같은
신으로 통한다는 건 매력적이다. 공을 들여 오랜 기간 동안 제작되어 복

1865년에 성벽은 모두 허물어졌지만 남아 있는 서문(Torres de Quart)과 북문(Torres de Serranos)의 크기로 발렌시아 성이 얼마나 견고하고 웅장했을지 상상할 수 있었다. 북문의 경우 오랫동안 귀족의 감옥으로 사용되었다.

합적인 양식을 보이는 성당들은 많이 봐왔지만 이렇게 완전히 다른 모양을 가진 건물은 처음이다.

내부는 밖에서 보던 것보다 넓고 복잡했다. 고야의 작품을 찾는 데 성당을 한참 돌아다녀야 했고, 최후의 만찬에 예수가 사용했다는 성배가 모셔진 예배당도 찾기 어려웠다. 성당에 붙은 팔각형의 미겔레테티 ^{Miguelete} 종탑은 역시 이슬람 모스크의 미나렛을 연상시킨다. 나선형의 좁고 가파른 계단을 꾸역꾸역 오르면 탑 정상에는 11톤짜리 종이 걸려 있고, 구시가의 전경을 한눈에 내려다볼 수 있다. 성당은 일요일이라 무료였지만 탑은 2유로의 입장료를 받았다. 발렌시아의 일요일은 대부분의 미술관과 성당이 무료 입장이다.

발렌시아에서는 네 곳의 미술관을 관람했다. 발렌시아 현대미술관 Instituto Valenciano de Arte Moderno은 현대적인 건물에 포스트모더니즘이나

사진에서 보이는 문은 북쪽의 사도의 문으로 고딕 양식이다.
남쪽에 위치한 팔라우 문은 로마네스크 양식이고, 미겔레테 탑 옆에 붙어 있는 정문은 바로크 양식이다.
개인적으로 북쪽 사도의 문이 가장 아름다웠고, 고딕 양식으로 지어진 건물과도 어울려 보였다.

팝아트 작가들의 작품들이 주로 전시되어 있었다. 스페인 출신의 유명 조각가 훌리오 곤살레스Julio González의 청동 작품들을 비롯해 흥미로운 현대 미술작품들을 보며 눈은 호강했다. 그러다 익숙한 작품 앞에서 순간 얼어버렸다.

심장이 내려앉도록 아름다운 작품은 안젤름 키퍼Anselm Kiefer의 것이었다. 개성이 분명한 그의 작품은 별 설명이 없어도 금세 알아볼 수 있다. 나뭇잎이나 줄기 등 식물을 이용한 것, 두꺼운 질감의 입체성, 갈색과 회색의 깊이, 강렬한 메시지. 그의 작품은 내 감성에 깊이 와 닿았고 내 음악과도 닮아 있었다. 여행을 떠나기 얼마 전부터 흠뻑 빠져 있었던 작가의 작품을 발렌시아의 미술관에서 마주하게 될 줄이야. 키퍼의 작품이 걸린 미술관 구석의 어두운 전시실에서 나오기 싫었다. 직원이 잠깐 자리를 비운 사이 촬영 금지라는 팻말을 무시하고 사진을 찍기까지 했다. 이 작품을 본 것만으로도 발렌시아에 온 보람은 충분하다.

발렌시아 주립미술관Museu de Belles Arts de Valencia은 대부분의 작품들이 13~15세기 종교화들이어서 키퍼의 작품이 있던 현대미술관과는 분위기가 완전히 달랐다. 중세 유럽 후반기의 사회 분위기가 그대로 담긴 그림들은 성스럽다기보다 우스꽝스럽거나 기괴했으며, 동화책에 나오는 우화 같기도 하다가 얼굴을 바꿔 무서운 메시지로 협박을 했다.

헬스장 광고지에 등장할 법한 넓은 어깨에 건장한 근육질의 예수가 십자가를 끌고 군중 사이에 서 있는 그림이 있는가 하면, 죽음의 모습이 드리워진 보랏빛 피부에 이마에 피가 비 오듯 흘러내리는 늙고 고통스러운 표정을 한 예수의 그림도 있었다. 검붉은 악마를 밟고 선 예수가 악마 목에 감긴 목줄을 손에 들고 있었고, 천사가 죽은 교황의 입에서 영혼을 끄집어내는 그림도 있었다. 예수가 로마 병사의 창에 찔렸던 오른쪽 배의 상처를 직접 손으로 짜내 흐르는 피를 성배에 받는 그림이 있는가 하면, 마리아가 젖가슴을 짜서 아기 예수의 입을 적시는 그림도 있었다. 예수가 인간을 대신해 원죄를 지고, 얼마나 많은 고통을 참고 견뎠는지 깨닫고 고마워하라는 메시지들이 선전처럼 수없이 반복되고 있었다.

대부분의 종교화들이 그렇듯 예수의 삶을 연대기로 표현한 그림과 천국-지옥을 묘사한 그림이 많았다. 천당은 밝고 눈부시며 대개 비슷한 데 비해 지옥은 중세 유럽인들이 상상할 수 있는 모든 고통과 공포와 괴로움들이 다양한 형태로 묘사되어 있었다. 관음증이다. 다양한 고문과 괴롭힘, 상상도 하기 힘든 처벌들이 그려졌지만, 죄 지은 이들의 고통받음이라는 대전제는 동일하기에 한계가 분명했다. 당시 사람들은, 적어도 화가들은 천국의 영광보다는 지옥의 공포를 표현하는 데 훨씬 더 신경을 썼다. 조로아스터교의 선악 이미지는 미술을 통해 효율적으로 프로파간다가 되어 사람들을 옥죄었다.

발렌시아는 공원과 정원이 많고 곳곳에 미술관이 있는 아름답고 예술적인 도시다. 공원은 강처럼 도시 서쪽의 동물원^{Bioparc}에서 시작해 구

아름다운 천장화가 그려진 성당.
정말 하늘을 보는 듯 높고 웅장해서 감탄이 절로 난다.

시가를 끼고 돌아 동남쪽으로 흘러 음악궁전palau de la musica과 예술과 과학의 도시Ciudad de las Artes y las Ciencias를 지나 발렌시아 만을 통해 바다로 흐른다. 엄청난 공원 도시다. 공원은 정말 강처럼 생겨서, 만약 공원 밑으로 강물이 흐르는 게 아니라면 공원 그 자체가 바다로 흐른다고 생각하게 할 정도였다. 하루를 통으로 공원에서 보내며 직접 공원을 흐르는 강물이 되어 발렌시아를 가로지르는 길고 긴 공원길을 걸어 바다까지 걸어갔다.

바다로 향하는 공원길은 끝없이 걸어야 했지만 지루할 틈이 없었다.

발렌시아의 예술과 과학의 도시.
건물 차례대로 레이나 소피아 음악당과 둥근 아이맥스 영화관(Hemisfèric), 삼각형의 과학관(el
Museo de las Ciencias Príncipe Felipe), 다리 건너편에 파란 건물이 아고라(Agora).

코르도바의 공원처럼 축구장과 호수, 정원 등이 다채롭게 들어서 있었다. 콘서트홀이 있고, 아이들이 뛰어놀도록 동화를 구현한 거대한 걸리버도 누워 있었다. 예술과 과학의 도시에 들어서면 외계인이 사는 행성이나 미래의 도시에 온 것 같은 착각에 빠지게 된다. 에메랄드빛 물 위의 미래형 건물들은 공연장, 영화관, 과학관, 수족관 등으로 이용되는 복합 문화공간이다. 넋을 잃게 만드는 웅장하고 기이한 건축물들을 지나 바닷가의 항구까지 걸어가면 F1 자동차 경주가 열리는 발렌시아 스트리트 서킷이 나온다.

발렌시아는 도시를 관리하고 성장시키는 컴퓨터게임처럼 잘 가꿔진 도시였다. 건물과 시설들은 발렌시아 시민들을 위한 것이라기엔 과도해 보였다. 관광 수입이 높은 나라인 만큼 관광객들을 위한 관광자원의 역할을 감안했을 것이다. 이런 환경이 시민들의 삶의 질을 얼마나 높여줄지는 모르겠지만, 상당 부분 세금으로 충당되었을 텐데 어떤 정치적 설득과 진행 과정을 거쳤고 발렌시아 시민은 어떻게 생각하는지 궁금하다. 과함은 모자람만 못한데.

▲유타미엔토 광장 앞에 전시된 로댕의 조각상.
이렇게 유명한 작품을 우연히 길거리에서 보게 될 줄이야.

발렌시아의 득도한 견공씨.
'사진을 찍든가 말든가, 눈뜨고 있는 것도 귀찮아.'
모든 게 귀찮은 득도의 경지.
내가 배워야 할 진정한 한량의 모습.
DOG를 거꾸로 읽어주어야 할 것 같은 GOD(신)의 경지.
존경합니다.

피카소와 호안 미로, 그리고 가우디

아는 만큼 보이는 게 아니라
우리는 알고 싶은 만큼만 보는 건지도 모른다.

첫 번째 숙소를 정하다

버스 안에는 대화 소리가 끊이지 않았고 창밖에는 부슬비가 멈추지 않는다. 부슬비가 가을을 연장하는지 겨울을 재촉하는지 알 수 없고, 그들이 나누는 대화가 카스티야어인지 카탈루냐어인지 알지 못한다. 발렌시아도 카탈루냐어를 사용하니까 아마 카탈루냐어로 대화를 나눌 것이라고 짐작하듯, 열정의 항구도시는 아직 겨울을 받아들일 준비가 되어 있지 않을 것이라고 예측할 뿐이다. 도착할 때쯤 비는 그쳤고, 도시는 젖어 있지 않았다. 끝까지 끊이지 않았던 건 수다뿐이었다.

터미널 출구부터 대부분의 표지판이 3개 국어로 적혀 있다. 카탈루냐어-카스티아어-영어의 순으로. 표준어가 두 번째로 밀린 게 흥미롭다. 바르셀로나 관련 홈페이지 인터넷 주소도 스페인 공식 주소인 .es가 아닌 .cat를 사용하고 있을 정도로 독립성이 강하니 다른 문화에 대한 기대감을 갖게 한다.

바르셀로나에서는 7일 이상 머무를 요량이지만 우선 3일치 숙박비를 지불하고 여장을 풀었다. 경험상 한 도시에서 3일 이상 머무르는 경우에는 숙소를 한 번쯤 옮기는 게 여러모로 재미있고 유리하기 때문이다. 여행비는 이제 193유로가 남았다. 주말이 되면 싸구려 호스텔 가격도 2유로씩 비싸져서 마요르카 섬으로 가는 전날인 일요일은 공항에서 밤을 보낼 생각이다.

분수와 피카소와 성당

육상 선수 황영조가 금메달을 목에 걸었던 몬주익 언덕에는 볼거리가 많다. 여기에는 바르셀로나 관광에서 뺄 수 없는 카탈루냐 미술관과 호안 미로 미술관도 있어서 몬주익에만 이틀을 꼬박 투자했는데도 아쉬움이 남는다. 시대별로 나뉘어 전시된 카탈루냐 미술관은 표 한 장으로 이틀을 입장할 수 있는데도 작품이 많아서 여유롭지 못했다. 바르셀로나는 기회가 된다면 다시 와야 한다.

카탈루냐 미술관을 나오니 맞은편에는 마법의 분수대가 있었다. 매일 저녁 7시면 화려한 조명을 비춘 다양한 모습의 분수 쇼를 볼 수 있어 전망이 좋은 곳은 이미 사람들로 발 디딜 틈이 없었다. 로맨틱한 성격은 못 되고 같이 온 여자도 없어 분수 쇼에는 관심이 없었지만, 사진을 담을 요량으로 자리를 잡고 섰다. 분수 쇼가 시작되고 분수가 솟구칠 때마다 곳곳에서 탄성이 들린다. 분수는 환호성에 힘을 얻어 높이 올랐다가 한순간 잦아들며 사라졌다. 꼭 우리네 마음 같다, 그게 사랑이든 미움이든.

감상에 젖어 카메라도 주머니에 넣은 채 분수 쇼를 감상하는데, 내 양쪽에 서 있던 커플들은 서로 상대방의 허리춤을 안고 애정 행각에 난리가 났다. 분수 소리와 어마어마한 환호성에도 불구하고 쪽쪽거리는 소리는 내 귀로 쏙쏙 들려와 숙소로 돌아오는 내내 귀에서 맴맴거렸다. 음식을 먹을 때 내는 소리는 결례라고 생각해 답답할 정도로 오물거리면서 키스 소리는 결례라고 생각하지 않는 건가. 괜한 질투심과 투정이 난다. 이놈의 여행, 더러워서 못해먹겠네.

분수 쇼 이틀째에는 좌우에 커플이 없는 곳으로 자리를 잡았다. 어제의 분수 쇼가 아름다워 다시 왔다면 감상적이고 그럴듯하겠지만, 이틀 모두 미술관에서 정신없이 작품들을 감상하다가 폐관 5분 전에 쫓겨난 경우였다. 술주정뱅이가 내쫓기듯 전시관에서 몰려나오면 딱 맞춰 7시

마법의 분수 쇼.

부터 분수 쇼가 시작된다. 다행히 어제와 같은 키스 커플은 없었고 편안히 사진을 담을 수 있었다.

또 있다, 피카소 미술관. 왕성한 작품 활동을 했던 피카소라 전 세계에 작품들이 흩어져 있고 유럽 곳곳에 그의 작품들로 채워진, 그의 이름을 붙인 미술관들이 있지만, 바르셀로나의 미술관이 대표적인 '피카소 미술관'으로 불리는 이유는 단순히 작품의 개수나 규모 때문만은 아니다. 입장료가 9유로나 해서 손이 떨렸지만 바르셀로나까지 가서 피카소 미술관을 놓칠 수는 없었다. 자랑은 아니지만 물론 타인의 학생증을 이용해 6유로에 입장했다.

바르셀로나의 피카소 미술관은 피카소가 활동을 한 연대순으로 구분되어 전시되고 있었다. 1901년 파리에서 활동할 때, 1901년에서 1904년까지의 블루 시대, 1905년 이후의 로즈 시대, 벨라스케스의 작품에 자기만의 해석을 하던 때부터 노년의 공예 활동까지, 편의로 조각낸 시간은 전시실의 공간적 나뉨으로 분명한 구분을 짓고 있었다. 머리에 스파크가 일어난 듯, 전혀 다른 사람이 된 듯, 그렇게 피카소의 예술은 극적으로 변화하곤 했다. 예술인이 시간과 환경, 생각과 철학, 당시 사랑하던 여성에게 영향을 받아 변화하는 예술의 흐름을 볼 수 있다는 건 흥미로운 체험이었다.

피카소는 예술계에 축복 같은 존재다. 그에 대해 다시 생각하게 되었고, 좋아할 수밖에 없었다. 마드리드 행 비행기를 타기 전까지는 그다지 애정도, 관심도 없었던 무감한 청년을, 스페인은 조금씩 조금씩 설득해 눈을 뜨게 하더니 극기야 말라가에서는 반하게 만들고, 바르셀로나에서는 경외하게 만들어버렸다, 서두르지도 않으면서.

한편 궁금하다. 나는 아는 만큼 보게 된 걸까, 엄청난 양의 작품들에 노출되면서 동화된 걸까. 자본 시대는 노출이 곧 구매력이다. 좋아하지 않던 곡도 자주 들으면 좋아하게 되지만, 좋아하는 음악은 공을 들여 다가가지 않으면 알 수 없는 세상이다. 피카소에 대한 애정은 기존의 내 미술에 대한 편협한 애정관을 기분 나쁘게, 동시에 가슴 떨리게 뒤흔들고 있었다.

사그라다 파밀리아 성당처럼 대공사는 아니었지만 바르셀로나 대성당 역시 보수공사 중이었다. 스페인 전체가 공사 중이니 보수나 수리 정도는 이제 애교다.

이곳 역시 입장료가 있다. 입구에 선 제복 입은 남자와 돈을 받는 여자는 인상이 사나웠다. 공항도 아니고 누구나 쉽게 드나들고 편안해야 할 성당에 입장료라니. 게다가 입장료는 5유로에 학생할인 같은 것도 없다. 출입금지 조항도 엄격해서 모자를 쓰거나, 반바지, 미니스커트, 민소매 티셔츠를 입고 있으면 입장할 수 없다.

바르셀로나 대성당은 들어가지 않았다. 지금까지 계속 입장료를 내고 성당에 들어갔지만 더 이상은 못하겠다. 성당에 입장료라니, 맙소사! 성경에 의하면 돈을 빌려주고 이자를 받거나 이윤을 추구하는 건 죄악이 아니던가. 입장료가 마음에서 우러난 기부금도 아닐진대. 하나님은 돈을 내야 입장시키는 성당을 보고 무슨 생각을 하실까? "신자가 아니라 '구경하러 온 자'이니 돈을 받아도 되느니라"라고 하진 않으실 텐데.

바르셀로나 대성당은 보수 공사 중.

유료인 성당은 이제 더 이상 들어가지 않을 것이다. 언제 지어졌고, 무슨 양식에 어떤 특징이 있다거나 하는 건 더 이상 궁금하지 않다. 박물관이나 미술관 입장료만으로도 부족하다.

그건 예술이었을까

한 미술관에 밀로^{Milo} 특별전이 열리고 있었다. 아름다운 가슴과 잘록하게 들어간 허리를 드러낸 그리스풍의 여체 조각상들이 전시 중이었다. 성^{sex}이 악으로 터부시되던 중세의 암흑 시대에 이런 조각상들이 예술성보다 외설적 눈요깃감으로 사용되었다던데 과연 그럴 법하다.

고대와 중세의 많은 이들에게 밀로의 비너스는 아름다운 조각상이라기보다는 〈플레이보이〉 잡지에 나오는 누드모델의 역할을 했을 것이다. 하지만 이보다 훨씬 자극적인 볼거리에 익숙한 나에게 조각상들은 예술 작품으로서의 가치와 역사적 매개체로밖에 보이지 않았다. 그래서인지 전시관에서 내 눈을 끈 건 가슴을 드러낸 나체상들이 아니라 전시관 구석의 한쪽 벽면에 흰 글로 쓰여진 글귀였다.

You must not copy. 남의 것을 복제해선 안돼요.
You must have an idea. 창의적 발상을 가져야 하죠.

Art is invention. 예술은 발명입니다.

If you copy, you achieve nothing. 남의 것을 따라해서는 아무것도 얻을 수

없습니다.

곡을 쓰고 노래를 하기 전까지만 해도 예술은 창조고 창작이라고, 고

로 예술가를 대단한 창작자creator라고 생각했다. 사진 촬영이 금지라 벽

에 적힌 글을 노트에 옮겨 적으며 나는 이와 반대되는 피카소의 말을

호안 미로 미술관.
호안 미로의 기발한 아이디어와 동화적 상상력으로 가득한 선과 색의 향연을 만끽할 수 있다.

중얼거렸다. 제록스의 기술을 베껴 획기적인 컴퓨터를 만들어냈던 스티브 잡스가 생전에 이 말을 자주 인용했다지.

"훌륭한 예술가는 모방하고, 위대한 예술가는 훔친다.Good artists copy, Great artists steal."

예술은 무에서 나온 창조물이나 발명품이 아니다. 내게는 그런 접근법 자체가 식상하고 고리타분하며 초점이 어긋난 이야기로 들린다. 예술은 창의적 발상에 얽매여 창조되거나 발명되는 거창한 상품이 아니라, 감성으로 다가가 마음에 이야기하는 익숙한 살가움이다. 거기에는 감성에 다가가는 접근법이 다르고, 다양한 이야기를 한다는 차이가 있을 뿐이다.

변기를 예술 작품으로 내놓았던 마르셀 뒤샹은 예술을 접하는 틀을 바꿨을 뿐만 아니라 복제품마저 예술 작품으로 인정해 창작의 틀을 뒤바꾸어놓았고, 앤디 워홀과 데미안 허스트로 이어지면서 예술의 경계는 더욱 모호해졌다. 모호함으로 경계를 구분했다는 말은 이중모순이지만 그래 보였다. 모르긴 몰라도 앤디 워홀이 전시관 벽에 쓰인 글을 읽었다면 비웃으며 그 글을 무한 복제해 똥침을 날렸을 것이다.

친절한 지하철 가계도

바르셀로나 같은 대도시는 도보만으로 둘러보는 게 불가능하다. 여기에서도 전철을 이용했다. 여행 중 경험을 해보려고 버스나 전차를 타 본 적을 제외하면 시내에서는 전철을 이용했다. 노선도만 있으면 어디든 가고 싶은 곳의 지하에 안전하게 내려주고 친절히 알려주기까지 하니까 외지 촌놈은 메트로metro를 탈 수밖에 없다. 게다가 지하철역 이름은 관광명소나 공원명과 일치할 때가 많아서 편리하다. 버스도 정류장에 노선도가 그려져 있긴 했지만 험상궂게 그르릉거리며 정류장 앞에 섰고, 성격은 급했으며, 집중해서 제때 벨을 누르지 않으면 어딘가 인적이 드문 창고나 들판 한가운데 내려주기가 십상이라 항상 긴장해야 했다.

사그라다 파밀리아 역의 벤치에서 휴대폰을 주워 영어를 못하는 역무원에게 건네주었다가 괜한 오해를 받기도 했고, 그라시아 거리passeig de Gracia 역에서는 표에 문제가 생겨 표를 점검하는 동안 역무실 앞에서 기다리다 무임승차자로 오인받기도 했다. 바르셀로나의 지하철 누나는 생각만큼 친절하지는 않았던 셈이다.

유럽 지하철역에서는 악기를 연주하는 사람을 자주 만난다. 전철 내에서 구걸을 하는 이들도 바이올린을 연주하고 노래를 했다. 신체장애나 불편한 거동을 이용해 동정을 구하거나 갖가지 상품을 파는 우리나라의 전철 풍경에 비해 여기에서는 구걸에도 문화적, 예술적 향취가 느껴져 인상적이었다.

세계문화유산으로 지정된 가우디가 디자인한 카사바트요(Casa Batlló).
바르셀로나를 언급하며 건축가 가우디를 제외할 수 있을까.
여기저기 넘치도록 언급되는 가우디 정도는 과감히 무시하고 적지 않겠다, 라고 생각했었다.
건축에는 문외한이기도 했고.
그런데 바르셀로나를 떠나는 날 여행수첩에는 가우디에 대한 감상만 세 장이 가득 채워져 있었다.
그렇지만 역시, 가우디에 대해서는 과감히 무시하고 적지 않겠다(응?).

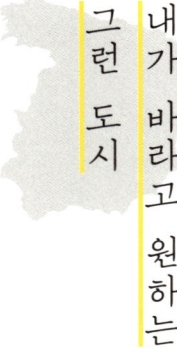

내가 바라고 원하는 그런 도시

후회야말로 여행의 미덕이다.
— 케르스틴 기어

 늦가을 히로나

히로나의 가을은 알싸하다. 인상파 화가의 그림 같은 가을 풍경과 운치 있는 유럽의 거리. 낙엽을 밟으며 여유롭게 걷는 여행을 기대했다면 히로나가 바로 그런 곳이다.

히로나는 이번 여행 중 가장 한적하고 정감 어리며 따뜻한 소도시였다. 공항 가는 길에 잠깐 들른 작은 도시였기에 이런 환대는 기대하지 않았던 횡재다. 그동안 웬만한 지도에 나오는 큰 도시만 다녀서 히로나처럼 숨겨진 아름다운 마을이 얼마나 더 있었을까 생각하니 못내 아쉽

히로나의 화려하지 않은 담백함과 정갈함은 마음을 말랑하게 녹여주었다.

다. 포르투갈의 작은 해변도시 파루, 라고스, 모로코의 쉐프샤우엔도 그랬지만 어쩌면 나에게는 소도시나 마을 여행이 잘 맞는 것 같다. 음악만큼이나 여행도 마이너 감성인 걸까.

히로나는 도시를 관통하는 강을 중심으로 서쪽은 신시가, 동쪽은 구시가로 나뉘어 있다. 버스터미널이 신시가에 있어 강을 가로지르는 넓

느리게 흐르는 강은 잔잔해서 거울처럼 모든 것을 비추었다.
강을 기준으로 왼쪽이 신시가, 오른쪽이 구시가.
강은 적당히 넓고 적당히 깊으며 적당히 모든 것을 구분하거나 보호한다.

은 주교를 건너면 히로나의 역사적인 구시가에 들어서게 된다. 타임머신을 타고 과거로 온 것 같아서 마치 구시가 전체가 영화세트나 박물관에 온 듯한 기분이다. 구시가가 허투루 밖으로 넘쳐흐르거나 반대로 외부의 것들로부터 오염되지 않도록 하려는 듯 외곽을 감싸 안은 성벽은 높고 튼튼하다. 성벽 위를 따라 걸으며 구시가를 구경하는 것도 즐거웠다. 예전에는 황량했을 성벽 밖은 이제 공원으로 가꾸어져 있었다.

성벽 안을 중심으로 발달한 중세 유럽에서 구시가나 메디나에 문화적, 역사적 볼거리들이 몰려 있다는 점은 흥미롭다. 여행했던 세 나라 모두 구시가를 벗어나면 새 건물이 들어서며 직선으로 쭉 뻗은 아스팔트길을 따라 방사형으로 팽창하지만, 끈적하고 날것인 그들의 진정한 삶은 구시가에서 엿볼 수 있었다.

구시가는 대부분 사람이 살기 좋은 강 근처의 평야나 교통 요지에 입지해 있다. 하지만 톨레도처럼 도시가 발전하기 어려워 보이는 척박한 고지에 위치하기도 해서 전쟁과 종교가 얼마나 많은 영향을 미쳤는지 짐작할 수 있다. 카테드랄성당 과 모스크이슬람 사원 는 어느 도시에서나 한가운데 최고의 명당에 위치한다.

듣는 공간이 비행기 안이든 버스 안이든, 숲속이든 실내든,
값비싼 대형스피커를 통해서든, 이어폰을 귀에 꼽고서든 상관없이
음악은 공간을 따뜻하고 물컹한 감성으로, 숨이 막힐 정도로 격하게 포옹해줘요.

[25 팔마데마요르카]

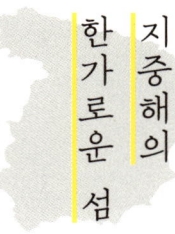

지중해의 한가로운 섬

착한 남자들은 천국에 가고, 나쁜 녀석들은 스페인으로 간다.
(Good boys go to heaven, Bad boys go to Spain.)
— 마요르카 기념품 가게에 걸린 티셔츠에 적힌 문구

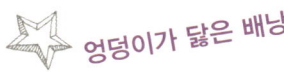

엉덩이가 닳은 배낭

공항의 밤은 심심하고 추웠다.

사람들을 구경하다, 책을 읽다, 배가 고파 비스킷을 오물거리다, 화장실에서 이를 닦고, 볼에 난 수염을 몇 가닥 뽑기도 하고, 추워서 후드로 머리를 가리고 배낭을 베고 벤치에 누웠다 하며 시간을 보냈다. 돈을 조금 더 쓰더라도 히로나에서 묵고 아침에 공항으로 나왔어야 했다.

배낭을 정리하기로 했다. 소지품들을 모두 꺼내 벤치에 정렬했다. 막상 펼쳐보니 양도 얼마 되지 않을뿐더러 낡고 볼품없어 헛웃음이 났다.

벤치에 그냥 두고 떠나도 누구 하나 거들떠보지 않다가 청소부 손에 쓰레기통으로 처박힐 물품들이다. 소중하게 넣어 다니며 사용하는 물품이 형편없는 내 처지와 별반 다를 것도 없었다.

배낭에선 여전히 사막 냄새가 난다. 영수증 쪼가리까지 빼내자 배낭 바닥에 모래들이 지그럭댄다. 낙타 투어 때 사하라 사막의 모래바람을 타고 용케 자리를 잡은 놈들이다. 배낭을 뒤집어 털어내자 반 움큼 정도나 되었다. 반 움큼의 '사막'이 제 땅과 짧은 지중해를 이동해 스페인 동부의 섬에까지 따라오려고 했던 것이다.

배낭 바닥을 형광등에 비춰보니 닳아서 부분부분 엷은 스타킹처럼 빛이 비춰 보였다. 멍청한 주인이 그간 값싼 짐을 지웠고, 그 엉덩이를 참 다양한 곳에 부비고 다녔다. 첫 해외여행을 준비하면서 경남 창원 시내의 한 가게에서 엄마가 사줬던 유행 지난 녀석이다. 7년을 함께 다녔는데 아마 다음 여행부턴 함께하지 못할지도 모르겠다.

 공항 록스타

도착한 공항에서 기분이 예전과 달랐다. 더 이상 설레거나 흥분되지 않았다. 편안하고 느긋했지만 동시에 무감각과 공허함에 가슴 한 켠이 아리다. 버스를 타고 바로 옆 동네에 내려도 모든 게 낯설고 신기했던

비행기에서 본 구름.
모든 구름이 바다에 검은 발자국을 새기며 해를 향해 몰려가고,
지중해 바다는 해의 남은 온기를 받아 따뜻한 황금색으로 달아올랐다.

어린 시절이 그립다. 처음 여자친구의 손을 잡았을 때, 처음 공연 무대에 올랐을 때, 우여곡절 끝에 발매한 첫 앨범을 받아들었을 때, 처음의 감정들. 과연 그런 때가 있기나 했던가. 익숙함의 슬픔.

이어폰을 타고 흐르는 다크니스The Darkness의 하드록 연주를 들으며 공항을 나서자니 록스타가 되어 투어라도 온 기분이 들기도 한다. 뭐지? 이 지독하게 거만한 느긋함은.

공항 밖으로 나오자 야자수가 양쪽에 늘어서 손님을 맞는다. 공기는 맑고 시원했으며 하늘에는 구름 한 점 없다. 햇살이 강해서 살짝 땀이 날 정도로 적당히 더운데, 바람이 불면 지퍼를 올려야 할 정도로 쌀쌀했다. 해와 바람이 서로 다른 계절을 품고 있다. 해와 바람 사이에서 내기의 대상이 되는 동화 속 인간이 되는 곳. 실제로 해나 바람, 우주는 인간 따위에는 관심도 없지만.

공항에 내리거나 새로운 곳에 가면 그곳이 어디든 시각적 이미지만큼이나 냄새에 첫인상을 좌우당하게 된다. 특히 나는 공기나 냄새에 민감한 편이다. 냄새를 잘 맡는다는 건 자랑거리라기보다는 개인적으로 고문에 가까운 예민함이다. 향신료가 들어간 음식이나 조미료가 많이 들어간 음식을 좋아하지 못하는 건 아무것도 아니다. 대중교통을 이용할 때나 공공장소에서 기분이 상할 정도로 냄새를 강하게 맡게 되는 것도 즐거운 경험은 아니고, 대화를 하는 상대방의 냄새를 알아버리게 되는 건 고역에 가깝다. 상대가 호감이 가거나 좋은 사람이라면 더더욱 곤

란하다. 어디 가서 얘기하면 변태 취급을 받거나 경계를 받게 되겠지만 때때로 의도치 않게 여성의 마법 여부까지도 냄새로 알 수 있을 정도니, 이쯤 되면 심각하달밖에.

버스정류장에서 21번 버스를 타고 검색해두었던 해안가의 저렴한 호스텔을 찾아갔다. 정차하는 정류장들은 대부분 그곳에서 영업하는 호텔 이름을 이용하고 있었다. 지역의 랜드마크가 호텔이라니 과연 관광 도시답다. 도시화되기 이전에 호텔 위주로 버스가 정차하고 호텔을 중심으로 상권이 형성되었다는 증거일 것이다.

우선 3일을 묵어보고 연장할 요량으로 저렴하게 싱글룸을 구했다. 침대가 두 개 있는 큰 방이었고, 화장실도 넓었으며, 한 면이 통유리인 창문을 열면 베란다도 있었다! 가격도 저렴하고 아침도 주는데 트윈룸을 혼자 쓸 수 있다니, 이런 호사가 있나.

해를 낚던 아이들

숙소는 바르와 연결되어 바르 출입문을 통해 밖으로 드나들 수 있었다. 문을 나서 얼굴을 돌리기만 하면 해변과 바다가 눈에 들어왔다. 도로에는 차가 없고 인적도 드물었으며, 하늘은 구름 없이 말끔하고 불어오는 해풍은 끈적이거나 비리지 않았다. 해변에 비키니를 입은 여자들만 많았다면 망설임 없이 여기를 천국으로 여기고 남은 돈이 떨어질 때까지 머물렀을 것이다. 아니, 돈이 떨어져도 카드를 긁으며 살았겠지, 틀림없이.

정박된 보트들이 늘어선 방파제를 따라 걸었다. 방파제 끝에 네 명의 아이들이 낚시에 빠져 있었다. 가까이 다가가 말을 걸어도 경계하지 않고 제들끼리 웃고 떠든다. 수확을 묻자 아이들이 보물이라도 들은 듯한

천진난만하게 꿈을 낚던 아이들.

눈길로 아이스박스를 가리킨다. 잔뜩 기대하며 뚜껑을 열어보았지만 미꾸라지 정도 크기의 물고기 서너 마리가 머쓱해하며 심심하게 노닐고 있다. 아이스박스 겉에는 아이들의 이름이 검은색 크레파스로 쓰여 있다. 잡은 물고기가 이것뿐이냐고 묻자, 한 아이가 자기는 예전에 팔뚝만 한 놈을 잡아봤다며 손을 팔뚝까지 재는 시늉을 해 보인다. 보나마나 미꾸라지보다 조금 큰, 먹기에는 형편없이 작은 물고기였을 것이다. 실제 크기야 어떻든 월척에 대한 아이들의 작은 꿈은 귀엽다.

5시가 되자 날이 일찍 어둑어둑해졌다. 지중해의 한가로운 섬이라도 초겨울의 태양은 여유롭지 않았다. 새벽에 여명이 세상을 푸른색으로 칠하기 시작해 해가 뜨면 황금색으로 바뀌고, 시간이 지나면서 색을 덧칠해서 다양한 개성을 드러내더니 이제는 색을 더할 때마다 거뭇해진다. 이렇게 날이 어두워지다 깜깜해지는 걸 보면 검정은 색의 피곤 상태인지도 모른다.

신발을 벗고 발가락 사이를 비집고 들어오는 보드랍고 따뜻한 모래의 감촉을 느낀다. 햇살을 받은 모래는 이미 차가워진 공기보다 온정이 넘친다. 이보다 따뜻하고 살가운 건 연인의 가슴뿐일 거라는 생각이 들자, 그럼 모래사장에 연인과 함께 있으면 최적의 조합인 건가, 라는 저질의 유추를 하며 모래가 서늘해질 때까지 해변을 걸었다.

🎵 팔마 관광

마요르카 섬의 주도主都 팔마를 둘러보려고 아침 일찍 버스를 탔는데, 온통 알로하 셔츠 차림의 노인들로 발 디딜 틈이 없었다. 유럽 노부부들의 여행 천국이로구나. 버스 안에서 젊은 여행객은 나뿐이었다. 차 내는 시끄러웠다.

운전기사가 차를 멈추고 승객들이 앉은 자리를 돌며 승차권을 체크하는 모습이 색다르게 보였다. 팔마 시내에 도착할 때까지 유럽의 노부부들은 신났고, 나는 이어폰을 꽂고 음악을 들었다.

팔마에는 애국가를 작곡한 안익태 선생의 거리가 있다. 팔마에 왜 안익태 거리와 기념비가 있는지 반갑기도 하고 궁금하기도 했는데, 그는 2차 세계대전 후 스페인 여성과 결혼해 마요르카 섬에서 오케스트라 지휘자로 정착했다고 한다.

시내에 안익태 거리가 있다면 내가 묵었던 숙소 주변에는 베를린 거리, 리스보아 거리, 밀란 거리 등 유럽 도시의 이름을 딴 거리들이 있었다. 이름에 해당하는 도시의 사람들이 몰려 살거나 도시 이름에 맞게 꾸며놓은 줄 알았지만, 베를린 거리라 해봐야 그다지 독일 같지 않았고 리스보아 거리라고 리스본이 떠오르지는 않았다. 중국집이 있기는 했다. 중국 도시 이름을 딴 거리도 아니면서.

사람은 변화에 놀라울 정도로 극적으로 반응하고 적응하는 동물이다.
다른 물에 반응하고, 다른 음식에 반응하고, 다른 풍경에 반응하고, 다른 사람들에 반응한다.
그렇기에 평상시의 마음에 비해 여행할 때 이성과 감성은 진동폭도 커지고 선도 굵어진다.
여행을 통해 자신의 행동과 생각을 흥미롭게 관찰할 수 있는 이유.

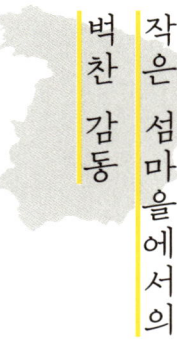

작은 섬마을에서의

벅찬 감동

지혜가 늘수록 슬픔도 느나니
지식을 더하는 자는 근심을 더하느니라.
(For with much wisdom comes much sorrow;
the more knowledge, the more grief.)
— 전도서 1:18

 **소예르 행 트램**

소예르에 가려면 마요르카 섬의 주도 팔마에서 관광명물인 소예르 행 트램을 타야 한다. 삐걱거리는 목제열차를 타고 산을 넘고 터널을 지나는 열차길은 소예르의 유명한 관광상품이다. 트램은 꾸역꾸역 힘겹게 언덕을 기어오르며 소예르로 향했다. 경치가 아름답다거나 차내가 고풍스럽다거나 하지 않아 별 감흥은 없었다. 소예르에서의 관광 동선을 짜고, 메모장에 창밖 풍경을 스케치하면서 시간을 보냈다.

도착한 소예르 역의 외관과 역내의 미술관은 트램보다 매력적이었

소예르를 떠나 도시로 향하는 열차는 올 때보다 갈 때 더 서두른다.
열차 눈에 소예르 표지판과 마을의 집들이 반사되었다. 이제 곧 멀어질 것이 아쉬운 듯.

다. 역사에는 호안 미로의 아름다운 작품들과 피카소의 도자기 작품들
을 전시하고 있었다. 트램 운행이 잦지 않아 당일에 돌아가는 트램을 타
려면 소예르를 둘러볼 시간은 길지 않았다. 아쉬움을 뒤로하고 역사를
나와 빠른 걸음으로 광장을 가로질렀다.

 미술관 사대주의

작은 마을에도 미술관이 있다. 거창하고 위압적인 전시 전용 건물이 아닌 경우도 많다. 어제까지 사람이 살았음직한 2층 주택을 개조한 미술관도 있고, 화가가 살던 집을 미술관으로 사용하기도 한다. 마을이 작고 건물이 볼품없어도 실내에 전시된 작품들은 아름다운 명화들이 즐비했다. 미술 교과서에서 보았던 유명 화가의 작품이 낡은 복도에 걸려 있거나 부자가 마련한 개인 미술관의 다락방에 전시되어 있곤 했다. 그러면서도 원한다면 폐관 시간까지 방해받지 않으며 느긋하게 감상할 수 있다.

유치원생이나 초등학생들을 작품 앞에 앉히고, 선생님이 작품 옆에 서서 그림에 대한 감상을 묻고 작가와 그림에 대해 상세히 설명해준다. 부럽다, 이런 환경. 미술 사대주의자라고 욕해도 좋다. 미술 교과서에 인쇄된 작은 그림을 보며 화가와 연대를 주입식으로 외워야 하는 대신 실제로 작품을 보고 감상을 공유하고 작가의 삶과 그림에 대한 설명을 듣는 이런 환경에서 자랐다면, 나는 명작을 따라 그려 푼돈을 버는 실력 없는 모사화가가 될지언정 틀림없이 화가가 되었을 것이다.

이 작은 마을 소예르에는 내게 감동을 선사한 칸 프루네라^{Can Prunera} 현대미술관이 있었다. 나는 여행하는 동안 문화적 충격에 허우적대며 미술관을 들고 나고, 여기에 많은 시간을 보내면서도 여전히 아쉬워했

소예르 역의 전경.
안에는 피카소와 호안 미로의 전시관이 있고,
건물 한가운데는 우물이었던 자리가 남아 있다.
역이라기보다는 건물 자체로 역사 유물이자 문화상품이다.

다. 왜 많은 여행객들이 관광책자에 적힌 뻔한 관광지는 들르면서 보물
섬인 미술관은 외면할까?

　미술관을 나서면 경이와 감성적 포만의 자리를 육체적 피곤과 배고
픔이 대신한다. 문을 나섬과 동시에 폐에 침투하는 찬 공기와 급작스럽
게 텅 비는 공허함, 한동안 몸과 정신의 변화에 적응하느라 허둥댄다.

미술관의 복도 제일 위층에서 본 층계.
곡선과 직선의 극적인 조화.

무대에서 공연을 끝내고 퇴장하면 느끼는 복잡한 심정과 다르지 않다.

트램 시간 때문에 주어진 관광 시간도 짧은데 미술관에서 대부분의 시간을 보내버렸다. 이런 섬마을의 미술관조차 작품들은 왜 이렇게 좋은지! 남은 시간을 똥 마려운 아이처럼 뛰어다니면서 둘러보았다. 외진 곳이든 골목이든 놓치기 아쉬워 낡아빠지고 구멍 난 신발 바닥을 혹사시키며 그렇게 소예르 시내를 뛰어다녔다.

멀리서 본 소예르.
삼면이 산으로 둘러싸이고 한 면은 바다에 접한 항구가 있는 아름다운 마을.

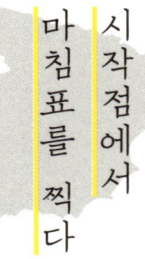

시작점에서
마침표를 찍다

시작은 미약했으나
그 끝은 더욱 미약하리라

🎵 다시 찾은 마드리드

아침 일찍 팔마공항에서 이륙한 비행기는 비를 잔뜩 머금어 지분대는 구름을 뚫고 수도에 착륙했다. 다시 찾은 마드리드에서 처음 나를 맞아준 건 새하얀 입김이었다. 비가 추적추적 내리고 날은 서늘했다. 덜덜 떨리는 어깨와 아달거리는 입이 나를 대신해 환영에 답한다. 배낭을 멘 등은 땀투성이인데, 얇은 옷의 보호를 받지 못하는 목은 한기로 잔뜩 오므라든다. 모로코에서 뒤처리를 하는 데 손수건을 쓰지 않았더라면 목을 따뜻하게 할 수 있었을 텐데. 편의점이나 기념품 가게에서 싸구려 손수건이나 머플러를 장만할 수도 있을 테지만, 여행 막바지의 나는 1유로에 목숨이라도 걸 참이란 말이다.

다시 방문한 마드리드는 확연히 변해 있었다. 계절이 바뀌어 있었고, 나무가 달랐으며, 사람들도 달랐고, 나를 대하는 도시의 태도도 달랐다. 그간 스페인에 친숙해지고 여행에 적응하며 자신이 변한 건 생각지도 않고 나는 마드리드의 살가워진 태도에 바보처럼 흡족해했다. 어쩌면 세상의 인간관계도 이와 같지 않을까. 상대는 그대로인데 자신의 변화된 마음의 프레임에 맞춰 상대를 가늠하는.

거리는 벌써부터 크리스마스 준비에 한창이었고, 공기는 겨울에 단 듯 딱 두 달치만큼 차가워져 있었다. 거리는 여유로운 발걸음과 이국적인 웃음으로 넘쳐났다. 이 정도의 적당한 인간성을 지닌 도시였던가 감탄하며 처음 방문했던 마드리드보다 좋아하게 되어버렸다.

비수기에도 마드리드 시내의 숙소는 붐볐다. 찾아간 호스텔 프런트에는 배낭을 멘 여행객들의 줄이 길게 늘어서 있었다. 데스크에 직원 둘이 앉아 있었지만 업무는 둘 중 한 명만 보고 있었고, 그녀도 줄일랑 아랑곳없이 느긋했다. 빨리 처리해야겠다는 조급함이나 기다리는 대기자들에게 미안함은 없어 보였다. 그냥 여유로울 뿐이었다. 때때로 옆 직원과 끝나지 않을 수다를 나누기도 하고 전화통화를 하기도 했다.

이 사람들 일처리 늦는 거야 이제 익숙해서 줄을 서자마자 배낭을 내려놓고 앞에 선 독일 친구와 대화를 나눴다. 열여덟 살이고, 스페인에

숙소는 무어 양식으로 디자인되어 이색적이고, 로비의 천장은 스테인드글라스로 덮여 있어요.
맑은 날이었다면 밝고 다채로운 자연광이 쏟아져 들어왔겠지만,
밖에는 비가 내려서 실내는 좁혔고 물속처럼 몽몽했지요.
이튿날에는 푸른 소파에 앉아 햇빛을 받으며 책을 읽다가,
막 샤워를 끝낸 듯 수건으로 몸을 가리고 지나가는 여자를 보는 행운도 누렸어요.
갈수록 로비가 좋아졌지요.

처음 온다고 했다. 등에 멘 배낭이 내 것의 열 배는 족히 되어 보였다. 직원의 늦은 일처리에 적잖이 당황하고 있기에 스페인에서는 마음에 여유를 가지라며 우선 배낭부터 내려놓으라고 조언해주었다. 편협한 생각이지만 독일인이 주변에 신경을 쓰는 데 비해 스페인 사람들은 대체로 한 가지에만 집중한다. 근면성이나 부지런함에서 우리와 가장 비슷한 유럽 국가는 아마 독일일 것이다.

꾸역꾸역 오지 않을 것 같았던 내 차례가 되었다. 예약했던 14인실에 인원이 차서 대신 10인실 키를 받았다. 같은 가격에 좀 더 숨통 트이는 방을 얻었으니 차라리 잘됐다. 그래봤자 2층 침대가 가득 들어찬 10인실이지만. 아우슈비츠 수용소에서 죽음의 가스실로 직행하는 대신 중노역을 배정받기라도 한 것처럼 부푼 가슴으로 10인실 문을 열고 내 침대에 짐을 풀었다.

미술 작품 훔치기

다시 프라도 미술관을 찾았다. 얼마나 다시 오고 싶었던 곳인지. 오후 6시부터 폐관인 8시까지는 무료 입장이라 떠나기 전까지 매일 방문했다. 악명 높은 루브르나 오세르 미술관에 비하면 비수기인 마드리드의 미술관들은 적당히 한가롭다. 북적대서 유명 작품의 관람을 포기할 정도도 아니고, 너무 사람이 적어 직원들의 관심을 끌거나 발소리마저 신경 쓸 만큼 조용한 정적에 부담스러워할 필요도 없다. 적당한 무게감의 관객이 나에게는 이상적인 환경을 제공해주었다.

이제야 알았다. 작품들은 이야기꾼이다. 서로 하는 이야기가 다르고, 같은 작품도 때때로 전혀 다른 이야기를 들려주곤 한다. 2개월 전에 보았던 작품이 전혀 다르게 다가오는 바람에 얼마나 당황하고 충격을 받았던지! 저열한 글솜씨로는 도저히 표현할 수 없다.

티센 미술관의 몇몇 작품들 앞에서는 그저 한숨만 내쉴 수 있을 뿐이었다. 기억에서 사라진 줄 알았던 그림 속 인물들이 나를 보자 먼저 친숙하게 손을 흔들며 다가온다. 두 달간 감성의 변화나 미적 취향이 어떻게 얼마나 바뀌었는지 나는 모르겠다. 매일 미술관에 가기 위해 당일치기 일정으로 다녀오려고 했던 아빌라와 살라망카 일정을 과감히 포기했다. 나는 새벽같이 숙소를 나와 골목이나 관광지를 둘러보고 낮에는 티센이나 레이나 소피아 미술관에서, 6시에는 프라도 미술관에 처박혀 끼니도 굶으면서 작품들을 상처 나지 않도록 뜯어 눈 안쪽 망막에 새겨두었다. 지척에 이런 미술관이 세 곳이나 있으며 공짜로 들락날락할 수 있는 스페인 학생들은 자신들이 얼마나 풍요로운 문화 환경에서 살고 있는지 알기나 할까.

프라도 미술관은 폐관 10분 전이면 반복해서 방송을 틀어대고 사람들을 쫓아냈다. 매일을 그렇게 쫓겨나다 보니 나가기 아쉬워 마지막까지

프라도 미술관 앞에 세워져 있는 디에고 벨라스케스의 동상.
스페인에 도착한 둘째 날 보았을 때는 신경도 쓰지 않았었는데, 이번에는 남달라 보인다.
이것도 성장이라고 할 수 있다면, 화가의 동상을 무심코 지나치지 않을 딱 그만큼 나는 성장한 셈이다.

보다가 로비를 뛰어나가는 이가 나만은 아니란 걸 알았다. 그중에는 백발의 할아버지도 있었고, 다른 나라에서 온 동양인이나 흑인도 있었다.

어느 날인가는 마리아노 포르투니의 풍속화에 정신을 놓고 있는데, 갓 머리를 감은 것같이 윤기 흐르는 파마머리를 한 정장 차림의 여직원이 나가달라고 요청하고 나서야 현실로 돌아왔다. 그런 때는 먼저 나를 초대한 화가의 세상에서 빠져나와야 했고, 이어서 프라도 미술관을 뛰어나오는, 정신과 육체의 퇴장을 동시에 경험하곤 했다. 어두워진 미술관 정문 앞에서 나는 머리를 얻어맞은 사람처럼 어리벙벙해했다. 현실 세계로, 그림 속 세상이 아닌 스페인으로 돌아오는 데는 약간의 시간이 더 필요했다.

인턴제로 일하러 온 각국의 친구들

내가 묵던 10인실은 7개국에서 온 젊은이들이 있었고, 밤이 되면 단체로 사이좋게 술을 마시러 나갔다. 때로는 이른 9시에, 늦은 날은 11시에 나가기도 했는데, 방에서 나가지 않고 방을 독차지한 것에 미소를 지으며 잠드는 괴짜는 한국에서 온 괴짜 뮤지션뿐이었다.

나는 미술관이 문을 닫으면 숙소로 돌아오곤 했기 때문에 항상 나가려고 준비하던 이들과 마주쳤고, 꽤 긴 대화를 나눴다. 그중 다섯 명이 외국에서 인턴제로 스페인에 일하러 온 친구들이어서 쉽게 친해질 수 있었다. 그들에게 들은 흥미로운 이야기들.

멕시코 친구의 이야기, 첫 번째 이야기 어릴 적 친구 중에 10유로에 사람을 죽여주는 친구가 있었단다. 그의 동료가 대범하게 칼을 사용했다가 실패하고 감옥에 간 경우를 본 후로는 항상 총을 사용한다고. 쥐도 새도 모르게 죽이는 걸 자랑 삼아 이야기하곤 했다며 머리를 절레절레 흔든다. 멕시코가 여행하기는 어떠냐고 묻자, 안전한 도시와 위험한 도시의 격차가 큰데 외국인이 여행을 하기에는 조금 위험한 편이라고. 그러나 곧, 어디든 위험하지 않은 곳이 있겠냐며, 안전한 도시로 다니면 큰 문제가 없을 거란다. 마음속 여행지로 멕시코는 당분간 보류.

두 번째 이야기 "친구를 통해 마리화나를 사다가 경찰에 걸린 적이 있어. 아, 큰일났구나 싶었지. 팔을 벌리라고 해서 양팔을 십자가처럼 벌렸는데 온몸이 덜덜 떨리더라고. 나중에 옆에서 본 친구 녀석이 그러는데 내 꼴이 말이 아니었대. 그런데 그 경찰놈 바보였는지 내 손에 쥐고 있던 마리화나는 모르고 죽어라 몸만 뒤지는 거야. 현장에서 걸렸으니 손에 들고 있을 텐데 손은 펴라고 하질 않더라니까. 아무리 뒤져도 나오지 않으니까 그제야 조용히 이러더라고. '오케이, 너에겐 둘 중 하나 선택권이 있어. 나에게 돈을 조금 주든가, 함께 경찰서에 가든가.' 나야 경찰들이 모두 이 녀석처럼 바보라면 걸릴 위험은 없겠구나 싶었지만 경찰서 가면 돈이 더 들 것 같더라고. 그래서 그 자리에서 거래를 했지. 경찰서 가면 당신들 모두에게 돈을 줘야 할 테니까 그냥 여기서 드릴 테니 얼마면 되냐고. 미안하지만 가지고 있는 돈이 얼마 없다고. 그랬더니 성의만 보여주면 된다면서 그래도 몇 달러는 줘야 한다는 거야.

거지 같은 새끼. 적게 원해서 속으로 깜짝 놀랐어. 재빨리 돈을 건네주고 돌려보냈는데, 글쎄 10분 후쯤 또 날 찾아 뛰어오는 거야. 내가 얼마나 놀랐을지 상상해봐. 그런데 웬걸, 달려와서 하는 말이 동료 둘이 자기가 돈을 받는 걸 봤으니 동료들도 돈을 조금 받아야겠대 글쎄. 그래서 5달러를 더 건네주고 일을 무마했지. 믿어져? 겨우 5달러라고."

세 번째 이야기 "이건 친구한테 들은 이야기인데, 차를 타고 가는데 경찰이 정지시키더니 차를 세우고 내리라고 하더래. 친구 녀석은 차에서 내리지 않고 시동도 끄지 않은 채 창문만 조금 내리고 무슨 일이냐고 물었어. 멕시코에서는 경찰이라도 함부로 차에서 내리면 안 되거든. 그러니까 경찰이 이번에는 운전면허증을 달라고 했대. 친구는 운전면허증을 유리창에 붙여서 보여주고 넘겨주지 않았지. 면허증을 넘겼다가는 그걸 핑계로 돈을 요구하거든. 멕시코의 경찰이란 그런 작자들이야."

독일 친구의 이야기 "너네도 봤는지 모르지만 스페인에서 차들의 주차 간격은 겨우 10센티미터 남짓이야. 장난감을 정렬해놓은 거지 이건 사람이 주차한 것이라곤 믿을 수 없을 만큼 따닥따닥 붙어 있지. 도대체 어떻게 가능한 걸까 궁금했는데 좀 살다 보니 알게 되더라고. 우선 주차한 차들은 핸드브레이크는 내려놓고 그다지 신경을 안 써. 사람 둘이 겨우 지나갈 만한 좁은 공간이라도 보이면 주차하려는 차는 바로 차 엉덩이를 비집고 들어와. 마치 엉덩이 큰 아줌마가 엉덩이를 들이밀며 전철

좌석에 앉듯 앞차와 뒤차를 살짝살짝 받아 틈을 벌려 조금씩 밀고 들어온다고, 맙소사! 보면서도 믿을 수 없었지. 우리나라에서는 상상도 할 수 없는 일이야_{한국에서도 도저히 상상할 수 없어, 라고 거들었다}. 그래서 잘 보면 말이야, 이곳 차량들의 앞뒤에는 자잘한 스크래치들이 많이 나 있어. 물론 다 그런 건 아니지만."

브라질 친구의 이야기 "브라질은 국가대표 축구경기가 있는 날은 공휴일이야, 정말이라고_{못미더워서 아직도 사실인지, 축구광인 나를 놀리려는 의도였는지 모르겠다}. 브라질에서 프로축구나 국가대표 선수의 인기는 대단해. 여자들에게 정말 인기가 많아. 외모가 잘났든 못났든, 키가 크든 작든, 성기가 크든 작든 그딴 건 아무 상관없이 말이야. _{나도 모르게 고개를 끄덕였다. 이 이야기도 거짓말일지 모르지만 왠지 그럴듯했다.} "

이탈리아 친구 다니엘의 이야기, 첫 번째 이야기 저가항공 덕에 이탈리아인들에게 주변국들은 아주 저렴하게 다녀올 수 있는 옆 동네란다. 10유로만 있으면 밀란에서 마드리드로 주말 휴가를 다녀올 정도라고. 그래서 자기 같은 남자들은 외국 여성과의 하룻밤을 위해 쉽게 날아다니곤 한단다. 이탈리아 남자답게 여자를 좋아하는 다니엘이었지만, 여행을 저렴하게 다녀올 수 있는 저가항공이 많은 건 정말 부럽고 부러웠다.

두 번째 이야기 극우보수인 정치 상황과 언론을 장악한 베를루스코니 총리의 집권이 한국과 별반 다르지 않다. 이탈리아의 젊은이들은 왜 프랑스인들처럼 저항하지 않느냐고 묻자, 당의 힘이 무척 강하고 언론이 도와주며 무엇보다도 국민들이 투표로 정권을 준 거라 임기를 마칠 때까지는 어쩔 수 없단다. 여행 중 만난 이탈리아 사람들은 정치에 관심이 없는 학생일지라도 베를루스코니 총리의 개인적 자질 문제 정도는 알고 있었다. 당장 바꾸지 못하더라도 알고 있다는 게 중요하다.

여행에의 적응

언제나 그렇듯 여행이 편해지고 외국 친구들에게도 편하게 한마디 건넬 즈음이 되면 어김없이 돌아갈 날이다. 이번 여행의 마지막 며칠이 더욱 즐거웠던 이유는 속옷, 양말 등 매일 하던 빨래를 안 해도 되어서였다. 아이처럼 단순하게도. 여행에 익숙해지고 그 나라에 동화되면 값싼 숙소마저 편안해진다. 환경에 적응하는 사람의 능력은 놀랍다.

한국으로 돌아가기 전날의 마지막 밤은 완전히 설쳤다. 머릿속에 생각의 애벌레들이 꿈틀거려 잠을 잘 수 없었다. 이럴 줄 알았다면 차라리 룸메이트들이 권할 때 따라 나가 마지막 밤을 즐길걸.

챙겨온 얇은 옷들을 덧입어 돌아갈 때의 가방은 바람 빠진 튜브처럼 헐거웠다. 기념품이나 옷을 사지 않아 더해진 짐도 없다. 도시마다 챙긴 지도마저 없었다면 배낭여행객이 아니라 동네 마실 다녀오는 생각 없는 한량의 짐에 가깝다.

　운 없게도 레알 마드리드와 바르셀로나FC의 프로 축구경기를 하루 앞두고 귀국이었다. 스페인에서라면 응당 볼 줄 알았던 투우도 놓치고 축구도 놓쳤다. 마지막까지 스케줄만은 내 편이 아니었다. 내일 귀국, 더 이상 잃을 것도 없으니 마 오케이.

청년은 꿈을 짊어지고 있었어요.
요령껏 버리고 더해진 짐의 무게만큼 꿈은 새로 추가되기도 하고, 현실이 되기도 하겠죠.
졸리는 눈을 비비며 방문한 나라의 국기를 배낭에 바느질하는 밤이면
성취감만큼이나 세상을 보는 눈도 커졌을 거예요.

돌
·
아
·
와
·
서

나는 또다시 떠날 준비 중이다

출구를 나가는 자유로운 발걸음이

결국 또 다른 입구로 들어가는 첫 걸음이었음을.

라이너 군, 급비 귀국. 청년실업 가속화되나

한량파의 유력한 행동대장으로 지목받고 있는 라이너 군거처 불명, 무직 이 오늘 낮 2시경 저가 항공을 타고 인천공항을 통해 몰래 귀국했습니다. 평소 외부출입 시 기타를 메고 다니며 뮤지션으로 위장했던 라이너 군은 이날은 악기도 소지하지 않고 검은 배낭만을 멘 채 출국 게이트를 나섰다고 합니다.

청년실업의 주된 요인으로 지목받으며 한량 생활을 해왔던 라이너군은 평소에 직업의 불합리성에 대해 유언비어를 배포하고, 즐거움만을 위한 삶을 쫓으라고 설파하는 등 젊은 층에 유해한 영향을 미치는 행동과 말들로 여당과 보수 단체들로부터 사회악으로 지목되어 왔습니다.

소감을 묻는 기자의 질문에 라이너 군은 "여행이 감히 한량을 바꾸어놓을 수 있다고 생각한다면 큰 오산입니다"라는 짧은 답변을 남긴 채 기자에게 인터뷰 대가로 집까지 가는 버스비를 요구했습니다.

경찰은 그와 청년실업과의 관련성에 대해 여전히 조사 중이며, 이번 주 안에 구속영장을 청구할지를 검토하고 있습니다.

한량신문 박구라 기자 tearliner@naver.com

한량의 변

나는 쓸 말이 너무 많았다. 시작부터 쓸거리가 많아 고민이 없었고 쓸거리가 많아 고민이었다. 하지만 막상 여행에서 돌아와서는 컴퓨터 앞에 앉아 어쩔 줄 몰랐다. 당최 재료들을 어떻게 풀어놓아야 할지 몰랐고, 어디까지 풀어야 할지도 몰랐으며, 말주변이 없는 것만큼 글재주도 없었다. 다이어리에나 적던 주관적인 표현의 수위나 방법을 조절하는 법도 몰랐고, 내가 할 말이 이미 누군가가 한 이야기의 중언부언은 아닌지 확신할 수도 없었다. 내 음악에 대한 타인의 감상평에 상처받는 만큼 혹시나 내 글로 누군가가 상처를 받을까 염려했다.

문제들은 생각할수록 툭툭 튀어나왔고, 무엇 하나도 무시할 수 없어 보였다. 나는 벽에 가로막혀 몇 번인가 가볍게 문을 두드렸다가 답이 없자 쉽사리 포기하고는 시간을 앞세워 미루고 피하고 비겁하게 주변을 서성댔다. 믿기 힘들 정도로 책임감 없는 한량이라 소속사와 출판사와 지인과 팬들의 압박이 아니었다면 아마 평생 피해 다녔을 것이다. 그렇게 미루고 있는 일이 비단 글뿐만은 아니니까. 8년 넘게 정규앨범을 못 내고 있던 이유도 다를 게 없었다.

여행을 다녀온 지 한참이 지나도록 딱히 음악활동을 하지도, 드라마나 장편영화의 음악을 하지도 않으면서 책을 쓴답시고 뒹굴거리며 허송세월을 했다. 쓸거리가 없었던 것이 아니고 써지지 않아 머리를 쥐어뜯으며 고뇌했던 것도 아니었다. 세상에는 하고 싶은 놀이나 참견할 거리가 너무 많다. 놀이에 심취해 주위 사람들에게 "쓰기 싫어. 될 대로 되라지"라고 떠벌리고 다니며 글쓰기를 뒷전으로 미뤘다. 그렇기에 나는 도와주신 분들의 이름을 적으며 '감사'의 미사여구를 늘어놓기보다는 '사죄의 변'을 드려야만 한다.

본업을 한량이라고 소개하는 재기 불가의 뮤지션을 믿고 기다려주시는 파고뮤직 손관호 사장님, '책을 냈으니 이제 음악에 전념해 근면 뮤지션이 될 터입니다!'라고 약속드릴 수는 없지만 그래도 열심히 하겠습니다.

최고의 기타리스트 강지훈 옹, 키보디스트 thy, 베이시스트 이미, 드러머 강민석 군, 신년 모임 때마다 내 한량기를 질책하던, 티어라이너의 음악에 옷을 입혀주는 멤버들은 내가 꼴에 책을 쓴다고 방구석에 들어앉은 덕분에 공연을 못해 몸이 근질근질할 테고, 쥐꼬리 같던 수입이나마 챙겨주질 못했는데도 각자 사회에 몸을 긁히며 견뎌내주었다. 티어라이너가 6인조로 활동하던 시절 드러머였던, 지금은 고인이 된 민기우현 군에게도 고마움을 전한다.

앨범은 내지 않고 드라마네, 영화네 주변에서 서성거리며 집적대기만 하는 진정성 없는 뮤지션을 참고 기다려준 라이너들™에게도 고개 숙여 사과드립니다.

여행 중 항상 왼손에 쥐고 다니면서 글을 적었던 소중한 메모장을 무려 3페이지나 침을 묻혀가며 뜯어 먹고 갉아 드신 열두 살 된 애견 까몽 옹도 고맙다. 이 똥개 녀석의 뱃속으로 들어간 메모장에는 대체 어떤 글을 썼었는지 짐작도 안 된다. 침이 묻어 번진 전후 문맥을 통해 글을 쓴 시기 정도만 알 수 있을 뿐이다. 이 녀석은 내가 뭘 하든 발치에 누워 신경도 안 쓰다가 글을 좀 쓸라치면 귀신처럼 달려들어 무릎을 긁고 안아 달라고 떼를 쓰곤 했다.

생각할 시간을 가질 수 있었던 건 큰 행운이었다. 염치없게도 더 많은 시간이 있었으면 좋았겠다 싶지만, 어떻게든 경험과 감정을 덩어리로 뭉쳐 글과 음악으로 풀어냈다.

또 여행을 갈 것이다. 세 나라를 다녀온 후 틈틈이 다섯 나라를 더 다녀왔다. 말레이시아 행 비행기 안에서는 음악을 듣다 모로코에서 즐겨 듣던 곡이 흘러나와 감회에 젖기도 했다. 울컥해서 눈물이 나려고까지 했다. 기회가 된다면, 다음 여행은 금전적 시간적으로 더 여유롭고 길게 갈 참이다.

오늘도 해야 할 일은 내일로 미룬 채 한량질에 여념이 없다.

멈추라고요? 저는 새로운 세계로, 새로운 여행지로, 새로운 경험을 위해 떠날 참인걸요.
왜 많은 곳에서 PAUSE 대신 STOP을 애용하는지 모르겠어요.